EL GRAN ROBO DEL TREN

El GRAN ROBO DEL TREN

MICHAEL CRICHTON

CIRCULO DE LECTORES

Título del original inglés: The great train robbery
Traducción del inglés, Aníbal Leal
Cubierta, Ballestar

Círculo de Lectores, S.A.
Valencia, 344 Barcelona
1 2 3 4 5 6 7 8 9 6 7 0 8

Depósito legal B. 19760-1976
Compuesto en Garamond 11
Impreso y encuadernado por
Printer, industria gráfica sa
Sant Vicenç dels Horts 1976
Printed in Spain
ISBN 84-226-0803-0

Edición no abreviada
Licencia editorial para Círculo de Lectores
por cortesía de Emecé

A Bárbara Rosa

Satanás se regocija — cuando soy malo,
y espera que yo — con él me hunda.
En el fuego y las cadenas — y las horribles penas.

— Poema infantil victoriano, 1856.

«Quería el dinero»

Edward Pierce, 1856

INTRODUCCION

Después de transcurrido más de un siglo, es difícil comprender hasta dónde conmovió el robo del tren de 1855 la sensibilidad de la Inglaterra victoriana. A primera vista, este delito no parece tan notable. La suma de dinero robada —12 000 libras en oro— era elevada pero no inaudita; durante el mismo período hubo una docena de robos más lucrativos. Y la organización y el planeamiento meticulosos del delito, que comprometió a muchas personas y se prolongó durante un año, tampoco constituían hechos desusados. Todos los delitos importantes de mediados de siglo exigieron un alto grado de preparación y coordinación.

Sin embargo, los victorianos siempre aludieron a este delito con letras mayúsculas, y lo llamaron *El Gran Robo del Tren*. Los observadores contemporáneos hablaron del Delito del Siglo y la Más Sensacional Hazaña de la Era Moderna. Se utilizaron adjetivos resonantes: Era algo «inenarrable», «desconcertante» y «perverso». Incluso en una época propensa a la exageración moral, estos términos sugieren un profundo impacto sobre la conciencia cotidiana.

Para entender la razón por la cual los victorianos se conmovieron tanto ante el robo, es necesario aclarar un poco el sentido de los ferrocarriles. La Inglaterra victoriana fue la primera sociedad urbanizada e industrializada de la tierra, y se desarrolló con sorprendente rapidez. En la época de la derrota de Napoleón en Waterloo, la Inglaterra georgiana era una nación esencialmente rural de trece millones de personas. Hacia mediados del siglo XIX la población casi se había duplicado; sumaba veinticuatro millones, y la mitad de los habitantes vivía en centros urbanos. La Inglaterra victoriana era una nación de ciudades; la transformación, a partir de la vida agraria, parecía haberse realizado casi de la noche a la mañana; en efecto, el proceso fue tan veloz que nadie lo comprendió realmente.

A excepción de Dickens y Gissing, los novelistas victorianos no escribieron acerca de las ciudades; la mayoría de los pintores victorianos no representó temas urbanos. También había problemas conceptuales: durante gran parte del siglo se concibió la producción industrial como una suerte de cosecha particularmente valiosa, y no como un hecho nuevo y sin precedentes. Incluso el lenguaje se rezagó. Durante la mayor parte del siglo XIX la palabra «slum» (barrio bajo) aludió a un local de mala reputación, y «urbanizar» significó adquirir características urbanas y corteses. No eran términos aceptados para describir el crecimiento de las ciudades, o la decadencia de alguna de sus partes.

Ello no implica afirmar que los victorianos no advirtiesen los cambios que ocurrían en su sociedad, o que estos cambios no fuesen discutidos con amplitud, y a menudo con fiereza. Pero los procesos eran todavía demasiado nuevos, de modo que no se entendían fácilmente. Los victorianos fueron precursores de la vida urbana e industrial que después se convirtió en hecho corriente en todo el mundo occidental. Y si sus actitudes nos parecen extrañas, de todos modos debemos reconocer la deuda que hemos contraído con ellos. Las nuevas ciudades victorianas que crecieron tan velozmente resplandecían con una riqueza superior a la de cualquier sociedad anterior... y desprendían el hedor de una pobreza tan abyecta como no la había visto ninguna sociedad. Las desigualdades y los contrastes estridentes de los centros urbanos originaron muchas peticiones de reformas. Sin embargo, también se manifestó una general complacencia pública, pues el supuesto fundamental de los victorianos era que el progreso —progreso en el sentido de la creación de mejores condiciones para toda la humanidad— era inevitable. Hoy podemos creer que esa complacencia era en verdad risible, pero en la década de 1850 adoptarla constituía una actitud razonable.

Durante la primera mitad del siglo XIX el precio del pan, la carne, el café y el té había descendido; el precio del carbón había bajado casi a la mitad; el costo de la tela se había reducido en un 80 por ciento; y había aumentado el consumo «per cápita» de todo. Se había reformado el derecho penal; las libertades personales estaban mejor protegidas; el Parlamento era más representativo, por lo menos hasta cierto punto; y un hombre de cada siete tenía derecho de voto. Los impuestos «per cápita» se habían reducido a la mitad. Comenzaban a manifestarse las primeras bendiciones de la tecnología: las luces de gas resplandecían en todas las ciudades; los buques de vapor cruzaban el Atlántico en dirección a América en diez días, en lugar de ocho semanas; los nuevos servicios telegráficos y postales permitían comunicaciones sorprendentemente veloces.

Las condiciones de vida de todas las clases de ingleses habían mejorado. El menor costo de los alimentos significaba que todos comían mejor. Las horas de trabajo en las fábricas habían disminuido de setenta y cuatro a sesenta horas semanales para los adultos, y de setenta y dos a cuarenta para los niños; comenzaba a difundirse la costumbre de trabajar medio día el sábado. La vida media había aumentado en cinco años.

En resumen, había sobradas razones para creer que la sociedad estaba «en marcha», que las cosas mejoraban, y que continuarían haciéndolo durante un futuro indefinido. La idea misma del futuro, a los ojos de los victorianos, parecía más sólida de lo que alcanzamos a imaginar. Podía arrendarse un palco en el Albert Hall por novecientos noventa y nueve años, y muchos ciudadanos lo hacían.

Pero de todas las pruebas del progreso, la más visible y sorprendente era el ferrocarril. En menos de un cuarto de siglo los ferrocarriles habían modificado todos los aspectos de la vida y el comercio ingleses. Apenas se falta a la verdad cuando se afirma que antes de 1830 no había ferrocarriles en Inglaterra. Todos los transportes entre ciudades se realizaban en diligencias tiradas por caballos, y los viajes eran lentos, desagradables, peligrosos y caros. De ahí que las ciudades estuviesen aisladas entre sí.

En septiembre de 1830 se inauguró el Ferrocarril de Liverpool & Manchester, y comenzó la revolución. Durante el primer año de funcionamiento, el número de pasajeros transportados entre estas dos ciudades duplicó el número de los que habían viajado el año anterior en diligencia. Hacia 1838, la línea transportaba anualmente más de seiscientas mil personas, cifra superior a la población total de Liverpool o Manchester en esa época.

La influencia social fue extraordinaria. Lo mismo puede decirse del rugido de la oposición. Los nuevos ferrocarriles respondían todos a la organización privada, eran empresas de lucro, y suscitaron muchas críticas.

También hubo oposición fundada en argumentos estéticos; el juicio condenatorio de Ruskin acerca de los puentes ferroviarios sobre el Támesis fue el eco de una opinión ampliamente compartida por sus contemporáneos menos refinados; todos deploraron la «desfiguración general» de la ciudad y el campo. Por doquier, los terratenientes combatieron a los ferrocarriles, que los consideraban nocivos para el valor de la propiedad. Y la tranquilidad de las localidades rurales se vio turbada por la irrupción de miles de *navvies* (peones de obras), individuos ásperos, trashumantes, que vivían en campamentos, pues en una época en que no se conocía la dinamita ni las topadoras, se construían puentes, se tendían caminos y se excavaban túneles apelando al esfuerzo humano puro y simple. Además, era cosa sabida que en épocas de desocupación estos peones se incorporaban fácilmente a las filas de los delincuentes urbanos más violentos.

Pese a todas estas reservas, el crecimiento de los ferrocarriles ingleses fue un proceso veloz y penetrante. Hacia 1850 ocho mil kilómetros de vías se entrecruzaban en el territorio de la nación, suministrando transporte barato y cada vez más veloz a todos los ciudadanos. Era inevitable que los ferrocarriles acabasen simbolizando el progreso. De acuerdo con el *Economist,* «*En la locomoción terrestre... nuestro* progreso ha sido estupendo: hemos superado todos los éxitos anteriores, desde la creación de la raza humana... En tiempos de Adán la velocidad media de viaje, supuesto el caso de que Adán viajara, era de seis kilómetros y medio a la hora; en 1828, es decir, *cuatro mil años después, era sólo de dieciséis kilómetros por hora,* y los hombres razonables y conocedores de la ciencia estaban dispuestos a afirmar y ansiosos de demostrar que esta velocidad nunca podría superarse; en 1850 la velocidad corriente es de setenta y cuatro kilómetros por hora, y *ciento doce* para quienes lo desean.»

El progreso era innegable, y para la mente victoriana se trataba de una superación moral y al mismo tiempo material. De acuerdo con Charles Kingsley, «el estado moral de una ciudad depende... de su estado físico; de los alimentos, el agua, el aire y la vivienda de sus habitantes». El progreso de las condiciones físicas conducía inevitablemente a la superación de los males sociales y la conducta criminal, que serían eliminados al igual que se destruían a intervalos los lugares sórdidos que albergaban a estos seres perversos y criminales. Parecía que el problema era sencillo: se trataba de anular la causa, y a su debido tiempo el efecto.

Teniendo en cuenta esta reconfortante perspectiva, era asombroso descubrir que «la clase criminal» había hallado el modo de aprovechar el progreso, e incluso de cometer delitos a bordo de la expresión misma del progreso, es decir el ferrocarril. Además el hecho de que los ladrones hubiesen podido violar las cajas más seguras de la época, a lo sumo acentuaba la consternación.

Lo que parecía tan chocante en *El Gran Robo del Tren* era que sugería al pensador ecuánime que la extinción del delito quizá no fuera una consecuencia inevitable del progreso ascendente. Ya no era posible identificar el Delito con la Plaga, la cual había desaparecido gracias a la modificación de las condiciones sociales, convirtiéndose en una amenaza apenas recordada. El delito era una cosa diferente, y la conducta criminal no estaba extinguiéndose por sí misma.

Unos pocos comentaristas audaces incluso tuvieron

la temeridad de sugerir que el delito de ningún modo se relacionaba con las condiciones sociales, y más bien respondía a otro impulso. Lo menos que podía afirmarse era que tales opiniones parecían por demás desagradables.

Y continúan siéndolo todavía hoy. Más de un siglo después del *Gran Robo del Tren*, y más de una década después de otro espectacular robo en un tren inglés, el hombre común de las ciudades todavía se aferra a la creencia de que el delito es el resultado de la pobreza, la injusticia y la mala educación. Nuestra imagen del delincuente presenta a un individuo limitado, maltratado, quizá mentalmente perturbado, que infringe la ley movido por una necesidad desesperada; el drogadicto aparece como una suerte de arquetipo moderno de este ser humano. Y ciertamente, cuando hace poco se informó que la mayoría de los delitos violentos cometidos en las calles de la ciudad de Nueva York no eran imputables a adictos, la observación fue recibida con escepticismo y desaliento, como un eco de la perplejidad experimentada por nuestros antepasados victorianos hace un siglo.

El delito se convirtió en tema legítimo de la investigación científica durante la década de 1870, y en los años siguientes los criminólogos atacaron todos los antiguos estereotipos, creando un nuevo enfoque del delito que nunca gozó de las simpatías del público general. Ahora, los expertos coinciden en los siguientes puntos:

Primero, el delito no es consecuencia de la pobreza. De acuerdo con la expresión de Barnes y Teeters (1949), «la mayoría de los delitos se cometen por codicia, no por necesidad».

Segundo, los delincuentes no son individuos de inteligencia limitada, y es probable que la formulación inversa sea válida. Los estudios de las poblaciones carcelarias muestran que los reclusos alcanzan el mismo nivel que el público general en los tests de inteligencia, y además, los detenidos representan sólo la fracción de los delincuentes a quienes se atrapa.

Tercero, la gran mayoría de las actividades criminales no sufre ningún castigo. Se trata intrínsecamente de un tema especulativo, pero algunas autoridades en la materia sostienen que se informa sólo del 3 al 5 por ciento de todos los delitos; y que de los delitos informados, sólo se «resuelve» —en el sentido usual de la palabra— del 15 al 20 por ciento. Esta afirmación es aplicable incluso a los delitos más graves, por ejemplo, el asesinato. La mayoría de los patólogos policiales sonríen ante la idea de que el «asesinato desaparecerá». Asimismo los criminólogos rechazan el concepto tradicional de que «el delito no compensa». Ya en 1877, Richard Dugdale, un investigador del sistema carcelario norteamericano, llegó a la conclusión de que «debemos desechar la idea de que el delito no compensa. En realidad, lo hace». Diez años después, el criminólogo italiano Colajanni fue un paso más lejos, arguyendo que en general el delito compensa más que el trabajo honesto. Hacia 1949, Barnes y Teeters afirmaron lisa y llanamente: «Es sobre todo el moralista quien todavía cree que el delito no compensa a su autor.»

Nuestras actitudes morales hacia el delito expresan una peculiar ambivalencia hacia la propia conducta criminal. Por una parte, se la teme, desprecia y condena de un modo estridente. Pero en secreto también se la admira, y siempre estamos dispuestos a escuchar los detalles de una hazaña delictiva destacada. Esta actitud prevalecía visiblemente en 1855, pues el *Gran Robo del Tren* no sólo fue asombroso y desconcertante, sino también «atrevido», «audaz», y «magistral».

Compartimos con los victorianos otra actitud: la creencia en una «clase criminal», es decir, una subcultura de delincuentes profesionales que se ganan la vida infringiendo las leyes de la sociedad en la cual viven. Hoy denominamos a esta clase «La Mafia», «el sindicato», o «la turba», y nos interesa conocer su código ético, su sistema de valores invertidos, su lenguaje peculiar y sus pautas de conducta.

Es indudable que hace un siglo existía una subcultura definible de delincuentes profesionales en la Inglaterra de mediados del período victoriano. Muchos de sus rasgos se revelaron en el proceso de Burgess, Agar y Pierce, los principales participantes del *Gran Robo del Tren*. Todos fueron detenidos en 1856, casi dos años después del episodio. Se conserva el voluminoso testimonio que prestaron ante el tribunal, así como las crónicas periodísticas de la época. La siguiente narración se basa en esas fuentes.

M.C.

Noviembre de 1974

PARTE I

PREPARATIVOS

Mayo - Octubre 1854

CAPITULO 1

La provocación

A cuarenta minutos de Londres, mientras atravesaba los ondulados campos verdes y los huertos de cerezos de Kent, el tren matutino del Ferrocarril Sureste alcanzó su velocidad máxima de ochenta y cinco kilómetros por hora. Al mando de la reluciente máquina pintada de azul, podía verse al maquinista con su uniforme rojo, de pie y expuesto a las ráfagas del viento, sin la protección de una cabina o un parabrisas, mientras que a sus pies, el fogonero agazapado echaba carbón al resplandor rojizo de la caldera. Detrás de la máquina jadeante y el ténder había tres coches amarillos de primera clase, seguidos de siete vagones verdes de segunda clase; y cerrando el convoy, un furgón gris, sin ventanillas, destinado a los equipajes.

Mientras el tren repiqueteaba sobre las vías, avanzando hacia la costa, la puerta corredera del furgón de equipajes se abrió bruscamente, revelando una lucha desesperada en su interior. La pelea era desigual: un joven delgado de raído atuendo, golpeaba a un corpulento guarda ferroviario de uniforme azul. Aunque más débil, el joven hizo buen papel, y logró aplicar uno o dos golpes vigorosos a su robusto antagonista. Ciertamente, sólo por casualidad el guarda, que había caído de rodillas, reaccionó de tal modo que sorprendió descuidado al joven y lo arrojó del tren por la puerta abierta; el joven aterrizó, entre tumbos y rebotes, como una muñeca de trapo.

El guarda, jadeando para recuperar el aliento, volvió los ojos hacia la figura cada vez más pequeña del joven caído. Luego, cerró la puerta corrediza. El tren aceleró, emitiendo un silbido agudo. Pronto tomó una suave curva, y lo único que se oyó fue el débil sonido de la máquina jadeante, y se vio un resto de humo gris que se posaba lentamente sobre las vías y el cuerpo del joven caído.

Pasó un momento, y el joven se movió. Acometido por intensos dolores, se apoyó en un codo, y pareció dispuesto a incorporarse. Pero sus esfuerzos fueron inútiles; casi al momento volvió a desplomarse, sufrió un último y convulsivo estremecimiento, y permaneció totalmente inmóvil.

Media hora después una elegante berlina negra de lujosas ruedas carmesí se acercó por el camino de tierra que corría paralelo a las vías del ferrocarril. El carruaje se acercó a una elevación, y el cochero contuvo el caballo. Del vehículo descendió un caballero de aspecto muy peculiar, elegantemente ataviado con una levita de terciopelo verde oscuro y alto sombrero de copa. El caballero subió a la colina, aplicó los ojos a un par de gemelos, y recorrió la línea de las vías. Inmediatamente identificó el cuerpo del joven postrado. Pero no hizo ninguna tentativa de aproximarse o prestarle ayuda. Al contrario, permaneció de pie en la colina hasta que tuvo la certeza de que el muchacho estaba muerto. Entonces se volvió, subió al coche que lo esperaba, y regresó en la misma dirección que había venido, hacia el norte y la ciudad de Londres.

CAPITULO 2

El organizador

Este singular caballero era Edward Pierce, y por tratarse de un hombre destinado a alcanzar tanta notoriedad que la propia Reina Victoria expresó el deseo de conocerlo —o, si tal cosa no era posible, de asistir a su ahorcamiento— continúa siendo una figura extrañamente misteriosa. Desde el punto de vista de su apariencia, Pierce era un hombre alto y apuesto, de poco más de treinta años, con una barba roja que le cubría toda la cara; era una moda impuesta poco antes, sobre todo en el ambiente de los empleados del gobierno. El lenguaje, los modales y el atuendo eran los de un caballero, acomodado por añadidura; parecía dotado de mucho encanto, y exhibía «un trato cautivador». Afirmaba ser huérfano de una familia de nobles rurales de Midlands, y decía que había ido a Winchester y luego a Cambridge. Era una figura conocida en muchos círculos sociales de Londres, y entre sus relaciones había ministros, miembros del Parlamento, embajadores extranjeros, banqueros y otros individuos de sólida posición. Aunque era soltero, tenía puesta una casa en el número 12 de la calle Harrow, en un barrio elegante de Londres. Pero pasaba gran parte del año viajando, y se afirmaba que había visitado no sólo el Continente sino también Nueva York.

Es evidente que los observadores contemporáneos

creyeron en sus orígenes aristocráticos; las crónicas periodísticas lo calificaban con el término «rogue» (bellaco, pícaro), utilizando el término en el sentido del animal macho que se hace montaraz. La idea misma de que un caballero de alta cuna se diese a una vida delictiva era tan sorprendente y sugestiva que en realidad nadie deseaba desaprobarla.

Pero no existen pruebas indubitables en el sentido de que Pierce proviniera de las clases superiores; y en realidad, no se conoce con certeza nada de lo que hizo antes de 1850. Los lectores modernos, acostumbrados al concepto de la «identificación positiva» como hecho corriente de la vida, quizá se asombren ante las ambigüedades del pasado de Pierce. Pero en una época en que las partidas de nacimiento constituían una innovación, la fotografía era un arte en pañales y se desconocían por completo las huellas dactilares, se tropezaba con serias dificultades para identificar precisamente a un hombre; y por lo demás, Pierce procuró mostrarse especialmente esquivo. Incluso su nombre es dudoso; en el proceso, varios testigos afirmaron haberlo conocido como John Simms, o Andrew Miller o Robert Jeffers.

La fuente de sus ingresos, por cierto considerables, también es dudosa. Algunos sostienen que era socio capitalista de Jukes en la próspera firma que producía equipos de croquet. El croquet se había convertido de pronto en la moda que suscitaba el fervor de las jóvenes damas de inclinaciones atléticas, y era perfectamente concebible que un joven y agudo hombre de negocios obtuviese excelentes dividendos de la inversión de una modesta herencia en dicha actividad.

Otros afirmaron que Pierce era dueño de varias tabernas, y de una pequeña flota de coches de punto, dirigidos por un cochero de apariencia sobremanera siniestra, un tal Barlow, que se distinguía por una cicatriz blanca que le cruzaba la frente. La verdad de esta versión era más probable, pues la propiedad de tabernas y coches de punto era una actividad en la cual servían los vínculos con los bajos fondos.

Por supuesto, no puede descartarse que Pierce fuese un hombre de buena cuna, dotado de una educación aristocrática. Cabe recordar que durante esa época Winchester y Cambridge solían caracterizarse más por la conducta desordenada y la embriaguez que por el saber serio y la templanza. Charles Darwin, el espíritu científico más profundo de la era victoriana, consagró la mayor parte de su juventud al juego y los caballos; y la mayoría de los jóvenes de buena cuna tenía más interés en adquirir «un porte universitario» que un diploma universitario.

También es cierto que los bajos fondos victorianos albergaban a muchos individuos educados cuya suerte les había sido adversa. Generalmente eran *screevers* —es decir, redactores de falsas cartas de recomendación—, o falsificadores que organizaban sus «pequeños engaños». A veces se convertían en *magsmen*, es decir, estafadores. Pero en general estos individuos educados eran delincuentes de poca monta, y expresaban un destino patético que merecía la compasión más que la condena pública.

En cambio, Edward Pierce abordó el delito con un auténtico desbordamiento de energías. Poco importa cuáles fueran sus fuentes de ingresos, o la verdad de sus antecedentes; una cosa es cierta: fue un ladrón magistral, que en el curso de los años había acumulado el capital suficiente para financiar operaciones delictivas en gran escala, convirtiéndose en lo que se denominaba «un organizador». Y hacia mediados de 1854 ya había desarrollado bastante el complicado plan que le permitiría ejecutar el robo más importante de su carrera. *El Gran Robo del Tren.*

CAPITULO 3

El cerrajero

Robert Agar —conocido cerrajero, es decir, especialista en llaves y violación de cajas de caudales— atestiguó ante el tribunal que cuando se encontró con Edward Pierce, a fines de mayo de 1854, hacía dos años que no lo veía. Agar tenía veintiséis años, y era un hombre de regular estado de salud, salvo una tos persistente, recuerdo de los años de infancia, cuando trabajaba para un fabricante de fósforos de la calle Wharf, en Bethnal Green. El local de la empresa estaba mal ventilado, y el vapor blanco del fósforo saturaba constantemente el aire. Se sabía que el fósforo era venenoso, pero había mucha gente deseosa de trabajar en cualquier cosa, aunque le atacase los pulmones o le pudriera el maxilar... a veces en cuestión de meses.

Agar se encargaba de empapar los palillos de madera en el fósforo. Tenía dedos ágiles, y más tarde se dedicó a la «cerrajería», y muy pronto, tuvo éxito. Fue cerrajero durante seis años, y nunca lo detuvieron.

Agar nunca había mantenido trato directo con Pierce, pero sabía que era un eximio ladrón que trabajaba en otras ciudades, lo cual explicaba sus prolongadas ausencias de Londres. Agar también había oído decir que Pierce disponía de dinero para organizar golpes, de cuando en cuando.

Agar atestiguó que el primer encuentro ocurrió en la

taberna del Toro y el Oso, de la calle Hounslow. Situada en la periferia del famoso barrio de delincuentes de las Siete Esferas, este conocido tugurio era, de acuerdo con las palabras de un observador, «un lugar de reunión de todo tipo de mujeres vestidas para parecer damas, y de miembros de la clase criminal, distribuidos por todos los rincones».

Visto el carácter del lugar, era casi seguro que en la trastienda había un agente de civil de la Policía Metropolitana. Pero el Toro y el Oso era frecuentado por caballeros de sociedad deseosos de conocer la vida de los bajos fondos, y la conversación de dos hombres jóvenes y bien vestidos, de pie frente al mostrador mientras examinaban a las mujeres del salón, no llamó especialmente la atención.

Agar dijo que la reunión fue casual, pero que la llegada de Pierce no le sorprendió. Agar había oído hablar de Pierce, y parecía que estaba organizando algo. Agar recordó que la conversación se inició sin saludos ni preliminares.

—He oído decir —afirmó Agar— que Primavera Jack ha salido de Westminster.

—Así parece —convino Pierce, mientras golpeaba el mostrador con su bastón de empuñadura de plata para llamar la atención del barman. Pierce pidió dos vasos del mejor whisky, y Agar interpretó el gesto como prueba de que se avecinaba una conversación de negocios.

—He oído decir —continuó Agar— que Jack iba al sur, a trabajar con la gente de vacaciones. —En esa época los carteristas londinenses salían de la ciudad a fines de la primavera, y se dirigían al norte o al sur, en busca de otras ciudades. La cualidad más valiosa del carterista es el anonimato, y no podía trabajar mucho tiempo en determinado lugar sin que la policía lo identificase.

—No estoy enterado de sus planes —dijo Pierce.

—También he sabido —continuó Agar— que tomó el tren.

—Es posible.

—Y he oído decir —dijo Agar, mirando en los ojos a Pierce— que en ese tren estuvo espiando para cierta persona que está organizando algo.

—Es posible —repitió Pierce.

—Y también me he enterado —dijo Agar con una súbita sonrisa— de que usted está organizando.

—Tal vez —dijo Pierce. Sorbió su whisky y clavó los ojos en el vaso—. Este lugar solía ser mejor —comentó con aire reflexivo—. Neddy debe estar aguando el licor. ¿Qué ha oído decir de mí?

—Un robo —contestó Agar—. Un golpe grande y pronto, si dicen la verdad.

—Si dicen la verdad —repitió Pierce. La frase parecía divertirle. Se apartó del mostrador y miró a las mujeres del salón. Algunas respondieron con calidez—. Todos creen que el golpe es más grande de lo que es —dijo al fin.

—Así ocurre siempre —reconoció Agar con un suspiro.

(En su testimonio Agar representó claramente la escena: «Entonces yo suspiro hondo, como diciendo que mi paciencia se acaba, porque él es muy cauteloso, ese Pierce, pero quiero ir al grano, de modo que suspiro hondo.»)

Hubo un breve silencio. Finalmente, Agar dijo:

—Hace dos años que no le veo. ¿Está muy ocupado?

—Viajando —contestó Pierce.

—¿Por el Continente?

Pierce se encogió de hombros. Miró el vaso de whisky en las manos de Agar, y el vaso inconcluso de ginebra y agua que Agar había estado bebiendo antes de la llegada de Pierce.

—¿Cómo anda de tacto?

—Como siempre —dijo Agar—. Para demostrarlo, extendió las manos, las palmas hacia arriba y los dedos abiertos: ni el más mínimo temblor.

—Quizá tenga un par de cositas —dijo Pierce.

—Primavera Jack no ha abierto la boca —dijo Agar—. Yo me he enterado de eso por un montón de hechos. A él se le veía importante y seguro de sí mismo, pero no dijo palabra.

—Jack está en naftalina —dijo secamente Pierce.

Como lo explicó después el mismo Agar, era una frase ambigua. Podía significar que Primavera Jack se había ocultado, pero su sentido habitual era que estaba muerto; dependía. Agar no preguntó más.

—Ese par de cositas, ¿pueden ser robos?

—Pueden ser.

—¿Mucho jugo?

—Mucho —dijo Pierce.

—¿Dentro o fuera?

—No sé. Tal vez necesite un campana o dos. Y la boca bien cerrada. Si el primero marcha bien, habrá más.

Agar despachó el resto de su whisky y esperó. Pierce le pidió otro.

—Entonces, ¿son llaves? —preguntó Agar.

—Sí.

—¿Cera, o sacarlas?

—Cera.

—¿Con prisa, o hay tiempo?

—Con prisa.

—Perfecto —dijo Agar—. Soy su hombre. Puedo

sacar un molde antes de lo que usted tarda en encender el cigarro.

—Lo sé —dijo Pierce, encendiendo un fósforo sobre la superficie del mostrador y acercándolo a la punta de su cigarro. Agar se estremeció un poco; no fumaba además, el hábito de fumar se había restablecido hacía poco, después de ochenta años, y siempre que olía el azufre y el fósforo de una cerilla se estremecía, recordando sus tiempos en la fábrica.

Observó a Pierce, que chupaba el cigarro, hasta que encendió bien.

—Bueno, ¿de qué se trata?

Pierce lo miró fríamente.

—Lo sabrá cuando llegue el momento.

—Reservado.

—Por eso —dijo Pierce— nunca me han cogido. Aludía a su falta de antecedentes penales. Pero durante el proceso otros testigos refutaron esta afirmación, y dijeron que Pierce había estado en Manchester tres años y medio por robo, bajo el nombre de Arthur Wills.

Agar dijo que Pierce le hizo una advertencia final acerca de la necesidad de mantener reserva, y se apartó del mostrador, cruzando el cargado y estridente local del Toro y el Oso para inclinarse brevemente y murmurar algo al oído de una mujer bonita. La mujer se echó a reír; Agar se volvió, y no recuerda nada más de esa noche.

CAPITULO 4

El cómplice involuntario

El señor Henry Fowler, de cuarenta y siete años, conoció a Edward Pierce en circunstancias un tanto distintas. Fowler admitió sin rodeos que no conocía bien los antecedentes de Pierce: el hombre le había dicho que era huérfano, y era evidente que se trataba de un individuo educado y de posición desahogada, que mantenía una casa muy bien puesta, siempre equipada con los artefactos más modernos, algunos muy ingeniosos.

El señor Fowler recordaba sobre todo una notable estufa instalada en el vestíbulo, con el fin de calentar la entrada de la casa. La estufa tenía la forma de una armadura, y funcionaba con admirable eficacia. El señor Fowler también recordó haber visto un par de prismáticos de campo, muy bien construidos con aluminio, y forrados de cuero marroquí; el artefacto había intrigado tanto al señor Fowler que buscó un par semejante, y le asombró el hecho de que costaban ochenta chelines, lo cual constituía un precio exorbitante. Sin duda, Pierce era un hombre acomodado, y Henry Fowler consideraba grato reunirse ocasionalmente con él a cenar.

Recordó, aunque con dificultad, un episodio ocurrido en la casa de Pierce a fines de mayo de 1854. Había sido en una cena a la que asistieron ocho caballeros, y la conversación se refirió principalmente al nuevo proyecto de ferrocarril metropolitano de Londres. Fowler consideró aburrido el tema, y se sintió decepcionado cuando los asistentes continuaron comentándolo mientras bebían el coñac en el salón.

Luego la conversación se orientó hacia el cólera, que últimamente era epidémico en ciertas zonas de Londres, donde la enfermedad estaba matando a una persona de cada cien.

La discusión acerca de los proyectos del señor Edwin Chadwick, uno de los Comisionados Sanitarios, en el sentido de que debían organizarse nuevos sistemas de alcantarillado en la ciudad, además de limpiar el Támesis contaminado, aburrió profundamente al señor Fowler. Además, el señor Fowler sabía de buena fuente que pronto sería el viejo Chadwick relevado del cargo; pero le habían hecho prometer que no divulgaría la información. Bebió su café con una sensación cada vez más acentuada de fatiga. En realidad, estaba pensando en la posibilidad de marcharse cuando su anfitrión, el señor Pierce, le preguntó acerca de un intento reciente de robar cierto cargamento de oro transportado por el tren. Era muy natural que Pierce preguntase a Fowler, pues Henry Fowler era cuñado de sir Edgar Huddleston, de la firma bancaria Huddleston & Bradford, de Westminster. El señor Fowler era gerente general de esta próspera firma, especializada en divisas extranjeras desde su fundación en 1833.

Era un período de notable dominio inglés del comercio mundial. Inglaterra extraía más de la mitad del carbón producido en todo el mundo, y su producción de mineral de hierro era mayor que la del resto de los países juntos. Producía las tres cuartas partes de la tela de algodón elaborada en todo el mundo. Se calculaba que su comercio exterior llegaba a 700 000 000 de libras esterlinas, el doble de lo que obtenían sus principales competidores, Estados Unidos y Alemania. Su imperio ultramarino era el más grande de la historia mundial, y continuaba expandiéndose, y así llegó a abarcar un cuarto de la superficie terrestre y un tercio de su población.

Por consiguiente, era perfectamente natural que las empresas extranjeras de toda clase convirtiesen Londres en un centro financiero, y que los bancos londinenses prosperasen. Henry Fowler y su banco se beneficiaban con las tendencias económicas generales, pero la especialización en transacciones con divisas extranjeras les aportaba también otros negocios. Así, cuando Inglaterra y Francia declararon la guerra a Rusia, dos meses antes (en marzo de 1854), se encomendó a la firma Huddleston & Bradford el pago de las tropas británicas que luchaban en la campaña de Crimea. Precisamente una de estas consignaciones de oro que estaban destinadas al pago de las tropas había sido objeto de un reciente intento de robo.

—Un esfuerzo trivial —declaró Fowler, consciente de que hablaba en nombre del banco. Los demás hombres reunidos en la sala, fumando cigarros y bebiendo coñac, eran caballeros sólidos que conocían a otros caballeros sólidos. El señor Fowler se sintió obligado a disipar cualquier tipo de sospecha en el sentido de una posible ineficacia del banco, y a hacerlo en los términos más vigorosos. —Sí, en efecto —dijo—, trivial y propio de aficionados. No tenía la más mínima posibilidad de éxito.

—¿Murió el malhechor? —preguntó el señor Pierce, sentado frente a Fowler, al mismo tiempo que expelía una bocanada de humo de su cigarro.

—En efecto —dijo el señor Fowler—. El guarda del ferrocarril lo arrojó del tren, que marchaba a bastante velocidad. El choque lo mató en el acto, sin duda. —Y agregó:— Pobre diablo.

—¿Lo identificaron?

—Oh, no lo creo —dijo Fowler—. El modo de abandonar el tren sin duda desfiguró considerablemente sus rasgos... Algunos afirman que se llamaba Jack Perkins, pero no se sabe con seguridad. La policía no se ha interesado mucho en el asunto, y me temo que su actitud es sensata. La técnica misma del robo revela a un aficionado. Jamás podía tener éxito.

—Supongo —dijo Pierce— que el banco adopta precauciones considerables, ¿verdad?

—Mi querido amigo —dijo Fowler—, y muy considerables por cierto. Le aseguro que uno no transporta todos los meses doce mil libras de oro en barras a Francia sin adoptar las precauciones más minuciosas.

—¿De modo que el bandido quería apoderarse del dinero destinado a Crimea? —preguntó otro caballero, el señor Harrison Bendix. Bendix era un conocido detractor de la campaña de Crimea, y Fowler no deseaba iniciar una discusión política a hora tan avanzada.

—Eso parece —dijo brevemente, y se sintió aliviado cuando Pierce volvió a tomar la palabra.

—Todos tenemos curiosidad de conocer la naturaleza de las precauciones que ustedes adoptan —dijo—. ¿O se trata de un secreto de la firma?

—En absoluto —dijo Fowler, aprovechando la oportunidad para extraer su reloj de oro del bolsillo del chaleco, soltar el resorte de la tapa y mirar la esfera. Eran las once pasadas; debía marcharse, y sólo le retenía allí la necesidad de defender la reputación del banco—. En realidad, yo mismo ideé las precauciones. Y si se me permite decirlo, le invito a que señale los defectos del plan que tracé. —Paseó la mirada por los rostros de sus amigos, y continuó hablando.— Cada embarque de oro en barras se deposita en las instalaciones del propio banco, y apenas necesito destacar el hecho de que las mismas son inexpugnables. El oro se guarda en una serie de cajas de hierro, las que luego se sellan. Un hombre razonable podría considerar que estas cajas constituyen protección suficiente, pero por supuesto llegamos mucho más lejos.

Se interrumpió para tomar un sorbo de coñac.

—Bien... Un grupo de guardias armados lleva las cajas selladas a la estación ferroviaria. El convoy no se ajusta a determinada ruta, ni tiene horario fijo; sigue las calles más concurridas, de modo que no es posible un asalto en un paraje desierto, en el trayecto hasta la estación. Nunca empleamos menos de diez guardias, todos hombres fidedignos, y antiguos servidores de la empresa; y todos fuertemente armados. Pues bien, en la estación las cajas se cargan en el furgón de equipajes del ferrocarril a Folkestone, y se depositan en dos de las más modernas cajas fuertes de la firma Chubb.

—¿Cajas fuertes Chubb? —dijo Pierce, arrugando el ceño. Chubb fabricaba las mejores cajas fuertes del mundo, y su capacidad y sus técnicas eran reconocidas universalmente.

—Tampoco son cajas Chubb del tipo que normalmente ofrece esa firma —continuó Fowler—, pues en realidad se las construyó especialmente de acuerdo con las especificaciones del banco. Caballeros, fueron fabricadas con acero templado de un cuarto de pulgada, y las puertas están sostenidas por goznes interiores, que no permiten ningún género de manipulación desde afuera. Caramba, el peso mismo de estas cajas impide el robo, pues cada una pesa más de doscientas cincuenta libras.

—En verdad, impresionante —dijo Pierce.

—Hasta el punto —dijo Fowler— de que uno puede con razón considerar que todo esto constituye una adecuada protección del cargamento de oro. Pero hemos agregado otras cosas. Cada una de las cajas tiene no una sino dos cerraduras, que requieren dos llaves.

—¿Dos llaves? Qué ingenioso.

—No sólo eso —agregó Fowler—; además, cada una de las cuatro llaves (dos para cada caja) está protegida individualmente. Dos se guardan en la propia oficina de ferrocarril. Una tercera está a cargo del señor Trent, presidente del banco, que como algunos de ustedes sabrán es un caballero digno de toda confianza. Confieso que ignoro dónde guarda exactamente su llave el señor Trent. Pero conozco el paradero de la cuarta llave porque la tengo yo mismo.

—Qué extraordinario —dijo Pierce—. Yo diría que es una responsabilidad considerable.

—Reconozco que sentí cierta necesidad de mostrar inventiva en esta cuestión —se ufanó Fowler, y luego inició una pausa teatral.

El señor Wyndham, un poco achispado por la bebida, decidió hablar.

—Bueno, maldita sea, Henry, ¿nos dirá dónde ha ocultado su asquerosa llave?

El señor Fowler no se ofendió; al contrario, sonrió benigno. No solía beber mucho, y contemplaba con cierta modesta satisfacción los extravíos de los que se entregaban a los excesos del alcohol.

—La guardo —dijo— alrededor del cuello. —Y se abrió la camisa almidonada con la mano extendida.— La tengo siempre conmigo, incluso mientras me baño y cuando duermo. Nunca se separa de mí —sonrió satisfecho—. Como ven, caballeros, el torpe intento de un jovencito de las clases peligrosas mal puede preocupar a Huddleston & Bradford, pues ese minúsculo rufián no tenía más posibilidades de robar el oro que yo de... bueno, de volar a la luna.

El señor Fowler se permitió una risita entre dientes ante lo absurdo del proyecto.

—Y bien —dijo—, ¿ven algún defecto en mi sistema?

—Absolutamente ninguno —dijo fríamente el señor Bendix.

Pero el señor Pierce tuvo una reacción más cálida.

—Henry, le felicito —dijo—. En verdad, es la estrategia más ingeniosa que he visto para proteger una expedición de valores.

—Eso mismo pienso —dijo el señor Fowler.

Poco después el señor Fowler se despidió, comentando que si no llegaba pronto a casa, su esposa creería que había estado jugando, con alguna muñeca «y lamentaría soportar las molestias del castigo sin la recompensa previa». Su comentario arrancó risas a los caballeros reunidos; le pareció que era la nota exacta que convenía para marcharse. Los caballeros deseaban que sus banqueros fuesen prudentes, pero no mojigatos; la línea divisoria entre ambas actitudes era muy tenue.

—Le acompaño hasta la salida —dijo Pierce, poniéndose de pie.

CAPITULO 5

La oficina del ferrocarril

Los ferrocarriles ingleses crecieron a velocidad tan fenomenal que la ciudad de Londres no supo cómo afrontar el problema, y nunca llegó a construir una estación central. En cambio, cada una de las líneas, construidas por empresas privadas, introdujo todo lo posible sus vías en la propia ciudad de Londres, y luego levantó una terminal. Pero a mediados del siglo XIX este sistema comenzaba a ser objeto de ataques. Un argumento era el desarraigo de la gente pobre, cuyas viviendas fueron demolidas para dar paso a las líneas ferroviarias; otro, se centraba en las incomodidades de los viajeros, obligados a atravesar Londres en carruaje con el fin de empalmar una estación con otra y continuar su viaje.

En 1846 Charles Pearson propuso y planeó una enorme Central Ferroviaria, que debía instalarse en Ludgate Hill, pero nunca se aceptó la idea. En Cambio, después de la construcción de varias estaciones —la más reciente fue la estación Victoria y King's Cross en 1851— se paralizaron las construcciones, a causa del ardor de la polémica pública.

Con el tiempo, se abandonó por completo el concepto de una terminal única de Londres, y se erigieron nuevas estaciones periféricas. En 1899, cuando se terminó la última —la estación Marylebone— Londres tenía quince terminales ferroviarias, más del doble que cualquier otra ciudad importante de Europa; y la desconcertante trama de líneas y horarios parecía que jamás podría ser asimilada por ningún londinense, excepto por Sherlock Holmes, que los conocía de memoria.

La paralización de las construcciones, a mediados de siglo, dejó en situación de desventaja a varias líneas nuevas, y una de ellas fue el Ferrocarril Sureste, que iba de Londres a la ciudad costera de Folkestone, a unos ciento treinta kilómetros de distancia. El Sureste no tuvo acceso al centro de Londres hasta 1851, cuando se reconstruyó la terminal del Puente de Londres.

Instalada en la ribera sur del río Támesis, cerca de su homónimo, la estación ferroviaria del Puente de Londres era la más antigua de la ciudad. Fue construida en 1836 por el Ferrocarril de Londres & Greenwich. Nunca fue popular, y se criticó la inferioridad de «su diseño y su concepción», comparada con estaciones erigidas después, por ejemplo Paddington y King's Cross. Pero en 1851, cuando se la reconstruyó, el *Illustrated London News* recordó que la antigua estación había sido un edificio «notable por el equilibrio, el carácter artístico y la realidad de su fachada. Por eso lamentamos que haya desaparecido, para dejar lugar a una construcción que parece menos meritoria».

Este es exactamente el tipo de inversión crítica que siempre ha frustrado y ha puesto furiosos a los arquitectos. Una figura tan importante como Sir Christopher Ween, que escribió doscientos años antes, se quejaba de que «los habitantes de Londres quizá desprecien un adefesio hasta que se demuele, y entonces como por obra de magia se afirma que el sustituto es inferior al edificio anterior, al que ahora se elogia con afirmaciones exaltadas y esplendorosas».

De todos modos, debe reconocerse que la nueva terminal del Puente de Londres era muy poco satisfactoria. Para los victorianos las estaciones ferroviarias eran las «catedrales de la época»; pretendían que combinasen los más altos principios de la estética con la realización tecnológica —y en realidad muchas estaciones satisfacen tales condiciones, con sus altas, arqueadas y elegantes bóvedas de vidrio—. Pero la nueva Estación del Puente de Londres era deprimente por donde se la mirase. Su estructura de dos pisos en forma de L tenía un aire chato y utilitario, con una hilera de sórdidos locales bajo una arcada, a la izquierda, y la estación principal formando una línea recta, sin más adorno que un reloj instalado en el techo. Y lo que es más grave, la distribución interior de las plantas —el blanco de la mayoría de las críticas anteriores— no sufrió ninguna modificación.

Durante la reconstrucción de la estación el Ferrocarril Sureste decidió usar la Terminal del Puente de Londres como punto de salida de las líneas que se dirigían a la costa. Se concertó un acuerdo de arriendo; el Ferrocarril Sureste alquilaba las vías, las plataformas y el espacio de oficinas del Ferrocarril de Londres & Greenwich, cuyos propietarios no estaban dispuestos a otorgar al Ferrocarril Sureste más facilidades que las necesarias.

Las oficinas del supervisor de tráfico consistían en cuatro habitaciones en una sección lejana de la terminal —dos cuartos para los empleados, un sector de almacenamiento para valores verificados, y una oficina más amplia para el propio supervisor—. Todas las habitaciones tenían tabiques de vidrio. La serie de habitaciones estaba instalada en el segundo piso de la terminal, y el único acceso era una escalera de hierro que ascendía desde la plataforma de la estación. Las personas que subían o bajaban la escalera estaban a la vista de los empleados de la oficina, así como de los pasajeros, los mozos de cuerda y los guardias distribuidos en el andén.

El supervisor de tráfico se llamaba McPherson. Era un escocés entrado en años que vigilaba atentamente a sus empleados, y trataba de que no se distrajesen mirando por la ventana. De modo que ninguno de los que ocupaban la oficina prestó atención un día de principios de julio de 1854, cuando dos viajeros se instalaron en un banco de la plataforma y permanecieron allí todo el día, consultando con frecuencia sus relojes, como impacientes por emprender viaje. Y tampoco advirtió nadie que los mismos caballeros volvían a la semana siguiente, y nuevamente se pasaban el día en el mismo banco, observando la actividad de la estación mientras esperaban su tren, y consultando a menudo sus relojes de bolsillo.

En realidad, Pierce y Agar no utilizaban relojes de bolsillo, sino más bien cronómetros. Pierce tenía uno muy elegante, un gran cronógrafo con dos diales, montado en una caja de oro de 18 quilates. Se lo consideraba una maravilla de la técnica más moderna, y se empleaba en las carreras y otras actividades parecidas. Pero lo sostenía oculto en la mano, de modo que no atraía la atención.

Después del segundo día de observación de la rutina de los empleados administrativos, los cambios de turnos de los guardas ferroviarios, la llegada y la partida de los visitantes de la oficina, y otros asuntos que para ellos eran importantes, Agar alzó los ojos hacia la escalera de hierro que conducía a la oficina y anunció:

—Infernalmente peligroso. Está demasiado expuesta. En fin, ¿qué quiere sacar de ahí?

—Dos llaves.

—¿Qué llaves?

—Dos llaves que necesito —dijo Pierce.

Agar miró de reojo las oficinas. Si la respuesta de Pierce lo decepcionó, su rostro no mostró el menor indicio en ese sentido.

—Bien —dijo en tono profesional—, si lo que quiere son dos llaves, creo que están en ese depósito —esbozó un gesto, sin atreverse a señalar con el dedo— después de las mesas de los empleados. ¿Ve la alacena?

Pierce asintió. A través del vidrio del frente podía ver toda la oficina. En el cuarto destinado a depósito había una estrecha alacena de color verde lima, adosada a la pared. Parecía la clase de lugar donde uno podía guardar las llaves.

—La veo.

—En esa alacena está lo mío. Bueno, seguro que tiene cerradura, pero eso no es muy importante. Una cosa barata.

—¿Y la puerta del frente? —dijo Pierce, desviando la vista. No sólo estaba cerrada con llave la alacena, sino que la puerta de acceso a la serie de oficinas, una puerta de cristal esmerilado, que ostentaba la inscripción FCSE, escrita a molde, y debajo, División Supervisor de Tráfico, tenía una robusta cerradura de bronce sobre el picaporte.

—Apariencia, y nada más —rezongó Agar—. Un tirón y la destripo. Podría abrirla sólo con la uña. Eso no es problema. El problema es la maldita gente.

Pierce asintió, pero no dijo nada. Agar era el principal responsable de la operación, y tendría que resolver las dificultades.

—¿Ha dicho dos llaves?

—Sí —dijo Pierce—. Dos llaves.

—Dos llaves son cuatro moldes. Cuatro moldes necesitan casi un minuto, para hacerlos bien. Pero sin contar la puerta, o el gabinete interior. Eso suma tiempo. —Agar paseó la vista por el andén colmado de gente, y los empleados de la oficina.— De día es demasiado difícil —dijo—. Hay mucha gente por todos lados.

—¿De noche?

—Sí, de noche, cuando está vacía, y como la boca de un lobo. Creo que de noche es mejor.

—De noche la poli hace rondas —le recordó Pierce. Ya habían visto que durante la noche, cuando la estación se quedaba vacía, los agentes la patrullaban a intervalos de cuatro o cinco minutos—. ¿Tendrá tiempo?

Agar frunció el ceño y miró de reojo la oficina.

—No —dijo finalmente—. Salvo...

—¿Qué?

—Que las oficinas ya estuviesen abiertas. Entro tranquilamente, hago los moldes sin perder un momento, y desaparezco en menos de dos minutos.

—Pero las oficinas estarán cerradas —dijo Pierce.

—Pensaba utilizar a un culebra —dijo Agar, con un gesto de la cabeza en dirección a la oficina del supervisor.

Pierce levantó la vista. La oficina del supervisor tenía una amplia ventana de vidrio; en el interior pudo ver al señor McPherson, en mangas de camisa, con los cabellos blancos y una visera verde sobre la frente. Detrás de McPherson, una ventana de ventilación, de aproximadamente un pie cuadrado.

—Ya veo —dijo Pierce. Y agregó—: Muy pequeña.

—Un buen culebra puede pasar —dijo Agar. Un culebra era un niño capaz de atravesar contorsionándose pequeños espacios. Generalmente era un exaprendiz de deshollinador—. Y cuando está en la oficina, abre la alacena, y la puerta desde dentro, y me lo prepara todo. Así, el trabajo será coser y cantar, créame —dijo, asintiendo satisfecho.

—Si tenemos a un culebra.

—Claro.

—Y debe ser condenadamente bueno —dijo Pierce, volviendo a mirar la ventana— para pasar por ahí. ¿Quién es el mejor?

—¿El mejor? —preguntó Agar sorprendido—. El mejor es Perfecto Willy, pero está dentro.

—¿Dónde?

—En la prisión de Newgate, y de ahí nadie escapa. Cumplirá su tiempo en la noria, y será un buen chico, y esperará la rebaja, si se la dan. Pero no puede escapar. No, de Newgate nadie escapa.

—Quizá Perfecto Willy pueda hacerlo.

—Nadie puede hacerlo —dijo Agar con voz grave—. Ya se ha intentado.

—Enviaré un mensaje a Willy —dijo Pierce— y veremos.

Agar asintió.

—Tengo esperanzas —dijo—, pero no demasiadas.

Los dos hombres reanudaron la vigilancia de las oficinas. Pierce fijó la vista en el depósito anexo a las oficinas, y en la pequeña alacena adosada a la pared. Recordó que nunca la había visto abierta, y se le ocurrió una idea: ¿Qué pasaría si hubiese más llaves, quizá docenas, en ese pequeño armario? ¿Cómo sabría Agar cuáles debía copiar?

—Ahí viene la poli —dijo Agar.

Pierce miró, y vio al agente que hacía su ronda. Apretó el botón del cronómetro: siete minutos cuarenta y siete segundos desde la última pasada. Pero la rutina del policía sería más rápida por la noche.

—¿Ve un escondrijo? —dice Pierce.

Agar asintió en dirección a un depósito de equipajes instalado en una esquina, a lo sumo a doce pasos de la escalera.

—Servirá.

—Excelente —comentó Pierce.

Los dos hombres permanecieron sentados hasta las siete, hora en que los empleados abandonaron la oficina para volver a sus casas. A las siete y media se retiró el supervisor, después de cerrar con llave la puerta de acceso. Desde esa distancia, Agar fijó los ojos en la llave.

—¿Qué tipo de llave? —preguntó Pierce.

—Bastará un tirón, no muy fuerte —dijo Agar.

Los dos hombres permanecieron otra hora, hasta que se hizo peligroso continuar en la estación. El último tren había partido, y ahora llamaban mucho la atención. Permanecieron el tiempo indispensable para cronometrar al policía de la guardia nocturna que hacía las rondas de la estación. El agente pasaba frente a la oficina del gerente de tráfico cada cinco minutos y tres segundos.

Pierce apretó el botón del cronómetro y miró el segundero.

—Cinco y tres —dijo.

—Feo asunto —dijo Agar.

—¿Puede hacerlo?

—Claro que puedo —dijo Agar—. Puedo conseguir un molde en menos... todo lo que he dicho es que es feo el asunto. ¿Cinco y tres?

—Puedo encender más rápido el cigarro —le recordó Pierce.

—Puedo —dijo Agar con firmeza—, si tengo un culebra como Perfecto Willy.

Salieron de la estación. Cuando llegaron a la calle,

Pierce hizo señas al coche de punto. El cochero, que mostraba una cicatriz en la frente, descargó un latigazo sobre el caballo y el vehículo se adelantó hacia la entrada de la estación.

—¿Cuándo lo hacemos? —preguntó Agar.

Pierce le entregó una guinea de oro.

—Cuando yo le avise —dijo. Luego, subió al coche y el vehículo se alejó, hundiéndose en la sombra nocturna cada vez más densa.

CAPITULO 6

El problema y la solución

Hacia mediados de julio de 1854, Edward Pierce conocía la ubicación de tres de las cuatro llaves que necesitaba para robar las cajas. Dos llaves estaban en la alacena verde de la oficina del supervisor de tráfico del Ferrocarril Sureste. Una tercera colgaba del cuello de Henry Fowler. Estas tres llaves no representaban problemas importantes para Pierce.

Por supuesto, había que resolver el problema del momento oportuno en que podría realizarse una entrada clandestina con el fin de obtener el molde de cera. También había que encontrar un buen culebra que ayudase a entrar en las oficinas del ferrocarril. Sin embargo, todos éstos eran obstáculos que podrían superarse fácilmente.

La dificultad real estaba en la cuarta llave. Pierce sabía que se hallaba en poder del señor Trent, presidente del banco, pero ignoraba *dónde* estaba —y este desconocimiento representaba un desafío, por cierto formidable, que absorbió su atención durante los cuatro meses siguientes.

Conviene hacer aquí una breve aclaración. En 1854 Alfred Nobel iniciaba su carrera; pasaría otra década antes de que el químico sueco descubriese la dinamita, y la posibilidad de la «sopa» de nitroglicerina todavía era cosa del futuro. Por consiguiente, a mediados del siglo XIX una caja de metal bien construida era un obstáculo serio para los ladrones.

Esta afirmación gozaba de un reconocimiento tan general que los fabricantes de cajas consagraban la mayor parte de sus energías al problema de la protección de esos artefactos contra el fuego, pues la pérdida de dinero y documentos por incineración era un riesgo mucho más grave que el robo. Durante este período se otorgaron distintas patentes que cubrían el ferromanganeso, la arcilla, el polvo de mármol y el yeso de París utilizados como revestimientos a prueba de fuego de las cajas fuertes.

El ladrón instalado frente a una caja tenía tres posibilidades. La primera consistía lisa y llanamente en robar la caja entera, llevándosela para violentarla cómodamente. Era una empresa imposible si se trataba de una caja de cierto tamaño y considerable peso, y los fabricantes procuraban utilizar los materiales de construcción más pesados e incómodos para desalentar esta maniobra.

O bien el ladrón podía emplear un «rebajador», es decir, un taladro que fijaba al agujero de la cerradura de la caja, y permitía practicar un orificio sobre la cerradura. El mecanismo de la cerradura podía manipularse a través de este orificio, y de ese modo se abría la caja. Pero el «rebajador» era una herramienta de especialistas; era ruidosa, lenta e insegura; y además de su costo elevado, era voluminosa.

La tercera posibilidad era echar una ojeada a la caja y renunciar. Era el desenlace más usual. Veinte años después la caja fuerte dejaría de ser un obstáculo insalvable, y se convertiría en simple molestia en el espíritu de los ladrones; pero por el momento era prácticamente inexpugnable.

Por supuesto, a menos que se tuviese una llave de la caja fuerte. Aún no se habían inventado las cerraduras de combinación; todas las cerraduras se abrían y cerraban con llave, y el modo más seguro de violar una caja era ir provisto de una llave obtenida previamente. Este hecho subyace en la preocupación por las llaves que caracteriza al delincuente del siglo XIX. La literatura delictiva, oficial y popular, de la época victoriana, parece obsesionada por las llaves, como si fuese lo único que importaba. Pero en esos tiempos, como dijo en su proceso de 1848 Neddy Sykes, magistral violador de cajas fuertes: «La llave es el todo en el golpe, es el problema y la solución.»

De modo que cuando Edward Pierce planeó el robo del tren, partió de la premisa indudable de que ante todo debía conseguir copias de las llaves necesarias. Y debía hacerlo obteniendo acceso a las propias llaves, pues si bien existía un nuevo método consistente en usar «modelos» de cera e insertarlos en las cerraduras de las cajas, esta técnica no merecía confianza. De ahí que las cajas fuertes de la época solían dejarse sin vigilancia.

El eje de la actividad delictiva era determinar el lugar en que se guardaban las llaves de la caja. El proceso de copia no ofrecía dificultades; en pocos momentos podían obtenerse impresiones en cera de la llave. Y podía violentarse con rápida facilidad el local donde se guardaba una llave.

Pero si uno se detiene a pensar en el asunto, una llave es por de pronto bastante pequeña. Puede ocultársela en los lugares más inverosímiles; es posible esconderla casi en cualquier parte del cuerpo de una persona, o en cualquier rincón de un cuarto. Y sobre todo de una habitación victoriana, donde incluso un objeto tan corriente como un cesto de papeles probablemente estaba forrado de tela, capas sucesivas de flecos, y cercos decorativos de borlas.

Solemos olvidar lo extraordinariamente recargadas que eran las habitaciones victorianas. El decorado que prevalecía en este período suministraba innumerables escondrijos. Además, los propios victorianos adoraban los compartimentos secretos y los lugares disimulados; a mediados del siglo el anuncio de venta de un escritorio afirmaba que «contiene 110 compartimentos, incluso muchos disimulados del modo más ingenioso». Aun las chimeneas muy adornadas, que podían hallarse en todos los cuartos de una casa, ofrecían docenas de lugares donde ocultar un objeto tan pequeño como una llave.

Por consiguiente, a mediados de la época victoriana, la información acerca del escondite de una llave era casi tan útil como la copia de la propia llave. El ladrón que pretendía obtener una impresión en cera podía irrumpir en una casa si sabía exactamente dónde se ocultaba la llave, o por lo menos en qué habitación estaba. Pero si desconocía esos datos, la dificultad de realizar una búsqueda minuciosa —en silencio, en una casa poblada de habitantes y criados, usando sólo una linterna sorda que suministraba a lo sumo un ojo de luz— era tan grande que a veces no valía la pena realizar el intento.

En virtud de todas estas circunstancias, Pierce concentró su atención en descubrir dónde guardaba su llave el señor Edgar Trent, presidente de la firma Huddleston & Bradford.

Ante todo, había que averiguar si el señor Trent guardaba la llave en el banco. Los empleados jóvenes de Huddleston & Bradford almorzaban a la una de la tarde en una taberna llamada El Caballo y el Jinete, frente al local de la firma. Era un establecimiento pequeño, colmado y cálido a la hora del almuerzo. Pierce hizo amistad con uno de los empleados, un joven llamado Rivers.

En general, los ordenanzas y los empleados de menor categoría del banco se mostraban cautelosos frente a las relaciones casuales, porque uno nunca sabía si estaba conversando con un delicuente en libertad; pero Rivers no se inquietó, pues sabía que el banco estaba a salvo de cualquier intento de robo —y quizá tenía conciencia que él mismo estaba bastante resentido con sus patrones.

En ese sentido, es conveniente reproducir aquí la versión revisada, de las «Normas para el personal de la oficina», distribuidas por el señor Trent a principios de 1854. Decían así:

1. El temor de Dios, la limpieza y la puntualidad son factores indispensables de una buena empresa.

2. La Compañía ha reducido el día de trabajo al horario de 8.30 de la mañana a 7 de la tarde.

3. Todos los días, por la mañana, se elevarán rezos en la oficina principal. El personal administrativo estará presente.

4. El atuendo debe ser sobrio. El personal administrativo no usará prendas de colores vivos.

5. Se suministra una estufa para beneficio del personal administrativo. Se recomienda que

cada miembro del personal traiga diariamente dos kilos de carbón durante el tiempo frío.

6. Ningún miembro del personal administrativo puede dejar el salón sin permiso del señor Roberts. Se permiten las necesidades naturales y el personal administrativo debe usar el jardín que está detrás del segundo portón. Este sector debe mantenerse limpio y en buen orden.

7. No se permite conversar durante las horas de trabajo.

8. El deseo de consumir tabaco, vinos o alcoholes es una debilidad humana, y como tal está prohibida al personal administrativo.

9. Los miembros del personal administrativo traerán sus propios lápices.

10. Los administradores de la empresa esperan que, en compensación por estas condiciones casi utópicas, se obtendrá un gran aumento de la producción.

Utópicas o no, las condiciones de trabajo de Huddleston & Bradford movieron al empleado Rivers a expresarse libremente acerca del señor Trent. Y con menos entusiasmo de lo que cabía esperar en el caso de un superior utópico.

—Un sujeto bastante rígido —dijo Rivers—. Saca el reloj a las ocho y treinta en punto, y observa si todos están en sus respectivos lugares; y no valen excusas. Dios ampare al hombre a quien se le atrasa el ómnibus en la avalancha de la mañana.

—Hay que ajustarse a la norma, ¿verdad?

—Demasiado. Es un tipo duro... hay que cumplir la tarea, y eso es lo único que importa. Está más viejo —dijo Rivers—. Y también más envanecido: se ha dejado crecer bigotes más largos que los suyos, y sólo porque está quedándose calvo.

En este período se discutía mucho si estaba bien que los caballeros llevasen bigote. Era una moda nueva, y las opiniones acerca de sus beneficios estaban divididas. También comenzaba a difundirse la moda de fumar cigarrillos, pero los individuos más conservadores no fumaban —por lo menos no lo hacían en público, y a veces ni siquiera en el hogar. Y los hombres más conservadores llevaban la cara totalmente afeitada.

—He oído decir que tiene ese cepillo —continuó Rivers—. El cepillo eléctrico del doctor Scott, viene de París. ¿Y sabe cuánto cuesta? Doce chelines y seis peniques, nada más y nada menos.

A Rivers le parecía una suma elevada: en efecto, le pagaban doce chelines semanales.

—¿Qué hace? —inquirió Pierce.

—Cura las jaquecas, la caspa y también la calvicie —dijo Rivers—, o por lo menos eso dicen. Un cepillito bastante original. Se encierra en su despacho y se cepilla una vez cada hora, puntualmente. —Rivers se rió de las manías de su patrón.

—Seguramente tiene un despacho amplio.

—Sí, amplio y también confortable. El señor Trent es hombre importante.

—¿Lo tiene bien ordenado?

—Sí, pero la encargada de la limpieza viene todas las

noches, desempolva y ordena, y todas las noches al retirarse el señor Trent dice a la mujer: «Un lugar para cada cosa y cada cosa en su lugar», y se marcha a las siete en punto.

Pierce no recordaba el resto de la conversación, que no le había interesado. Sabía ya lo que necesitaba, es decir, que Trent no guardaba la llave en su despacho. De haberlo hecho, no habría permitido que limpiasen el lugar en su ausencia, pues era notorio que las mujeres encargadas de la limpieza se dejaban sobornar fácilmente; y para el observador casual, había escasa diferencia entre una limpieza minuciosa y una búsqueda exhaustiva.

Pero aunque la llave no estuviese en la oficina, de todos modos era posible que se la guardase en el banco. Quizás el señor Trent había preferido depositarla en una de las bóvedas. Para aclarar el punto, Pierce podía suscitar una conversación con otro empleado, pero ciertamente prefería evitar ese paso. En cambio, eligió otro método.

CAPITULO 7

El descuidero

Teddy Burke, de veinticuatro años, estaba trabajando en el Strand a las dos de la tarde, la hora más elegante. Como los restantes caballeros, Teddy Burke estaba impecablemente vestido, con sombrero de alta copa, levita oscura, pantalones estrechos y corbatín de seda oscura. El atuendo le había costado bastante, pero era esencial para su actividad, pues Teddy Burke era uno de los carteristas más elegantes.

En la corriente de damas y caballeros que recorrían las tiendas elegantes de esta vía, llamada por Disraeli «la primera calle de Europa», nadie podía ver que Teddy Burke no estaba solo. En realidad, estaba ejecutando su operación habitual; él daba el golpe, a su lado estaba el ayudante, y delante y atrás dos campanas. En total, cuatro hombres, y todos perfectamente vestidos. Los cuatro se deslizaban a través de la multitud, sin llamar la atención. Había muchos elementos de distracción.

Ese hermoso día de principios del verano el aire estaba tibio y olía a estiércol de caballo, a pesar de la intensa actividad de una docena de barrenderos. Había un intenso tráfico de carros, carretones, ómnibus traqueteantes con leyendas en colores brillantes, coches de punto y cabriolés, y de cuando en cuando algún carruaje elegante, con un cochero uniformado en el pescante y criados de librea atrás. Algunos niños harapientos se desplazaban en el tráfico, y empujaban sus carretillas bajo los cascos de los caballos, para diversión de la multitud, de la que a veces llegaban algunas monedas arrojadas a los pequeños.

Teddy Burke se mostraba indiferente a la excitación general, así como a la lujosa exhibición de mercancías en los escaparates de las tiendas. Concentraba la atención en la presa, una hermosa dama que vestía una falda de crinolina púrpura oscura guarnecida de flecos. Daría el golpe en pocos instantes más, mientras ella caminaba por la calle.

La banda avanzaba en formación. Uno de los campanas ocupaba su posición tres pasos al frente; otro estaba cinco pasos atrás. La misión de los campanas era provocar desorden y confusión si algo salía mal.

La presa seguía caminando, pero el hecho no inquietó a Teddy Burke. Se proponía robarla sobre la marcha, el tipo más difícil de golpe, mientras iba ella de una tienda a la otra.

—Vamos allá —dijo, y el ayudante avanzó a su lado. Su tarea era recibir el botín apenas Teddy lo había robado, dejándolo limpio si había escándalo y un agente de policía le detenía.

Acompañado por el ayudante, se acercó tanto a la mujer que pudo oler su perfume. Caminaba a la derecha de la joven, pues el vestido de la mujer tenía un solo bolsillo, y estaba de ese lado.

Teddy sostenía un abrigo sobre el brazo izquierdo. Una persona sagaz podría haber preguntado por qué un caballero llevaba abrigo en un día tan cálido; pero la prenda parecía nueva, y podía suponerse que acababa de recogerla de una de las tiendas cercanas. En todo caso, el abrigo ocultaba el movimiento del brazo derecho en dirección a la falda de la mujer. Acarició delicadamente el vestido, para descubrir si llevaba monedero. Sus dedos le tocaron; respiró hondo, rogando al cielo que las monedas no tintineasen, y lo retiró del bolsillo.

Se apartó inmediatamente de la mujer, pasó el abrigo al otro brazo, y en el mismo movimiento entregó el bolso al ayudante. Este se alejó. Adelante y atrás, los campanas se marcharon en direcciones diferentes. Sólo Teddy Burke, que ahora estaba limpio, continuaba caminando por el Strand, y pasó frente a un local que exhibía garrafas de vidrio tallado y cristal importadas de Francia.

Un individuo alto de barba roja estaba mirando los artículos exhibidos. No miró a Teddy Burke.

—Buen golpe —dijo.

Teddy Burke pestañeó.

El hombre que había hablado estaba demasiado bien vestido, parecía demasiado pulcro para ser un policía de civil, y ciertamente no era un confidente. Teddy Burke dijo con cautela:

—¿Se dirige a mí, señor?

—Sí —dijo el hombre—. Digo que ha sido un golpe muy bueno. ¿Lo enganchó?

Teddy Burke se sintió profundamente insultado. Se llamaba gancho a un alambre que los carteristas inferiores usaban para pescar un bolso, si los dedos les temblaban demasiado para ejecutar la tarea.

—Discúlpeme señor. No sé de qué me habla.

—Creo que lo sabe perfectamente —insistió el hombre—. ¿Andamos un poco?

Teddy Burke se encogió de hombros y marchó al paso del desconocido. Después de todo, estaba limpio y nada tenía que temer.

—Hermoso día —dijo.

El desconocido no respondió. Caminaron unos minutos en silencio.

—¿Cree que podría ser menos eficaz? —preguntó el hombre después de un rato.

—¿Qué quiere decir, señor?

—Se trata —dijo el hombre—, de apretar a un cliente sin robarle nada.

—¿Intencionadamente? —Teddy Burke se echó a reír—. Esto ocurre bastante a menudo sin intención, se lo aseguro.

—Hay cinco libras para usted, si sabe hacerlo.

Teddy Burke entornó los ojos. Había muchos estafadores, hombres sagaces que a menudo usaban a un cómplice involuntario, y dejaban que llevase la peor parte de un plan complicado. Teddy Burke no se dejaría burlar por nadie.

—Cinco libras no es mucho.

—Diez —dijo el hombre con voz fatigada.

—Tengo que pensar en mis muchachos.

—No —dijo el hombre—; usted solo.

—¿De qué se trata? —preguntó Teddy Burke.

—Un buen golpe, las manos sobre el otro, lo suficiente para preocuparle y que se revise los bolsillos.

—¿Y usted quiere que no le quite nada?

—Absolutamente nada —repuso el hombre.

—¿Quién es el tipo? —preguntó Teddy Burke.

—Un hombre llamado Trent. Tiene que abordarlo frente a su oficina... fuerte y bruscamente, como le he dicho.

—¿Y dónde está la oficina?

—El Banco Huddleston & Bradford.

Teddy Burke silbó por lo bajo.

—Westminster. Es peligroso. Allí la maldita policía pulula.

—Pero usted saldrá limpio. Lo único que quiero es que él se preocupe.

Teddy Burke caminó unos metros más, meditando el asunto, tomando aire y reflexionando.

—¿Cuándo?

—Mañana por la mañana. A las ocho en punto.

—Muy bien.

El caballero de barba roja le entregó un billete de cinco libras, y le informó que recibiría el resto una vez ejecutado el trabajo.

—¿Y por qué hace esto? —preguntó Teddy Burke.

—Asunto personal —replicó el hombre, y se perdió en la multitud.

CAPITULO 8

Tierra Santa

Entre 1801 y 1851 las proporciones de Londres se triplicaron. Con una población de dos millones y medio de habitantes, era con mucho la ciudad más grande del mundo, y sus dimensiones asombraban a todos los observadores extranjeros. Nathaniel Hawthorne se sintió atónito; su «tremenda densidad» fascinó y abrumó a Henry James; Dostoievski halló que era «dilatada como un océano... una visión bíblica, una profecía del Apocalipsis realizada ante nuestros propios ojos».

Pero Londres continuaba creciendo. A mediados de siglo había siempre en construcción cuatro mil viviendas, y la periferia de la ciudad literalmente reventaba. Esta pauta hoy muy conocida de expansión se denominaba ya «la fuga hacia los suburbios». Ciertas áreas periféricas que a principios del siglo habían sido aldeas y villorrios —Marylebone, Islington, Camden, Saint John's Wood y Bethnal Green— se desarrollaron integralmente, y las nuevas clases medias, ahora prósperas, abandonaban el centro de la ciudad para trasladarse a estas zonas, donde el aire era más puro, el ruido menos irritante y la atmósfera en general más grata y «rural».

Naturalmente, algunos barrios más antiguos de Londres conservaron un nivel elevado de elegancia y riqueza, pero a menudo estaban al lado mismo de los barrios bajos más sórdidos y sorprendentes. La vecindad de la riqueza y la sordidez impresionó también a los observadores extranjeros, sobre todo porque los barrios bajos o «palomares» eran refugios e incubadoras de «la clase criminal». Había sectores de Londres en los que un ladrón podía desvalijar una mansión, y prácticamente con sólo cruzar la calle podía desaparecer en un enmarañado laberinto de callejuelas y construcciones ruinosas atestadas de seres humanos, y tan peligroso que ni siquiera un policía armado se atrevía a perseguir al delincuente.

La génesis de los barrios bajos era mal comprendida entonces; más aún, la expresión misma «barrios bajos» no fue aceptada generalmente antes de 1890. Pero ya se tenía una imprecisa conciencia de la pauta que ahora es familiar: las nuevas vías de comunicación evitaban ciertos sectores de la ciudad y los aislaban; los negocios desertaban del lugar; venían a instalarse industrias poco agradables, de modo que aumentaban el ruido y la contaminación del aire, y disminuía aún más la atracción que podía ejercer la zona; en definitiva, nadie que dispusiera de los medios necesarios para vivir en otro lugar aceptaba residir en un lugar semejante, y la región adquiría un aspecto ruinoso, el mantenimiento era deficiente y las clases inferiores la sobrepoblaban.

Entonces, como ahora, estos barrios bajos existían en parte porque constituían un negocio lucrativo para los propietarios. Un inquilinato de ocho cuartos podía admitir a cien inquilinos, cada uno de los cuales pagaba un chelín o dos por semana para vivir en condiciones de «confusa promiscuidad», durmiendo hasta con veinte personas del mismo o distinto sexo en la misma habitación. (Tal vez el ejemplo más extraño de los alojamientos de la época está representado por los famosos «colgados de a penique» del puerto. Aquí un marinero borracho pasaba la noche por un penique, atándose a cuerdas tendidas a la altura del pecho, y colgando como las prendas tendidas de una soga).

Aunque algunos propietarios de alojamientos, o inquilinatos vivían en la zona —y a menudo aceptaban cosas robadas en pago del alquiler— muchos eran ciudadanos de pro, propietarios *in absentia* que empleaban a un hombre de acción para cobrar los alquileres y mantener cierta apariencia de orden.

Durante este período hubo varios «palomares» famosos, en las Siete Esferas, Rosemarie Lane, la Isla de Jacobo y el Camino de Ratcliffe, pero ninguno llegó a ser tan famoso como las tres hectáreas del centro de Londres que formaban el «palomar» de Saint Giles, y que se llamaba «la Tierra Santa». Situado cerca del distrito teatral de la plaza Leicester, el barrio de prostitutas del Haymarket, y las tiendas elegantes de Regent Street, el palomar de Saint Giles estaba situado estratégicamente, desde el punto de vista del delincuente que deseaba «sumergirse».

De acuerdo con las descripciones contemporáneas, «la Tierra Santa» era «una densa masa de casas tan viejas que fingían tenerse en pie, con pasadizos estrechos y tortuosos que se curvan y serpentean. Aquí la intimidad es imposible, y quien se aventura en la zona descubre que las calles —así llamadas por mera cortesía— están ocupadas por multitud de vagabundos, y si mira por las ventanas cerradas con trozos de vidrio, ve habitaciones donde los habitantes viven apiñados hasta la asfixia». Hay referencias a «los albañales nauseabundos... la roña que colma los pasajes oscuros... los muros cubiertos de hollín y las puertas de goznes arrancados... y enjambres de niños por doquier, satisfaciendo en cualquier parte sus necesidades.»

Esta masa de inquilinatos sórdidos, malolientes y peligrosos no era lugar apropiado para un caballero, sobre todo después de la caída del sol en una brumosa noche estival. Sin embargo, a fines de julio de 1854 un hombre de barba rojiza y elegante atuendo recorrió sin temor los pasadizos estrechos, humeantes y atestados. Los holgazanes y los vagos que lo miraban observaron seguramente que su bastón de empuñadura de plata parecía ominosamente pesado, y posiblemente ocultaba una hoja de acero. Además, sobre los pantalones se advertía un bulto que podía ser una pistola puesta en la cintura. Y la audacia misma de esta temeraria visita probablemente intimidaba a muchos de los que podían sentirse tentados de atacarlo.

El propio Pierce habría de decir después: «Lo que esta gente respeta es la actitud. Conocen la expresión del temor, y por lo tanto la de su ausencia, y el hombre que no teme, les intimida.»

Pierce pasó de una calle maloliente a otra, preguntando por cierta mujer. Finalmente, encontró a un vagabundo borracho que la conocía.

—¿Busca a Maggie? ¿La pequeña Maggie? —inquirió el hombre apoyándose contra el poste de una lámpara de gas, el rostro ensombrecido por la niebla.

—Es la chica de Perfecto Willy.

—La conozco. Roba ropa colgada, ¿no? Sí, seguro que trabaja en esa línea. —El hombre se interrumpió significativamente, y bizqueó.

Pierce le entregó una moneda.

—¿Dónde vive?

—En el primer pasaje, primera puerta a la derecha —dijo el hombre.

Pierce reanudó la marcha.

—Pero no se moleste —le gritó el hombre—. Willy

está en chirona… nada menos que en Newgate… y ahí no puede hacer nada.

Pierce no volvió la cabeza. Se internó por la calle, pasando frente a sombras imprecisas en la niebla, aquí y allá una mujer cuya ropa brillaba en la noche —obreras de las fábricas de cerillas con manchas de fósforo sobre el vestido. Los perros ladraban; los niños lloraban; a través de la niebla le llegaban murmullos, gemidos y risas. Finalmente llegó a la casa de inquilinato, con un rectángulo brillante de luz amarilla en la entrada, que iluminaba un cartel escrito toscamente a mano:

PIESAS PARA VIAGEROZ

Pierce contempló el cartel, y luego entró en la casa, abriéndose paso entre las pandillas de niños sucios y harapientos reunidas alrededor de la escalera; pellizcó bruscamente a uno, para mostrarles que no toleraría que le revisaran los bolsillos. Subió los escalones crujientes hasta el segundo piso, y preguntó por la mujer llamada Maggie. Le indicaron que estaba en la cocina, de modo que descendió otra vez, y se dirigió al sótano.

La cocina era el centro de todos los inquilinatos, y a esa hora era un lugar cálido y acogedor, un foco de calor y fragancias sabrosas, mientras afuera se enroscaban los jirones de niebla gris y húmeda. Al lado del fuego había media docena de hombres que conversaban y bebían; alrededor de una mesa, varios hombres y mujeres jugaban a las cartas, mientras otros sorbían cuencos de sopa caliente; en los rincones se amontonaban instrumentos musicales, muletas de mendigos, canastas de buhoneros y cajas de vendedores ambulantes. Encontró a Maggie, una sucia niña de doce años, y la apartó a un lado. Le entregó una guinea de oro, y la chica la mordió. Embozó una semisonrisa.

—¿Qué pasa, patrón? —Miró apreciativamente las finas prendas, con una expresión calculadora que por cierto no concordaba con su edad—. ¿Quiere que le divierta un poco?

Pierce ignoró la sugerencia.

—¿Vives con Perfecto Willy?

La chica se encogió de hombros.

—Vivía. Willy está en chirona.

—¿Newgate?

—Sí.

—¿Le ves?

—A veces. Digo que soy su hermana, ¿sabe?

Pierce señaló la moneda que ella aferraba.

—Tendrás otra igual si le pasas un mensaje.

Durante un instante los ojos de la chica centellearon interesados. Luego recuperaron la expresión mortecina.

—¿Qué es?

—Dile a Willy que debe salir durante la próxima ejecución. Será Emma Barnes, la asesina. Seguro que la ahorcan públicamente. Dile eso: tiene que salir cuando la ejecuten.

La chica se rió. Una risa extraña, dura y áspera.

—Willy esta en Newgate —dijo— y nadie sale de Newgate... tanto si ahorcan como si no.

—Dile que *él* puede —dijo Pierce—. Que vaya a la casa donde conoció a John Simms, y no habrá problemas.

—¿Es usted John Simms?

—Soy un amigo —dijo Pierce—. Dile que en el próximo ahorcamiento tiene que salir, o no es Perfecto Willy.

La chica movió la cabeza.

—¿Cómo puede salir de Newgate?

—Dile eso —repitió Pierce, y se volvió hacia la salida.

En la puerta de la cocina se volvió hacia la chica, una niña desgarbada, cargada de hombros, que llevaba un vestido viejo y harapiento manchado de barro, los cabellos apelmazados y sucios.

—Se lo diré —dijo la niña, mientras deslizaba en el zapato la moneda de oro.

El hombre se alejó y volvió por donde había venido, y salió «la Tierra Santa». Emergió de una estrecha callejuela, se internó en la plaza Leicester y se unió a la multitud reunida frente al Teatro Mayberry, perdiéndose entre los grupos que ocupaban la calle.

CAPITULO 9

La rutina del señor Edgar Trent

El sector respetable de Londres era un lugar tranquilo durante la noche. En una época anterior al motor de combustión interna, los distritos comerciales y financieros del centro de la ciudad estaban desiertos y silenciosos, si se exceptúan los pasos discretos de los agentes de la Policía Metropolitana que hacían sus rondas de veinte minutos.

Al alba, el silencio se interrumpía con el cacareo de los gallos y el mugido de las vacas, sonidos rurales incongruentes en un medio urbano. Pero en esa época había muchos animales en el centro de la ciudad, y la cría era una de las principales industrias londinenses y además, durante el día, una de las causas principales de la congestión del tránsito. No era raro que un elegante caballero tuviese que esperar en su coche el paso de un pastor y su rebaño que recorrían las calles de la ciudad. Londres era entonces la mayor concentración urbana del mundo, pero en relación con las normas modernas, la división entre la vida urbana y la rural no era muy definida.

Es decir, poco definida hasta el instante en que el reloj de la Guardia Montada daba las siete, y aparecían los primeros representantes de ese fenómeno peculiarmente urbano —los habitantes de los barrios alejados— que se dirigían al trabajo, transportados por «la diligencia del Hueso» («the Marrow bone stage»); es decir, a pie. Eran los ejércitos de mujeres y niñas empleadas como costureras en las despiadadas fábricas de ropa del West End, donde trabajaban doce horas diarias por unos pocos chelines semanales.

A las ocho los establecimientos de las calles principales retiraban las persianas; los aprendices y los ayudantes arreglaban los escaparates, preparándose para el día de trabajo, y exhibiendo lo que un observador sarcástico denominó «los innumerables caprichitos y frivolidades de la moda».

De las ocho a las nueve el tránsito era particularmente intenso, y los hombres ocupaban las calles. Todo el mundo, desde empleados del gobierno a cajeros de los bancos, desde corredores de bolsa a confiteros y obreros de las fábricas de jabón, se dirigía al trabajo a pie, en ómnibus, tándems, coches de dos ruedas —en suma, un conjunto traqueteante, ruidoso y espeso de vehículos y conductores que maldecían, juraban y flagelaban a sus caballos.

En medio de esta barahúnda, los barrenderos callejeros iniciaban su trabajo cotidiano. En el aire saturado de amoníaco, recogían los primeros montículos de estiércol equino, metiéndose entre los carros y los ómnibus. Y tenían mucha tarea: de acuerdo con la opinión de Henry Mayhew, un caballo londinense común depositaba anualmente en las calles seis toneladas de estiércol, y la ciudad tenía lo menos un millón de animales.

Deslizándose en medio de la confusión, unas pocas berlinas elegantes, con carrocería de reluciente madera oscura lustrada y ruedas de rayos delgados y fuertes, transportaban cómodamente a algunos prósperos ciudadanos a sus ocupaciones diarias.

Pierce y Agar, agazapados en un tejado que daba a la

imponente fachada del Banco Huddleston & Bradford, vieron que por la calle se estaba acercando una de estas berlinas.

—Ahí viene —dijo Agar.

—Bien —asintió Pierce— pronto sabremos a qué atenernos, —echó una ojeada al reloj—. Las ocho y veintinueve. Puntual, como de costumbre.

Pierce y Agar estaban en el tejado desde el alba. Habían visto llegar a los contadores y los empleados; y también habían percibido que el movimiento en la calle y las aceras se hacía más intenso y premioso a cada minuto que pasaba.

La berlina se detuvo frente a la puerta del banco, y el cochero saltó al suelo para abrir la portezuela. El presidente de Huddleston & Bradford descendió. El señor Edgar Trent tenía casi sesenta años, su barba era gris y exhibía un vientre apreciable; Pierce no pudo determinar si era calvo, porque el sombrero de copa le cubría la cabeza.

—Un sujeto gordo, ¿eh? —dijo Agar.

—Atención, ahora —dijo Pierce.

En el instante mismo en que el señor Trent puso pie a tierra, un joven bien vestido chocó bruscamente con él, murmuró una breve disculpa por encima del hombro, y continuó presuroso su camino. El señor Trent ignoró el incidente. Recorrió la corta distancia que le separaba de las impresionantes puertas de roble del banco.

De pronto, en mitad de un movimiento, se detuvo.

—Ahora ha caído —dijo Pierce.

En la calle, Trent miró en la dirección del joven bien vestido, e inmediatamente se palpó el bolsillo lateral de la levita, en busca de cierto objeto. Al parecer, lo que buscaba seguía en el mismo sitio, porque esbozó un gesto de alivio y siguió andando hacia el banco.

La berlina reanudó la marcha; las puertas del banco se cerraron.

Pierce hizo una mueca y se volvió hacia Agar.

—Bien —dijo—. Eso es todo.

—¿El qué? —preguntó Agar.

—Lo que necesitamos saber.

—¿Y qué necesitamos saber? —insistió Agar.

—Necesitamos saber —dijo lentamente Pierce— que el señor Trent trae hoy consigo la llave, porque es el día de... —Se interrumpió bruscamente. Aún no había explicado el plan a Agar, y no veía razón alguna para hacerlo hasta último momento. Un hombre inclinado a la bebida, como Agar, podía soltar la lengua en un momento inoportuno. Pero un borracho no podía decir lo que ignoraba.

—¿Qué día? —insistió Agar.

—El día del ajuste de cuentas —replicó Pierce.

—Es usted muy reservado —dijo Agar. Y luego agregó—: ¿No era ése Teddy Burke intentando dar un golpe?

—¿Quién es Teddy Burke? —dijo Pierce.

—Un carterista, trabaja en el Strand.

—No le conozco —dijo Pierce, y los dos hombres bajaron del tejado del edificio.

—Vaya, es usted muy reservado —dijo de nuevo Agar—. Ese *era* Teddy Burke. Entonces Pierce se limitó a sonreír.

Durante la semana siguiente Pierce reunió muchos datos acerca del señor Edgar Trent y su rutina cotidiana. El señor Trent era un caballero bastante severo y devoto; rara vez bebía, y nunca fumaba ni jugaba a las cartas. Era padre de cinco hijos; la primera esposa había fallecido de parto algunos años antes, y la segunda, Emily, era treinta años más joven que él y muy bella, pero de actitudes tan severas como el marido.

La familia Trent vivía en el número 17 de la calle Highwater, Mayfair, en una espaciosa casa de estilo georgiano, con veintitrés habitaciones, sin incluir los cuartos de los criados. La servidumbre estaba formada por doce personas: un cochero, dos mozos de cuadra, un jardinero, un portero, un mayordomo, una cocinera y dos ayudantes de cocina, además de tres criadas. También había una institutriz destinada a los tres niños menores.

Los hijos tenían distintas edades, desde los cuatro años del menor a los veintinueve de la hija mayor. Todos vivían en casa. El más pequeño era propenso al sonambulismo, de modo que a menudo se suscitaban escenas nocturnas que conmovían a todo el personal de la casa.

El señor Trent tenía dos bulldogs, que eran paseados dos veces al día, a las siete de la mañana y a las ocho y cuarto de la noche, por dos de los criados. Los perros estaban alojados en un espacio cercado, al fondo de la casa, no lejos de la entrada de los proveedores.

El señor Trent se ajustaba a una rígida rutina. Todos los días se levantaba a las 7 de la mañana, desayunaba a las 7,30 y salía para su despacho a las 8,10, para llegar a las 8,29. Almorzaba invariablemente en Simpson's a la una, durante una hora. Abandonaba el banco a las siete de la tarde, y a lo sumo a las 7,20 estaba en su casa. Aunque era miembro de varios clubs de la ciudad, rara vez los visitaba. El señor Trent y su esposa salían de noche dos veces por semana; generalmente ofrecían una cena una vez por semana, y a veces organizaban una reunión más importante. En dichas veladas se agregaban al personal una doncella y un criado, pero estas personas venían de las casas vecinas; eran gente digna de confianza y no se les podía sobornar.

Los proveedores que llegaban diariamente a la entrada lateral de la casa vendían a todas las familias de la calle, y procuraban no relacionarse nunca con un posible delincuente. Por amable que se mostrase, un desconocido no podía entablar fácilmente relaciones con un vendedor de frutas o verduras, y éstos sabían mantener la boca bien cerrada.

Un deshollinador llamado Marks trabajaba en el barrio. Era sabido que comunicaba a la policía cualquier petición de información de un desconocido. El ayudante del limpiador de chimeneas era un jovencito estúpido; de él nada podía obtenerse.

El policía que vigilaba la calle, un tal Lewis, hacía sus rondas una vez cada diecisiete minutos. A medianoche cambiaba el turno; Howell, encargado de la vigilancia nocturna, hacía sus rondas una vez cada dieciséis minutos. Los dos hombres eran individuos muy responsables, nunca estaban enfermos ni borrachos, y no aceptaban sobornos.

Los criados estaban satisfechos. Ninguno había sido empleado y tampoco despedido recientemente; a todos se les trataba bien, y eran leales a la casa, y sobre todo a la señora Trent. El cochero estaba casado con la cocinera; uno de los mozos de cuadra dormía con una de las doncellas; las otras dos eran chicas bonitas, y al parecer no carecían de compañía masculina: habían encontrado amantes en la servidumbre de las casas vecinas.

La familia Trent solía tomar sus vacaciones anuales en el mes de agosto, pero no pensaban hacerlo este año, pues en vista de sus obligaciones comerciales el señor Trent debía quedarse en la ciudad todo el verano. A veces, la familia pasaba el fin de semana en el campo, en casa de los padres de la señora Trent, pero durante estas salidas la mayoría de los criados permanecía en la mansión. Aparentemente, nunca había menos de ocho personas en la casa.

Pierce reunió toda esta información lenta y cuidadosamente, y a menudo con cierto riesgo. Parece que utilizó varios disfraces para hablar con los criados en las tabernas y en la calle; es posible que también se paseara por el vecindario, observando las costumbres de la casa, pero ésta era una práctica peligrosa. Por supuesto, podía usar una serie de «espías» que recorriesen la zona, pero cuanto mayor era el número de personas que intervinieran, más probable era que se difundiesen rumores acerca de un robo inminente en la mansión de los Trent. En ese caso, se agravarían los problemas que dificultaban la entrada en la casa, que ya eran formidables. De modo que decidió realizar personalmente la labor de reconocimiento, con cierta ayuda de Agar.

De acuerdo con su propio testimonio, hacia fines de agosto Pierce no estaba mejor que un mes antes. «Ese hombre no tenía fisuras —dijo Pierce, refiriéndose a Trent—, ni vicios, ni debilidades, ni excentricidades, y una esposa salida directamente de las páginas de un manual acerca de la mujer perfecta al frente de un hogar feliz.»

Era evidente que no tenía sentido introducirse en una mansión de ventitrés habitaciones con la esperanza de que la casualidad permitiese encontrar la llave oculta. Pierce necesitaba más información, y a medida que pasaba el tiempo era más evidente que esta información podía obtenerla sólo del propio señor Trent, el único que sabía dónde estaba la llave.

Todos los intentos de Pierce por establecer una relación personal con el señor Trent fracasaron. Henry Fowler, que a veces veía a Pierce en algunas veladas de hombres solos, había sido abordado en relación con el tema de Trent, pero Fowler sostenía que era un individuo religioso, correcto, y de conversación bastante aburrida; y agregaba que la esposa, si bien bonita, era igualmente aburrida. (Estos comentarios, revelados en el curso del proceso causaron considerable embarazo al señor Fowler; pero por lo demás, el señor Fowler tendría que afrontar después situaciones mucho más molestas.)

Era evidente que Pierce no podía insistir en que le presentaran a personas dotadas de tan escaso atractivo. Tampoco podía abordar directamente a Trent, pretextando negocios con el banco. A Henry Fowler le hubiese extrañado que Pierce no le sometiese cualquier posible asunto comercial. Por lo demás, Fowler era la única persona conocida de Pierce que estaba relacionada con Trent.

En resumen, se estaban agotando los recursos de Pierce, y hacia principios de agosto contemplaba varios planes desesperados —por ejemplo, fingir un accidente en el curso del cual un coche debía atropellarlo frente a la casa de la familia Trent, o un episodio similar frente al banco. Pero se trataba de estratagemas baratas, y para que fuesen eficaces era necesario que Pierce sufriese heridas más o menos reales. Como puede suponerse, la perspectiva no le agradaba, de modo que aplazaba constantemente el asunto.

De pronto, en la noche del 3 de agosto, el señor Trent modificó bruscamente su rutina habitual. Volvió a casa a la hora de siempre, las 7,20, pero no entró en la residencia. En cambio, se encaminó directamente hacia la perrera instalada en el fondo de la casa, y sujetó a una correa uno de los bulldogs. Después de acariciar un rato al animal, volvió a subir con él al carruaje que lo esperaba, y la berlina se alejó.

Cuando Pierce vio esto, comprendió que tenía a su hombre.

CAPITULO 10

Un perro entrenado

No lejos de Southwark Mint se hallaba el establo de Jeremy Johnson & Hijo. Era un establecimiento pequeño, que alojaba a un par de docenas de caballos en tres establos de madera, con los fardos de heno, las monturas, los arreos y otros elementos colgados de bastidores. El visitante accidental del establo tal vez se sorprendiera de oír, en lugar del relincho de los caballos, el sonido predominante de los perros que ladraban, gruñían y rezongaban. Pero el significado de estos sonidos era bastante claro para quienes frecuentaban el lugar, y no suscitaba comentarios especiales. En Londres había muchos establecimientos prestigiosos que completaban sus actividades con el entrenamiento de perros de pelea.

El señor Jeremy Johnson (padre) acompañó a su cliente de barba rojiza a hacer un recorrido por los establos. Era un anciano jovial a quien le faltaba la mayoría de los dientes.

—Yo también soy un viejo desdentado —decía riendo—. Pero eso no me impide beber, se lo aseguro. —Palmeó los cuartos traseros de un caballo para apartarlo del camino.— Vamos, vamos —dijo y luego volvió los ojos hacia Pierce—. Y bien, ¿qué busca?

—El mejor animal que usted tenga —dijo Pierce.

—Eso es lo que piden todos los caballeros —dijo el

señor Johnson con un suspiro—. Todos quieren lo mejor.

—Soy muy exigente.

—Oh, ya lo veo —dijo Johnson—. Comprendo perfectamente. ¿Usted quiere un cachorro, para prepararlo personalmente?

—No, —dijo Pierce—. Quiero un perro perfectamente entrenado.

—Usted sabe que eso cuesta.

—Lo sé.

—Cuesta mucho, mucho —murmuró Johnson, mientras recorrían el establo. Empujó una puerta chirriante, y pasaron a un pequeño patio del fondo. Aquí había tres pistas circulares, con reborde de madera, cada una de unos dos metros de diámetro, y por todas partes perros enjaulados. Los perros aullaron y ladraron cuando vieron a los hombres.

—Un perro entrenado cuesta mucho —dijo Johnson—. Se necesita mucho tiempo para amaestrar bien al animal. ¿Sabe qué hacemos? Primero, entregamos el perro a un ayudante, y él lo provoca durante diez días... para endurecerlo, ¿comprende?

—Entiendo —dijo Pierce con impaciencia— pero yo...

—Luego —continuó Johnson— dejamos al perro con un animal viejo sin dientes... o con un perro joven, también sin dientes, según el caso. Hace un par de semanas perdimos el que teníamos, de modo que ahora usamos éste —señaló a un perro enjaulado— y le arrancamos todos los dientes; ahora es el desdentado. Y muy bueno. Sabe entrenar al aprendiz... este desdentado es muy ágil.

Pierce miró al animal sin dientes. Era un perro joven y sano que ladraba vigorosamente. Le habían quitado todos los dientes, pero continuaba rezongando y entreabriendo los labios amenazadoramente. El espectáculo provocó la risa de Pierce.

—Sí, sí; es un tanto cómico —dijo Johnson, acercándose a otra jaula—, pero no dirá lo mismo de éste. Le aseguro que está mirando el mejor perro de prueba de todo Londres.

Era un mestizo, más grande que un bulldog, y le habían afeitado partes del cuerpo. Pierce conocía la rutina: primero se entrenaba al animal joven en breves sesiones de pelea con un veterano viejo y sin dientes; luego se lo metía en la arena con un «perro de prueba», un animal prescindible aunque combativo. En el curso del encuentro con el perro de prueba el aprendiz adquiría las habilidades necesarias para matar. La práctica usual era afeitar las partes vulnerables del perro de prueba, con el fin de incitar al aprendiz a atacar esas zonas.

—Este animal —dijo Johnson— ha enseñado a más campeones de los que recuerdo. ¿Conoce el perro del señor Benderby, el que venció el mes pasado al campeón de Manchester? Pues bien, este animal entrenó al perro del señor Benderby. Y también al perro del señor Starrett, y… bueno, más de una docena, y todos los campeones. Y el otro día vino el señor Starrett, en persona, y quiso comprarlo. Dice que quiere fastidiar a un par de tejones. ¿Y sabe lo que me ofreció? Nada menos que cincuenta libras. ¿Y qué le contesté? Le dije que por nada del mundo, no vendo este animal por cincuenta libras.

Johnson movió tristemente la cabeza.

—Y no quiero que cace tejones —dijo—. Los tejones no son rivales para un perro de pelea. No, no. Un buen perro de pelea tiene que enfrentarse con otros perros, o a lo sumo con las ratas. —Miró de reojo a Pierce.— ¿Quiere un perro para cazar ratas? Tenemos animales entrenados especialmente —dijo el señor Johnson—. Algo más baratos, por eso lo digo.

—Quiero el mejor perro entrenado.

—Y le aseguro que lo tendrá. Vea, vea este verdadero demonio. —Johnson se detuvo frente a una jaula. Dentro, Pierce vio un bulldog que pesaba unos veinte kilos. El perro gruñó, pero no se movió.— ¿Ve? Tiene confianza en sí mismo. Ya ha dado un buen par de mordiscos a otros perros, y está bien adiestrado. Perverso como el que más. Sabe, algunos perros tienen instinto... no es posible enseñarles, nacen con el instinto de morder en el lugar exacto. Y éste tiene ese instinto.

—¿Cuánto? —preguntó Pierce.

—Veinte libras.

Pierce vaciló.

—Con la correa tachonada, el collar y el bozal, todo incluido —agregó Johnson.

Pierce permaneció en silencio.

—Le aseguro que se sentirá orgulloso, muy orgulloso.

Después de un largo silencio, Pierce dijo:

—Quiero el *mejor* perro que usted tenga —señaló la jaula—. Este perro no ha peleado nunca. No tiene cicatrices. Quiero un veterano entrenado.

—Y lo tendrá —dijo Johnson sin pestañear. Continuó caminando, y se detuvo dos jaulas más lejos—. Este tiene instinto de matador, le gusta la sangre, y como rápido... caramba, es más veloz que el ojo. La semana pasada le arrancó el cuello al perro del viejo Whitington, en el torneo de la taberna... Quizás usted estuvo allí y lo vio.

Pierce preguntó:

—¿Cuánto?

—Veinticinco libras, todo incluido.

Pierce miró un momento al animal, y luego dijo:

—Quiero el mejor perro que tenga aquí.

—Este es el mejor, se lo juro... el mejor perro de toda la jauría.

Pierce cruzó los brazos sobre el pecho y golpeteó el suelo con el pie

—Se lo juro, señor, veinticinco libras, una maravilla para el caballero, y excelente en todos los aspectos.

Pierce se limitó a mirarlo.

—En fin —dijo Johnson, apartando la vista, como si se sintiese turbado—, hay otro animal, pero es muy especial. Tiene instinto de matador, ha probado la sangre, es muy ágil y resistente. Por aquí.

Condujo a Pierce fuera del patio cercado, y entró en otro sector donde había tres perros en jaulas un poco más grandes. Todos eran más pesados que los anteriores; Pierce calculó que debían pesar veinticinco kilos, quizá más. Johnson señaló la jaula de en medio.

—Este —dijo—. Me ha atacado a mí mismo Y tuve que frenarlo... es un animal malvado de veras. —Johnson se arremangó una manga de la camisa para mostrar una serie de cicatrices blancas.— Me las hizo esta bestia —dijo—, cuando me atacó, pero lo dominé, lo cuidé y lo entrené especialmente, porque tiene carácter, y usted sabe muy bien que el carácter es el todo.

—¿Cuánto? —dijo Pierce.

Johnson se miró las cicatrices del brazo.

—Pensaba reservarlo para...

—¿Cuánto?

—Con todo respeto, no puedo venderlo por menos de cincuenta libras.

—Le daré cuarenta.

—Vendido —dijo prontamente Johnson—. ¿Se lo lleva ahora?

—No —dijo Pierce—. Vendré a buscarlo dentro de unos días. Por el momento, guárdelo aquí.

—Entonces, ¿me dará una señal?

—Por supuesto —dijo Pierce, y entregó diez libras al individuo. Pidió a Johnson que abriese la boca del perro, verificó el estado de los dientes, y se marchó.

—Condenación —dijo Johnson después de marcharse Pierce—. Un hombre compra un perro entrenado, y lo deja aquí. ¿Qué significa esto?

CAPITULO 11

La destrucción de alimañas

El capitán Jimmy Shaw, pugilista retirado, dirigía la Cabeza de la Reina, una de las tabernas «deportivas» más famosas en la calle del Molino de Viento. El visitante que hubiese entrado en el local en la noche del 10 de agosto de 1854 habría presenciado el espectáculo más original, pues si bien la taberna se caracterizaba por el techo muy bajo, y era un lugar sórdido y barato, estaba ocupado en ese momento por toda clase de caballeros bien vestidos, que alternaban con buhoneros, vendedores ambulantes de alimentos, jornaleros y otros miembros de condición social humilde. Pero eso a nadie parecía importarle, pues todos compartían un sentimiento de nerviosa y estridente expectación. Además, casi todos habían traído perros. Eran animales de características muy variadas: bulldogs, terriers de distintos tipos y diferentes mestizos. Algunos descansaban en los brazos de sus propietarios; otros estaban atados a las patas de las mesas, o al posapies del mostrador. Todos eran tema de intensa discusión y atento examen: se les sopesaba, se les palpaba las patas con el fin de determinar la resistencia de los huesos, y les abrían las fauces para examinar los dientes.

Un visitante podría haber observado luego que los pocos elementos decorativos de la Cabeza de la Reina indicaban idéntico interés por los perros. De las perchas colgaban collares de cuero claveteados; había perros disecados, guardados en sucios fanales, sobre el mostrador; sobre la chimenea, imágenes de distintos perros, entre ellas un famoso dibujo de Tiny, «el perro maravilloso», un bulldog blanco cuyas hazañas legendarias eran bien conocidas por todos.

Jimmy Shaw, una figura corpulenta con la nariz rota, se desplazó por el salón diciendo en voz alta: «Pidan lo que gusten, caballeros.» En la Cabeza de la Reina aun los caballeros más elegantes bebían ginebra caliente sin quejarse. Más aún, nadie parecía tener en cuenta la sordidez del ambiente. O para el caso, a nadie parecía preocuparle que la mayoría de los perros exhibiese abundantes cicatrices en la cara, el cuerpo y las patas.

Sobre el mostrador, un cartel manchado de hollín decía:

TODO HOMBRE CON SU ANTOJO
LA CAZA DE RATAS EN LA REALIDAD

Y si alguien dudaba del sentido del cartel, sus dudas se disipaban a las nueve de la noche, cuando el capitán Jimmy ordenaba «abrir la pista», y todo el público se dirigía hacia el salón del primer piso; cada hombre llevaba su perro, y cada uno depositaba un chelín en la mano de un empleado antes de subir la escalera.

El primer piso de la Cabeza de la Reina era un salón amplio, de techo tan bajo como la planta inferior. Carecía totalmente de muebles, y en el centro estaba la pista —un círculo de dos metros de diámetro, cerrado por planchas de un metro veinte de altura. El suelo de la pista estaba encalado, con una capa que se aplicaba todas las noches.

A medida que los espectadores llegaban al segundo piso, los perros reaccionaban vigorosamente, se agitaban en los brazos de sus propietarios, ladraban con energía, y tiraban de las correas.

El capitán Jimmy dijo con voz severa:

—Ahora, los caballeros que tienen antojos... háganlos callar.

Y algunos intentaron obedecer la orden, pero con escaso éxito, sobre todo cuando apareció la primera jaula de ratas.

A la vista de las ratas, los perros ladraron y gruñeron fieramente. El capitán Jimmy sostuvo la oxidada jaula de alambre sobre su propia cabeza, balanceándola en el aire; contenía unas cincuenta ratas asustadas.

—Lo mejor de lo mejor, caballeros —anunció—. Todas ratas de campo, ni una sola rata de albañal. ¿Quién quiere empezar?

En el salón se habían reunido cincuenta o sesenta personas. Muchas se apoyaban en las tablas de madera que circundaban la pista. Todos tenían dinero, y regateaban animadamente. Imponiéndose al vocerío general, se alzó una voz:

—Probaré con veinte. Veinte de las mejores para mi perro.

—Pesen el perro del señor T. —dijo el capitán Jimmy, pues conocía al que había hablado. Los ayudantes se apresuraron a retirar el bulldog de los brazos de un caballero calvo de barba cana. El perro fue pesado.

—¡Trece kilos! —dijo una voz, y el perro fue devuelto a su dueño.

—Así es, amigos —dijo el capitán Jimmy—. Trece kilos pesa el perro favorito del señor T., y quiere probar con veinte ratas. ¿Digamos cuatro minutos?

El señor T. asintió.

—Caballeros, son cuatro minutos, y pueden cruzarse apuestas. Hagan sitio al señor T.

El caballero de barba cana se acercó al borde de la pista, siempre con el perro en brazos. El animal tenía manchas blancas y negras, y gruñó a las ratas que estaban enfrente. El señor T. azuzó al perro emitiendo él mismo gruñidos y rezongos.

—Que salgan —dijo el señor T.

El ayudante abrió la jaula y metió la mano desnuda para atrapar las ratas. El gesto era importante, porque demostraba que las ratas eran animales del campo, y no estaban infectadas por ninguna enfermedad. El ayudante seleccionó «veinte de las mejores», y las echó a la pista. Los animales se distribuyeron por todo el perímetro, y finalmente se agruparon en un rincón, formando una masa peluda.

—¿Estamos listos? —preguntó el capitán Jimmy, con un cronómetro en la mano.

—Listo —dijo el sñor T., mientras excitaba a su perro con gruñidos y rezongos.

—¡Ataca! ¡Ataca! —Fue el grito de los espectadores, y varios caballeros, por lo demás muy dignos, gritaron y soplaron en dirección a las ratas, de modo que éstas se erizaron y el miedo se convirtió en frenesí.

—*¡Ahooooora!* —gritó el capitán Jimmy, y el señor T. echó el perro a la pista. Inmediatamente el señor T. se agazapó, de modo que su cabeza apenas sobresalía del círculo de madera, y en esta postura incitó a su perro, con instrucciones a grito pelado y gruñidos caninos.

El perro se abalanzó sobre la masa de ratas, lanzando dentelladas a los cuellos, como auténtico animal de pelea que era. En un momento mató tres o cuatro.

Los apostadores gritaban y aullaban tanto como el propietario que no apartaba los ojos del combate.

—¡Eso es! —gritó el señor T.— Ya está muerta, suéltala, sigue, ¡Grrrr! Bien, otra más, suéltala, *¡sigue!* ¡Grrrrr!

El perro pasaba prontamente de un cuerpo peludo al siguiente. De pronto, una rata se le prendió del hocico, y no lo soltó; el perro no podía librarse de la rata.

—¡Sacúdela! ¡Sacúdela! —gritó la turba.

El perro se contorsionó, consiguió liberarse, y se arrojó sobre el grupo de ratas. Ya habían muerto seis, y los cuerpos yacían en la pista manchada de sangre.

—Dos minutos —llamó el capitán Jimmy.

—Adelante, Lover, adelante, Lover —gritó el señor T.— Vamos, chico. ¡Grrrrr! Ya está, suéltala. ¡Vamos, Lover!

El perro recorría de un lado a otro, persiguiendo a su presa; la gente gritaba y golpeaba las tablas de madera para mantener la excitación de los animales. En ciertc momento Lover tuvo cuatro ratas colgadas de la cara y el cuerpo, pero no cejó y con las fuertes dentelladas, desgarró a una quinta. En medio de la furiosa excitación, nadie vio a un caballero de barba rojiza y digno porte que se abría paso entre la gente y se detenía al lado del señor T., cuya atención continuaba totalmente concentrada en el perro.

—Tres minutos —anunció el capitán Jimmy. Varios espectadores gimieron. Habían transcurrido tres minutos, y había matado sólo doce ratas; los que habían apostado al preferido del señor T. seguramente perderían su dinero.

El propio señor T. parecía no tener noción del tiempo. No apartaba los ojos del perro; ladraba y aullaba; retorcía el cuerpo, al mismo tiempo que su perro; rechinaba las mandíbulas y gritaba órdenes con voz ronca.

—¡La hora! —gritó el capitán Jimmy, alzando el

cronómetro. La gente suspiró y se calmó. Retiraron a Lover de la pista; las tres ratas que habían quedado con vida fueron encerradas prontamente por los ayudantes. El combate del perro con las ratas había concluido. El señor T. había perdido.

—Excelente actuación —dijo el hombre de la barba roja, como consuelo.

La paradoja implícita en la conducta del señor Edgar Trent en la Cabeza de la Reina —más aún, su presencia misma en un lugar de ese estilo— exige cierta explicación.

En primer lugar, un hombre que era presidente de un banco, devoto cristiano y columna de la comunidad decente, jamás hubiera concebido la idea de relacionarse con miembros de las clases inferiores. Todo lo contrario: el señor Trent consagraba una medida considerable de tiempo y energía a mantener a esta gente en su lugar, y procedía así con el conocimiento seguro y cierto que estaba contribuyendo a mantener el buen orden social.

De todos modos, en la sociedad victoriana había algunos lugares en los cuales todas las clases se mezclaban libremente, y uno de los principales estaba representado por los acontecimientos deportivos —el boxeo, los caballos, y por supuesto las peleas entre animales—. Todas estas actividades gozaban de mala reputación o eran directamente ilegales, y sus partidarios, reclutados en todas las capas sociales, compartían un interés común que les permitía ignorar el incumplimiento de los convencionalismos sociales en tales ocasiones. Y si el señor Trent no advertía ninguna incongruencia en su propia presencia en un ambiente de buhoneros y vendedores ambulantes, no es menos cierto que estos, que generalmente guardaban silencio y se sentían incómodos en presencia de caballeros, mostraban la misma desenvoltura en tales episodios deportivos, y reían y alternaban libremente con hombres a quienes ni se habrían atrevido a rozar en circunstancias corrientes.

El interés común de todos —las peleas de animales— había sido una diversión muy apreciada en Europa occidental desde los tiempos medievales. Pero en la Inglaterra victoriana los deportes animales estaban decayendo velozmente, víctimas de la legislación, y de la transformación de los gustos del público. La lidia de toros y osos, común a comienzos del siglo, era ahora bastante rara; y sólo en los centros rurales se organizaban peleas de gallos. En el Londres de 1854 sólo tres deportes con animales conservaban popularidad, y todos tenían que ver con los perros.

Desde los tiempos isabelinos casi todos los observadores extranjeros han comentado el afecto que los ingleses dispensaban a sus perros, y por eso mismo es extraño que precisamente la criatura más cara a los corazones ingleses fuese el centro de un «deporte» tan visiblemente sádico.

De los tres deportes con perros, las luchas entre perros eran consideradas como el «arte» supremo en el mundo de los deportes animales. Su difusión justificaba que muchos delincuentes londinenses se ganaran bien la vida dedicándose exclusivamente a robar perros (se los denominaba «peleteros»). Pero las peleas de perros eran relativamente poco comunes, pues solían ser combates a muerte, y un buen perro de pelea era un artículo caro.

La pelea entre el perro y el tejón era todavía menos corriente. Se encadenaba a un tejón, y un perro o dos se dedicaban a hostigarlo. La piel resistente y fuerte dentellada del tejón proporcionaban un espectáculo sobremanera tenso y muy popular, pero la escasez de tejones limitaba las posibilidades de este deporte.

La lucha del perro con las ratas era el deporte más corriente, sobre todo a mediados del siglo. Aunque técnicamente era ilegal, durante varias décadas se practicó en flagrante violación de la ley. En muchos lugares podían verse carteles que decían: «Se necesitan ratas» y «Se compran y venden ratas»; de hecho, la caza de ratas era una industria menor, ajustada a sus propias normas especiales. Eran muy valoradas las ratas de campo, por su capacidad combativa y la ausencia de infecciones. Las ratas de albañal, más comunes y fácilmente identificables por el olor, eran tímidas y sus mordeduras tenían mayores probabilidades de infectar a un valioso perro de pelea.

Si se considera que el dueño de una taberna «deportiva», con una buena clientela, podía llegar a comprar dos mil ratas en una semana —y una buena rata de campo costaba hasta un chelín—, no sorprende que muchos individuos se ganaran la vida capturando ratas. El más famoso fue «Black Jack» Hanson, que se desplazaba en un vehículo parecido a un coche fúnebre, ofreciendo limpiar de plagas las mansiones elegantes por una retribución absurdamente baja, a condición de que se le permitiera «atrapar vivas a las sinvergüenzas.

No se sabe con seguridad por qué los victorianos de todos los niveles sociales fingían no saber nada del asunto, pero a decir verdad padecían una ceguera muy conveniente. La mayoría de los alegatos humanitarios de la época deploran y condenan las peleas de gallos —las cuales de todos modos eran bastante raras— y no aluden en absoluto a los entretenimientos con perros.

Tampoco hay indicios en el sentido de que los caballeros honorables se sintiesen incómodos participando en estos deportes con perros y ratas; pues en definitiva dichos caballeros se creían «firmes sostenedores de la campaña de destrucción de alimañas», y nada más.

Uno de estos firmes sostenedores, el señor T., se había retirado a la planta baja de La Cabeza de la Reina, ahora prácticamente desierta. Hizo una señal al barman solitario, y pidió un vaso de ginebra para sí y un poco de menta para su perro.

El señor T. estaba lavando con menta la boca de su perro, para impedir la formación de úlceras, cuando el caballero de la barba rojiza descendió la escalera y dijo:

—¿Puedo acompañarle con una copa?

—Con mucho gusto —le respondió el señor T., sin dejar de atender a su perro.

Arriba, el ruido de los pies golpeando el suelo y los gritos indicaron el comienzo de otro episodio de destrucción de alimañas. El desconocido de la barba rojiza tuvo que gritar para hacerse oír por encima del estrépito.

—Veo que es usted un caballero de aficiones deportivas —observó.

—Y desafortunado —contestó el señor T., también a gritos. Palmeó al perro—. Lover no ha estado en su mejor forma. Cuando está bien, no tiene igual, pero a veces le falta impulso. —El señor T. emitió un suspiro dolido.— Esta noche ha sido una de esas ocasiones. —Pasó la mano sobre el cuerpo del perro, en busca de heridas profundas, y se limpió con el pañuelo la sangre de varios cortes que le había manchado los dedos.— Pero se ha portado bastante bien. Mi Lover volverá a luchar.

—Sin duda —convino el caballero de la barba roja—, y ese día volveré a apostar por él.

El señor T. mostró cierta preocupación.

—¿Ha perdido?

—Una fruslería. Diez guineas, realmente nada.

El señor T. era un hombre de carácter conservador, y estaba en situación acomodada, pero rehusaba creer que diez guineas fuesen «una fruslería». Miró de nuevo a su compañero de copas, y advirtió el excelente corte de su levita y la calidad de la seda blanca de su corbatín.

—Me alegro de que no le conceda mucha importancia —dijo—. Permítame invitarle a una copa, para compensar en parte su mala suerte.

—De ningún modo —replicó el hombre de la barba rojiza—; yo no creo haber tenido mala suerte. En realidad, admiro a un hombre que puede tener y presentar animales. Yo también lo haría si los negocios no me obligaran a viajar a menudo al extranjero.

—¿Ah, sí? —dijo el señor T., mientras pedía otra ronda al barman.

—En efecto —dijo el desconocido. —Sin ir más lejos, el otro día me ofrecieron un excelente perro entrenado, de notable ferocidad, con las inclinaciones de un auténtico luchador. No pude cerrar trato, porque no dispongo de tiempo para cuidar del animal.

—Lamentable —dijo el señor T.— ¿Cuánto le pidieron?

—Cincuenta guineas.

—Excelente precio.

—En efecto.

El mozo trajo más bebidas.

—Yo también estoy buscando un perro entrenado —dijo el señor T.

—¿De veras?

—Sí —dijo el señor T.— Desearía el tercero, para agregarlo a Lover y a Shantung, el otro perro. Pero no creo…

El caballero de la barba roja hizo una discreta pausa antes de contestar. Después de todo, el entrenamiento, la compra y la venta de perros de pelea eran actividades ilegales.

—Si así lo desea —dijo al fin Pierce—, puedo preguntar si el animal aún está disponible.

—¿De veras? Sería muy amable de su parte. Realmente muy amable —al señor T. se le ocurrió súbitamente un pensamiento—. Pero si yo fuera usted, no vacilaría en comprarlo. Después de todo, mientras está en el extranjero su esposa podría vigilar a los criados que cuidan de la bestia.

—Me temo —replicó su interlocutor— que durante estos años he consagrado la mayor parte de mis energías a las actividades comerciales. No me he casado. —Y luego agregó:— Aunque, por supuesto, desearía hacerlo.

—Por supuesto —dijo el señor T., con una expresión muy peculiar en el rostro.

CAPITULO 12

El problema de la señorita Elizabeth Trent

La Inglaterra victoriana fue la primera sociedad que recogió sistemáticamente estadísticas acerca de sí misma, y en general las cifras obtenidas determinaron siempre un sentimiento de irreprimible orgullo. Pero a partir de 1840 cierta tendencia inquietó a los principales pensadores contemporáneos: el número de las mujeres solteras crecía constantemente con relación al de los hombres en la misma situación. Hacia 1851 el número de mujeres solteras en edad de merecer era, según cifras dignas de crédito, de 2 765 000 —y una considerable proporción de este grupo correspondía a las hijas de las clases media y alta.

Era un problema importante y grave. Las mujeres de condición social más baja podían ocuparse como costureras, floristas, o trabajadoras rurales, o dedicarse a cualquiera de una docena de ocupaciones inferiores. Estas mujeres no implicaban un problema apremiante; eran criaturas poco atractivas, que carecían de educación y no sabían apreciar las cosas buenas del mundo. A. H. White explica asombrado que entrevistó a una jovencita empleada en una fábrica de fósforos, y que la persona en cuestión «nunca asistía a la iglesia o a la capilla. Jamás había oído hablar de "Inglaterra", ni de "Londres" ni del "mar" y los "barcos". No sabía nada de Dios.

Ignora lo que El hace. Desconoce si es mejor ser bueno o malo».

Evidentemente, en presencia de tan sólida ignorancia, sólo cabía agradecer que la pobre niña hubiese descubierto un modo de sobrevivir en la sociedad. Pero el problema de las hijas de hogares de clase media o alta era distinto. Estas jóvenes tenían educación y les agradaban los refinamientos de la civilización. Y desde la cuna se las había educado con el único y exclusivo propósito de que fueran «esposas perfectas».

Era esencial que estas mujeres contrajeran matrimonio. La soltería —es decir, la condición de solterona— representaba una suerte de terrible impedimento, pues todos convenían en que «la tarea verdadera de una mujer consistía en ser la administradora, el resorte y la estrella polar del hogar»; y si no lograba cumplir esta función, se convertía en una suerte de lamentable inadaptada social, una auténtica rareza.

Venía a agudizar el problema el hecho de que las mujeres de buena cuna tenían pocas alternativas fuera del matrimonio. Después de todo, como dijo un observador contemporáneo, «¿qué profesiones podían ejercer sin perder el lugar que les correspondía en la sociedad? Para merecer la condición de tal, una dama debe ser una dama y nada más. No debe trabajar en actividades lucrativas, ni comprometerse en ocupaciones subordinadas al dinero, no sea que afecte a los derechos de las clases trabajadoras, que viven de su labor...»

En la práctica, una mujer soltera de la clase superior podía utilizar el único atributo de su posición —a saber, la educación— y tomar empleo de institutriz. Pero hacia 1851 veinticinco mil mujeres ya eran institutrices, y lo menos que podía decirse era que no se necesitaban más. Las restantes posibilidades eran mucho menos atractivas: vendedora, empleada de oficina, telegrafista o enfermera; pero todas estas profesiones eran más apropiadas para una mujer ambiciosa de la clase baja que para una dama de calidad.

Si una joven rechazaba esos puestos que la rebajaban, su soltería implicaba una considerable carga financiera para el hogar. La señorita Emily Downing observó que «las hijas de los profesionales... inevitablemente sienten que son una carga y una rémora para el nivel de vida duramente conquistado de sus padres; tienen que saber —si se atreven a pensar en el asunto— que constituyen una fuente permanente de ansiedad, y que si no contraen matrimonio es muy probable que, más tarde o más temprano, se vean obligadas a afrontar la lucha por la vida sin la preparación o la aptitud necesarias».

En resumen, la presión en favor del matrimonio —cualquier clase de matrimonio decente— era intensa, y se manifestaba tanto en los padres como en las hijas. Los victorianos tendían a casarse a edad relativamente tardía, en la veintena o la treintena, pero el señor Edgar Trent tenía una hija, Elizabeth, que ya había cumplido los veintinueve años, y que era «perfectamente casadera» —lo cual significaba que ya había dejado atrás su mejor edad. No había escapado a la atención del señor Trent que el caballero de la barba roja podía necesitar una esposa. El propio caballero había manifestado que no se oponía al matrimonio, y que en realidad las exigencias de la actividad comercial le habían estorbado la búsqueda de la felicidad personal. Por lo tanto, nada impedía suponer que este joven bien vestido y sin duda acomodado, dotado de inclinaciones deportivas, podía sentirse atraído por Elizabeth. Con esta idea en mente, el señor Trent se las ingenió para invitar al señor Pierce a tomar el té en su casa de la calle Highwater, con el pretexto de discutir la compra de un perro de pelea al mismo señor Pierce. Con cierta renuencia, el señor Pierce aceptó la invitación para el domingo siguiente.

Por respeto a su más delicada sensibilidad, Elizabeth Trent no fue llamada a atestiguar en el proceso de Pierce. Pero las versiones populares de la época nos ofrecen una imagen bastante precisa de su figura. Era una mujer de mediana estatura, de cutis un poco más oscuro que el matiz reclamado por la moda, y de acuerdo con las palabras de un observador, sus rasgos eran «bastante armoniosos, sin llegar a lo que podríamos llamar bonita». Entonces, como ahora, los periodistas tendían a exagerar la belleza de una mujer complicada en un episodio escandaloso, de manera que la ausencia de cumplidos acerca de la apariencia de la señorita Trent probablemente implica que tenía «un aspecto poco agraciado».

Parece que tenía pocos pretendientes, salvo los individuos francamente ambiciosos que deseaban desposar a la hija del presidente de un banco; pero a éstos los rechazaba con firmeza, con la aprobación seguramente dubitativa del padre. Pero es indudable que se sintió impresionada por Pierce, ese «hombre apuesto, atrevido e intrépido, y dotado de sobrado encanto».

Según todas las versiones, Pierce se sintió igualmente impresionado por la joven. El testimonio de un criado describe el primer encuentro, que parece extraído de las páginas de una novela victoriana.

El señor Pierce estaba tomando el té en el jardín del fondo, con el señor Trent y su esposa, «una belleza admirada en la ciudad». Observaban el trabajo de los albañiles, que erigían pacientemente una construcción ruinosa en el jardín, mientras a poca distancia un jardinero plantaba pintorescas malezas. Era la última expresión de una fascinación inglesa por las ruinas que se había prolongado durante casi un siglo; y la moda tenía aún tanta vigencia que todo aquel que podía pagarse unas ruinas decentes las instalaba en su jardín.

Pierce observó un momento la labor de los albañiles.

—¿Qué será? —preguntó.

—Pensamos en un molino de agua —dijo la señora Trent—. Será encantador, sobre todo si le agregamos la rueda oxidada. ¿No le parece?

—Estamos construyendo la rueda oxidada, y bastante que nos cuesta —gruñó el señor Trent.

—La están haciendo de metal oxidado previamente, y eso nos ahorra mucho trabajo —agregó la señora Trent—. Aunque, como es natural, debemos esperar a que crezcan las malezas antes de que el lugar adquiera el aspecto deseado.

En ese momento apareció Elizabeth, ataviada con un vestido de crinolina blanca.

—Ah, mi querida hija —dijo el señor Trent, poniéndose de pie; y el señor Pierce lo imitó—. Señor Edward Pierce, mi hija Elizabeth.

—Confieso que ignoraba que usted tuviera una hija —dijo Pierce. Se inclinó profundamente de cintura, tomó la mano de la joven y pareció dispuesto a besarla, pero vaciló. Parecía sumamente turbado por la aparición de la joven.

—Señorita Trent —dijo, desprendiendo torpemente la mano—. Debo decirle que me ha cogido usted completamente por sorpresa.

—¿Es un cumplido... o lo contrario? —preguntó Elizabeth, al mismo tiempo que ocupaba un asiento y extendía la mano para recibir una taza de té.

—Le aseguro que debe interpretarlo como un cumplido. —replicó el señor Pierce. Y de acuerdo con la versión, mientras decía estas palabras se ruborizó intensamente.

La señorita Trent se abanicó; el señor Trent carraspeó; la señora Trent, esposa perfecta, alzó una bandeja de bizcochos y dijo:

—¿Quiere probarlos, señor Pierce?

—Gracias, madame —replicó el señor Pierce, y ninguno de los presentes dudó de la sinceridad de sus palabras.

—Estábamos hablando de las ruinas —dijo el señor Trent, en voz quizá demasiado alta—. Pero antes el señor Pierce nos estaba refiriendo sus viajes al extranjero. A decir verdad, acaba de volver de Nueva York.

Era una señal, y la hija la recogió diestramente.

—¿De veras? —dijo, mientras se abanicaba con gesto nervioso—. ¡Qué fascinante!

—Eso suele creerse, pero me temo que la realidad no es tan deslumbrante —replicó el señor Pierce, evitando con tanto cuidado la mirada de la joven que todos advirtieron su vergonzosa reticencia. Sin duda se sentía atraído por ella, y la prueba definitiva fue que dirigió sus observaciones sólo a la señora Trent—. A decir verdad, es una ciudad como cualquier otra, y se caracteriza principalmente por la ausencia de los refinamientos que los residentes de Londres consideramos sobreentendidos.

—Me han informado —aventuró la señorita Trent, sin dejar de abanicarse— que hay depredadores nativos en la región.

—Me encantaría ofrecerle —dijo el señor Pierce— interminables aventuras con los indios (se les llama así tanto en América como en Oriente), pero me temo que no puedo hablar de aventuras. El territorio salvaje de América comienza más allá del Mississippi.

—¿Lo ha cruzado? —preguntó la señora Trent.

—En efecto —replicó el señor Pierce—. Es un ancho río muchas veces más ancho que el Támesis, y en América señala el límite entre la civilización y el salvajismo. Pero recientemente han iniciado la construcción de un ferrocarril que atraviesa esa extensa colonia... —se permitió la referencia condescendiente a América, y el señor Trent lanzó una risotada— y espero que con el establecimiento de la línea férrea muy pronto se extinguirá la vida salvaje.

—Qué extraño —dijo la señorita Trent, a quien aparentemente no se le ocurrió nada más ingenioso.

—¿Qué negocios lo llevaron a Nueva York? —preguntó el señor Trent.

—Si se me permite el atrevimiento —continuó el señor Pierce, ignorando la pregunta— y si los delicados oídos de las damas presentes no se ofenden, ofreceré un ejemplo del salvajismo que subsiste en las regiones americanas, y de la rudeza de una vida que, a juicio de muchos de sus habitantes, nada tiene de particular. ¿Han oído hablar de los búfalos?

—He leído sobre ellos —dijo la señora Trent, con los ojos brillantes. Según algunos testimonios de los criados, se había sentido atraída por el señor Pierce tanto como su hijastra, y su comportamiento provocó un pequeño escándalo en el hogar de los Trent. La señora Trent explicó—: Esos búfalos son bestias grandes, como vacas salvajes y muy peludas.

—Precisamente —confirmó el señor Pierce—. La región occidental del país americano está muy poblada de búfalos, y muchas personas viven (lo que allá llaman vivir) de la caza de estos animales.

—¿Ha estado en California, donde hay oro? —preguntó bruscamente la señorita Trent.

—Sí —dijo Pierce.

—Dejadle que termine su historia —intervino la señora Trent, quizá con cierta aspereza.

—Bien —dijo Pierce—, los cazadores de búfalos, como se los llama, a veces buscan la carne de los animales, parecida a la del venado, y a veces el cuero, que también tiene valor.

—No tienen colmillos —dijo el señor Trent. En representación del banco, el señor Trent había financiado poco antes una expedición para cazar elefantes, y en ese mismo momento un enorme depósito del puerto guardaba cinco mil colmillos de marfil. El señor Trent había ido a inspeccionar personalmente el cargamento, y se había encontrado con el impresionante espectáculo de un amplio cobertizo de colmillos blancos y curvos.

—No, no tienen colmillos, si bien el macho de la especie posee cuernos.

—Sí, cuernos. Pero no de marfil.

—No, no de marfil.

—Entiendo.

—Continúe, se lo ruego —dijo la señora Trent, con los ojos aún brillantes.

—Bien —dijo Pierce— los hombres que ma... que sacrifican a estos búfalos se llaman cazadores de búfalos, y para realizar su tarea usan rifles. A veces forman una línea que empuja a las bestias contra un promontorio. Pero no es el método usual. Es más frecuente que sacrifiquen a un solo animal. En cualquier caso —y aquí debo disculparme por la crudeza de lo que debo relatar de ese país tan tosco— una vez que la bestia ha dejado de existir la despojan de las entrañas.

—Muy razonable —dijo el señor Trent.

—Sin duda —dijo Pierce— pero aquí está lo particular del asunto. Estos cazadores de búfalos consideran el manjar más sabroso una parte de las entrañas... es decir, el intestino delgado.

—¿Cómo lo preparan? —preguntó la señorita Trent—. Supongo que lo asan al fuego.

—No, madame —dijo Pierce—, y repito que mi relato describe una situación de abyecto salvajismo. Estos intestinos muy apreciados, en opinión de los cazadores tan sabrosos, se consumen inmediatamente, sin apelar a ninguna forma de cocción.

—¿Quiere decir *crudos*? —preguntó la señora Trent, arrugando la nariz.

—En efecto, madame, así como nosotros consumimos una ostra cruda, los cazadores consumen el intestino, y lo hacen cuando todavía está caliente de la bestia que acaba de expirar.

—Dios mío —dijo la señora Trent.

—Y bien —continuó Pierce—, ocurre a veces que dos hombres cazan juntos, e inmediatamente después cada uno se arroja sobre un extremo de los preciados intestinos. Cada cazador procura aventajar al otro, tratando de devorar la presa antes que su rival.

—Cómico —dijo la señorita Trent, abanicándose con movimientos más nerviosos.

—No es sólo eso —dijo Pierce—, pues impulsado por su codicioso apremio, el cazador de búfalos se traga a menudo todo el órgano en cuestión. Es un truco conocido. Pero su rival, advertido del ardid, es capaz de arrancar directamente de la boca del otro la porción no ingerida del mismo modo que yo puedo extraer una cuerda que me pasa entre los dedos. De modo que un hombre puede tragarse lo que, por así decir, otro ya se había comido.

—Oh, Dios —dijo la señora Trent, palideciendo.

El señor Trent se aclaró la garganta.

—Notable —dijo.

—Muy extraño —dijo valerosamente la señorita Trent, con voz temblorosa.

—Le ruego me disculpe —dijo la señora Trent, poniéndose de pie.

—Querida —intervino el señor Trent.

—Madame, espero no haberla perturbado —dijo el señor Pierce, también poniéndose de pie.

—Sus anécdotas son realmente notables —acotó la señora Trent, volviéndose para entrar en la casa.

—Querida —repitió el señor Trent, y se apresuró a seguirla.

Así, el señor Edward Pierce y la señorita Elizabeth Trent permanecieron solos durante breves minutos en el jardín del fondo de la casa, y según se afirma cambiaron unas pocas palabras. Se ignora el contenido de la conversación. Pero la señorita Trent dijo después a una criada que el señor Pierce le parecía un hombre «fascinante, a su modo un poco áspero»; y en general se admitía en el hogar de los Trent que la joven Elizabeth había realizado ahora la más valiosa de las adquisiciones: es decir, tenía un «candidato».

CAPITULO 13

Un ahorcamiento

La ejecución de Emma Barnes, la famosa asesina del hacha, el 28 de agosto de 1854, fue un asunto que mereció amplia publicidad. La noche anterior a la ejecución, comenzó a reunirse la multitud frente a los altos muros de granito de la cárcel de Newgate, dispuesta a pasar allí la noche para asegurarse un lugar que le permitiese ver bien el espectáculo al día siguiente. Esa misma noche trajeron el patíbulo, que fue armado en el lugar por los ayudantes del verdugo. El ruido de los martillos se prolongó hasta bien avanzada la noche.

Los dueños de las casas de inquilinato de la vecindad que daban a la plaza de Newgate alquilaron de buena gana sus cuartos para que pasaran la noche las damas y los caballeros deseosos de obtener un lugar que les permitiese presenciar la «ceremonia del ahorcamiento». La señora Emma Molloy, una virtuosa viuda, conocía perfectamente el valor de sus habitaciones, y cuando un culto caballero llamado Pierce quiso alquilar la mejor de ellas por toda la noche, la mujer fijó un precio elevado: veinticinco guineas por una noche.

Era una suma considerable. La señora Molloy podía vivir cómodamente un año con esa cantidad, pero la mujer no permitió que esa reflexión modificase su decisión, pues sabía lo que dicha suma significaba para el señor Pierce —el salario de seis meses de un mayordomo, o el precio de uno o dos vestidos de mujer, y nada más importante. La prueba misma de la indiferencia del caballero estuvo en la prontitud con que le pagó, en el acto, utilizando guineas de oro.

La señora Molloy no quería correr el riesgo de ofender mordiendo las monedas en presencia del caballero, pero lo haría tan pronto estuviera sola. Nunca sobraban las precauciones con las guineas, e incluso algunos caballeros la habían engañado más de una vez.

Las monedas eran legítimas, y la mujer se sintió muy reconfortada. De modo que no prestó mucha atención cuando algunas horas después el señor Pierce y su grupo subieron a la habitación alquilada. El grupo estaba formado por otros dos hombres y dos mujeres, todos bien vestidos. El acento con que hablaban indicó a la señora Molloy que los hombres no eran caballeros, y las mujeres ciertamente no eran damas, a pesar de las elegantes canastas y las botellas de vino que también llevaban.

Cuando el grupo entró en la habitación y cerro la puerta, la dueña de la casa no se molestó en pegar la oreja al ojo de la cerradura. Tenía la certeza de que esa gente no le causaría problemas.

Pierce se acercó a la ventana y contempló la multitud, cuyo número crecía constantemente. La plaza estaba a oscuras, apenas iluminada por el resplandor de las antorchas alrededor del patíbulo; esa luz ardiente y fantasmagórica le permitió ver el travesaño y la trampa que empezaban a tomar forma.

—No podrá —dijo Agar detrás de Pierce.

Pierce se volvió.

—Tiene que hacerlo, muchacho.

—Es el mejor culebra de la profesión, el mejor que ha existido jamás, pero no puede salir de ahí —dijo Agar, con un gesto a la cárcel de Newgate.

El segundo de los hombres intervino en la conversación. Era Barlow, un individuo corpulento, de rasgos ásperos, con una cicatriz de cuchillo en la frente, disimulada generalmente bajo el ala del sombrero. Barlow era un ladrón reformado que se había convertido en atracador —es decir, un carterista que había degenerado en asaltante puro y simple— y que había sido contratado pocos años antes como cochero por Pierce. Todos los atracadores eran en el fondo matones, y eso era exactamente lo que un hombre como Pierce deseaba en el pescante de su carruaje; un hombre que con las riendas en las manos estuviese pronto para huir, o dispuesto a cambiar algunos puñetazos, si a eso se llegaba. Y Barlow era leal; ya hacía cinco años que trabajaba para Pierce.

Barlow frunció el ceño y dijo:

—Si es posible, lo hará. Si se puede, Perfecto Willy es el hombre. Habló lentamente, y dio la impresión de un hombre que pensaba sin apremio. Pero Pierce sabía que en la acción podía ser rápido.

Pierce miró a las mujeres. Eran las amantes de Agar y Barlow, lo cual significaba que también eran sus cómplices. Ignoraba sus nombres, y no deseaba saberlos. Lamentaba el hecho mismo de que estuvieran ahí —en cinco años nunca había visto a la mujer de Barlow— pero no había modo de evitarlo. La mujer de Barlow era evidentemente alcohólica; se olía su aliento a ginebra en todo el cuarto. La mujer de Agar no era mucho mejor, pero por lo menos estaba sobria.

—¿Han traído las cosas? —preguntó Pierce.

La mujer de Agar abrió una canasta de picnic. Allí

había una esponja, polvos medicinales y vendas. También un vestido cuidadosamente doblado.

—Todo lo que me ordenaron, señor.

—¿El vestido es pequeño?

—Sí, señor. Apenas mayor que el vestido de una niña.

—Está bien —dijo Pierce, y se volvió para examinar nuevamente la plaza. No prestó atención alguna ni al patíbulo ni a la multitud que crecía constantemente. En cambio fijó la vista en los muros de la cárcel de Newgate.

—Aquí está la comida, señor —dijo la mujer de Barlow. Pierce examinó las vituallas de pollo frío, frascos de cebollas en conserva, patas de langosta y un paquete de cigarros oscuros.

—Muy bien, muy bien —dijo.

—¿Quiere dárselas de noble, señor? —dijo Agar. Era una alusión a un conocido cuento del tío. Fue dicho sarcásticamente, y Agar atestiguó luego que Pierce no recibió con buen talante el comentario. Se volvió con la larga levita abierta delante para mostrar un revólver metido en la cintura del pantalón.

—Si cualquiera de ustedes me falla —dijo—, le meteré una bala en la cabeza, y lo pondré en conserva. —Sonrió levemente.— Como saben, hay cosas peores que el viaje a Australia.

—No se ofenda —dijo Agar, contemplando el arma—. No, no se ofenda... Fue sólo una broma.

—¿Para qué necesitamos a un culebra? —observó Barlow.

Pierce no se dejó distraer.

—Recuerden mis palabras —dijo—. Al que me falle, le meto una bala en la cabeza. Hablo absolutamente en serio. —Se sentó a la mesa.— Y ahora —dijo—, comeré una pata de pollo, y nos entretendremos lo mejor posible mientras esperamos.

Pierce durmió parte de la noche; al alba lo despertó la multitud que se apiñaba en la plaza. Ya había más de quince mil personas ruidosas y agitadas, y Pierce sabía que vendrían diez o quince mil más, desviándose, en camino al trabajo, para presenciar la ejecución. Los patrones rara vez se mostraban rígidos los lunes por la mañana en que se ahorcaba a un delincuente; era sabido que todos llegarían tarde al trabajo —y con mayor razón ese día, en que colgaban a una mujer.

El patíbulo ya estaba instalado; la cuerda colgaba en el aire, sobre la trampa. Pierce miró su reloj. Eran las 7,45, y faltaba poco para la ejecución.

Abajo, en la plaza, la muchedumbre empezó a cantar: «¡Oh, Dios mío, piensa que voy a morir! ¡Oh Dios mío, piensa que voy a morir!» Hubo risas, gritos y golpes de pies. Se suscitaron algunas peleas, pero no era posible cambiar puñetazos en una multitud tan apretada.

Todos se acercaron a la ventana para mirar.

—¿Cuándo cree que lo hará? —dijo Agar.

—Supongo que a las ocho en punto.

—Yo me adelantaría un poco.

—Tendrá que proceder de acuerdo con su propio criterio —dijo Pierce.

Los minutos pasaron lentamente. Ninguno de los presentes habló. Finalmente, Barlow dijo:

—Conocí a Emma Barnes... nunca creí que terminaría así.

Pierce no contestó.

A las ocho, el carillón del Santo Sepulcro señaló la hora, y la multitud rugió expectante. Se oyó el suave tintineo de una campana de la cárcel, se abrió una puerta de Newgate y apareció la prisionera, con las muñecas atadas a la espalda. Al frente, marchaba un capellán, leyendo pasajes de la Biblia. Detrás el verdugo de la ciudad, vestido de negro.

La multitud vio a la prisionera y se elevó el grito: «¡Descúbranse!» Todos los hombres se descubrieron mientras la prisionera subía lentamente al cadalso. Entonces se oyeron gritos de: «¡Arrodíllense, delante! ¡Arrodíllense, delante!» Pero en general no fueron acatados.

Pierce tenía la vista fija en la condenada. Emma Barnes estaba en la veintena, y parecía bastante vigorosa. El vestido de cuello abierto permitía distinguir las arrugas y los músculos del cuello. Pero tenía los ojos perdidos y vidriosos; en realidad, parecía que no veía nada. Ocupó su lugar, y el verdugo de la ciudad se volvió hacia ella, para arreglar pequeños detalles, como si hubiera sido una costurera que acomoda un vestido sobre un maniquí. Emma Barnes miró por encima de la multitud. Le ajustaron la cuerda a una cadena que llevaba alrededor del cuello.

El clérigo leyó en alta voz, los ojos fijos en la Biblia. El verdugo unió las piernas de la mujer con una cinta de cuero; para conseguirlo, tuvo que meter las manos bajo las faldas, y la multitud profirió groseros comentarios.

Luego, el verdugo se enderezó, y deslizó una capucha negra sobre la cabeza de la mujer. A una señal, la trampa se abrió con un crujido de madera que Pierce oyó con sorprendente claridad; y el cuerpo cayó y se detuvo, e instantáneamente quedó inmóvil.

—Está mejorando la técnica —dijo Agar. Era sabido que el verdugo de la ciudad había realizado ejecuciones chapuceras, en las que el ahorcado continuaba retorciéndose y agitándose varios minutos antes de morir—. A la gente no le gustará —agregó Agar.

En realidad, la multitud no pareció preocupada. Hubo un momento de absoluto silencio, y luego el excitado rumor de las discusiones. Pierce sabía que la mayor parte del gentío continuaría en la plaza durante la hora siguiente, hasta que bajaran a la mujer muerta y la depositaran en un ataúd.

—¿Quieren beber algo? —preguntó la mujer de Agar.

—No —dijo Pierce. Y luego: —¿Dónde está Willy?

Perfecto Willy Williams, el culebra más famoso del siglo, estaba en la cárcel de Newgate iniciando su fuga. Era un hombre menudo, y en su niñez había sido famoso por su agilidad como aprendiz de deshollinador; durante los últimos años había sido empleado por los ladrones más eminentes, y sus hazañas ya eran legendarias. Afirmábase que Perfecto Willy podía trepar por una superficie de vidrio, y nadie estaba absolutamente seguro de que fuera incapaz de hacerlo.

Ciertamente, los guardias de Newgate, que conocían la fama de su prisionero, lo habían vigilado de cerca durante muchos meses, por las dudas. Pero también sabían que era imposible fugarse de Newgate. Un hombre habilidoso podía intentarlo en Ponsdarle, donde apenas había disciplina, los muros eran bajos, y los guardias no rechazaban el ofrecimiento de unas monedas de oro, que los incitaba a desviar la vista. Ponsdale, o Highgate, o cualquier otra cárcel, pero nunca Newgate.

Newgate era la cárcel más segura de toda Inglaterra. Había sido proyectada por Charles Dance, «uno de los intelectos más meticulosos de la Era del Gusto», y todos los detalles de la construcción tendían a destacar la dureza del confinamiento. Así, las proporciones de los arcos de las ventanas habían sido «engrosados sutilmente con el fin de acentuar la dolorosa estrechez de las aberturas», y los observadores contemporáneos aplaudían la excelencia de tan crueles efectos.

La reputación de Newgate no era simplemente cuestión de estética. En más de setenta años transcurridos desde 1782, fecha de terminación del edificio, ningún convicto había escapado. Y el hecho no era sorprendente: Newgate estaba totalmente rodeada por muros de granito de quince metros de altura. Las piedras tenían un corte tan limpio que según se afirmaba era imposible escalarlas. Pero aunque alguien hubiera realizado lo imposible, de nada le hubiese servido, pues rodeando el borde superior de los muros había una barra de hierro, equipada con cilindros giratorios erizados de puntas afiladas como navajas. También la barra estaba erizada de puntas. Nadie podía salvar el obstáculo. La fuga de Newgate era inconcebible. Con el correr de los meses, a medida que los guardias se familiarizaron con la presencia del pequeño Willy, dejaron de vigilarlo estrechamente. No era un detenido difícil. Nunca infringía la regla del silencio, jamás hablaba a los restantes prisioneros; soportaba la «noria» —un molino de escalones de tablas— durante los intervalos prescritos de quince minutos sin quejas ni incidentes; trabajaba picando estopa sin escatimar el esfuerzo. En realidad, sentían cierto respeto renuente ante la aparente reforma del hombrecillo, y el espíritu animoso con que cumplía la rutina. Era buen candidato para la libertad condicional, con acortamiento de la sentencia, en un año o poco más.

Pero a las ocho de la mañana de ese lunes 28 de

agosto de 1854, Perfecto Willy Williams se había deslizado hacia una esquina de la cárcel, donde se unían dos muros, y de espaldas al ángulo, trepaba por la superficie de la roca, apoyándose en las manos y los pies. Oyó el canto lejano de la multitud: «¡Oh, Dios mío, piensa que voy a morir!» cuando llegó al borde superior del muro, y sin vacilar se agarró a la barra de puntas de hierro. Las manos se le laceraron inmediatamente.

Desde la niñez Perfecto Willy no sentía nada en las palmas, cubiertas por gruesos callos y cicatrices. Los propietarios de esa época solían mantener encendido el hogar hasta el momento mismo en que el deshollinador y su ayudante infantil venían a limpiar el conducto, y si el niño se quemaba las manos trepando por la chimenea todavía caliente, la cosa no les inquietaba mucho. Si al niño no le gustaba el trabajo, había muchos otros dispuestos a ocupar su lugar.

Avanzó lentamente a lo largo de los cilindros giratorios puntiagudos, recorriendo toda la extensión del muro, luego pasó al segundo muro y después al tercero. Era un trabajo agotador. Perdió el sentido del tiempo, y no alcanzó a oír el clamor de la multitud que siguió a la ejecución. Continuó abriéndose paso, siguiendo el perímetro del patio de la prisión hasta que llegó a la muralla sur. Allí se detuvo, y esperó mientras abajo pasaba un guardia que hacía la ronda. El guardia no levantó la vista, aunque más tarde Willy recordó que algunas gotas de su propia sangre habían caído sobre el gorro y los hombros del carcelero.

Una vez que el guardia se alejó, Willy pasó sobre las puntas afiladas —cortándose el pecho, las rodillas y las piernas, de modo que ahora la sangre manaba en abundancia— y saltó cinco metros hasta el techo del edificio más próximo a la cárcel. Nadie oyó el ruido de la caída, porque la zona estaba desierta; todos asistían a la ejecución.

De ese techo saltó a otro, y luego a otro, salvando sin vacilar distancias de dos y tres metros. Una o dos veces no llegó a agarrarse a las tejas de los techos, pero siempre consiguió reaccionar. Después de todo, había pasado gran parte de su vida sobre los tejados de las casas.

Finalmente, media hora después del momento en que comenzara a trepar por el muro de la prisión, se deslizó por una ventana triangular que estaba al fondo de la casa de inquilinato de la señora Molloy, atravesó en silencio el vestíbulo, y entró en la habitación alquilada a buen precio por el señor Pierce y su grupo.

Agar recordó que Willy «parecía un fantasma, ofrecía un aspecto terrible», y agregó que «sangraba como un santo acuchillado», pero esta referencia blasfema fue expurgada de las actas del tribunal.

Pierce dirigió el pronto tratamiento del hombre, que apenas se mantenía consciente. Lo reanimaron con vapores de cloruro de amonio extraído de un inhalador de cristal. Las mujeres le despojaron de las ropas, sin falsos recatos y con rapidez; aplicaron polvo astringente y esparadrapo a las muchas heridas, y después las vendaron con vendas quirúrgicas. Agar le dio de beber un sorbo de vino de coca para infundirle energía, y vino Burroughs & Wellcome con jugo de carne y hierro, para alimentarlo. Le obligaron a tomar dos pildoritas de Carter para los Nervios, y un poco de tintura de opio, para calmar el dolor. Este tratamiento múltiple facilitó la reacción del hombre, y permitió que las mujeres le limpiasen el rostro, rociasen el cuerpo con agua de rosas, y lo vistiesen con las ropas femeninas.

Una vez vestido, le dieron un sorbo de Bromo Cafeína para reforzar su energía, y le dijeron que se fingiese desmayado. Le colocaron un sombrero de mujer sobre la cabeza, y lo calzaron con botas femeninas; el uniforme carcelario ensangrentado fue a parar a la cesta de la merienda.

De la multitud de más de veinte mil personas, nadie prestó la menor atención cuando el elegante grupo de espectadores salió de la casa de la señora Molloy —al frente una mujer tan desmayada que los hombres debían llevarla sostenida por los brazos, para introducirla en un carruaje que esperaba— y que se alejó en la mañana soleada. Una mujer desmayada era un espectáculo bastante corriente, y en todo caso nada que pudiera compararse con una mujer que giraba lentamente al extremo de la cuerda, adelante y atrás, adelante y atrás.

CAPITULO 14

Una deshonra georgiana

Se calcula generalmente que siete octavos de las estructuras del Londres victoriano en realidad eran edificios georgianos. El rostro de la ciudad y su carácter arquitectónico general eran legados de ese período anterior; los victorianos no acometieron seriamente la tarea de reconstruir su capital hasta la década de 1880. Esta renuencia trasuntaba la economía de la construcción urbana. Durante la mayor parte del siglo, sencillamente, no fue rentable demoler las viejas estructuras, incluso cuando se adaptaban mal a sus funciones modernas. No se trataba de una resistencia fundada en motivos estéticos —los victorianos detestaban el estilo georgiano, considerado por el propio Ruskin «el *non plus ultra* de la fealdad».

Por lo tanto, quizá no deba sorprender el hecho de que el *Times,* al informar que un convicto había escapado de la cárcel de Newgate, señalara que «es evidente que se han sobrestimado las cualidades de este edificio. No sólo es posible fugarse de su recinto, sino que es un simple juego de niños, pues el villano huido aún no había alcanzado la mayoría de edad. Es hora de que esa deshonra pública sea demolida».

El artículo continuaba señalando que «la Policía Metropolitana ha despachado grupos de agentes armados a los «palomares» de la ciudad, con el propósito de atrapar al hombre que se ha fugado, y todos esperan que será posible aprehenderlo».

No volvió a hablarse del caso. Conviene recordar que durante ese período las fugas eran, para decirlo con las palabras de un comentarista, «tan usuales como los nacimientos ilegítimos», y en realidad no valía la pena informar sobre hechos tan corrientes. En momentos en que se empapaban de cal las ventanas del Parlamento para proteger a sus miembros de la epidemia de cólera, mientras discutían sobre cómo se llevaba a cabo la campaña de Crimea, los diarios no podían ocuparse de un delincuente de poca monta, un miembro de las clases peligrosas que había tenido la fortuna de huir sin dejar rastro.

Un mes después se halló flotando en el Támesis el cadáver de un joven, y las autoridades policiales afirmaron que era el convicto fugado de Newgate. Mereció apenas un párrafo en el *Evening Standard;* los restantes diarios ni siquiera lo mencionaron.

CAPITULO 15

El hogar de Pierce

Después de su fuga, Perfecto Willy fue llevado a la casa de Pierce en Mayfair, donde pasó recluido varias semanas, mientras se le curaban las heridas. Gracias a su testimonio ulterior a la policía, tenemos la primera noticia de la misteriosa mujer que era la amante de Pierce, conocida por Willy como la «señorita Miriam».

Willy fue instalado en un cuarto del primer piso, y se explicó a los criados que era un pariente de la señorita Miriam, que había sido atropellado por un carruaje en la calle New Bond. De vez en cuando, la señorita Miriam acudía a atender a Willy. De acuerdo con la descripción del hombrecillo, era una mujer «apuesta, de buena figura, hablaba bien y tenía movimientos lentos, nunca se apresuraba». La misma impresión se manifiesta en todos los testigos, a quienes llamó la atención el aspecto etéreo de la joven; se afirmaba que tenía ojos particularmente cautivadores y se decía de la gracia de sus movimientos que parecían «los de un sueño», algo «fantasmagórico».

Parece que esta mujer vivía en la casa con Pierce, aunque a menudo desaparecía durante el día. Perfecto Willy nunca tuvo una idea muy clara de sus movimientos, y en todo caso a menudo estaba embotado por el opio, lo cual quizás explica las cualidades espectrales que vio en ella.

Willy recordaba una sola conversación con la joven. El había preguntado:

—¿Así que usted es su canario? —En el lenguaje de los bajos fondos londinenses, el «canario» era el cómplice del ladrón.

—Oh, no —había repetido ella sonriendo—. No tengo oído para la música.

De lo cual Willy dedujo que ella nada tenía que ver con los planes de Pierce, aunque después se demostró que no era así. La joven era parte del plan, y probablemente fue la primera que conoció las intenciones de Pierce.

En el proceso se especuló mucho acerca de la señorita Miriam y sus orígenes. Diversos elementos apuntan a la conclusión de que era actriz. Así se explicaría su habilidad para imitar el acento y los modales de distintas clases sociales; su tendencia a usar maquillaje en una época en que ninguna mujer respetable quería saber nada de cosméticos; y el hecho de que no disimulara su condición de amante de Pierce. En esa época la línea divisoria entre la actriz y la prostituta era sumamente delgada. Y por su propia profesión los actores se desplazaban constantemente, de modo que podían establecer vínculos con delincuentes, o ser delincuentes ellos mismos. En todo caso, al margen de la naturaleza real de su pasado, parece que fue su amante durante varios años.

El propio Pierce no paraba mucho en la casa, y a veces se ausentaba por la noche. Perfecto Willy recuerda haberle visto una o dos veces al final de la tarde, vistiendo ropas de montar y oliendo a caballo, como si hubiese regresado de una excursión ecuestre.

—No sabía que le gustaban los caballos —dijo Willy cierta vez.

—No me gustan —dijo Pierce secamente—. Odio a las malditas bestias.

Pierce mantuvo encerrado a Willy mientras se le curaban las heridas, esperando que le creciera su «pelo de terrier». En esos tiempos el modo más seguro de identificar a un convicto fugado era por el cabello corto. Hacia fines de septiembre tenía el cabello más largo, pero Pierce se negaba a dejarlo salir. Cuando Willy le preguntó la razón, Pierce contestó:

—Espero que te atrapen o te encuentren muerto.

Esta afirmación desconcertó a Willy, pero obedeció las órdenes. Pocos días después apareció Pierce con un diario bajo el brazo, y le dijo que podía salir. Esa misma noche Willy fue a «Tierra Santa», con la esperanza de encontrar a su amiga Maggie. Descubrió que Maggie se había unido a un asaltante, un individuo rudo que trabajaba «con el garrote», es decir, asaltando a mano armada. Maggie no mostró interés por Willy.

De modo que Willy se relacionó con una chica de doce años, llamada Louise, cuya ocupación principal era robar ropa. Ante el tribunal se explicó que «no estampaba ni almidonaba, sólo de cuando en cuando un poco de nieve blanca para el traductor. En realidad, muy sencillo». Este pasaje, que debió ser explicado detalladamente a los magistrados, significaba que la nueva amante de Willy se dedicaba a la forma más humilde del robo de ropas. Las categorías más altas de ladronas de ropa, las «estampadoras» y las «almidonadoras», robaban en los barrios de la clase alta, con frecuencia retirando las prendas de las cuerdas. El robo de ropa corriente se dejaba a los niños y las jóvenes, y podía ser bastante lucrativo cuando el producto se vendía a los «traductores», quienes a su vez negociaban las ropas como artículos de segunda mano.

Willy vivía de las ganancias de la chica, y nunca se aventuraba fuera del santuario representado por el «palomar». Pierce le había advertido que debía mantener cerrada la boca, y él nunca mencionaba que en su fuga de Newgate había recibido ayuda. Perfecto Willy vivía con su chica en un alojamiento que albergaba a más de cien personas; la casa era un conocido refugio de delincuentes de ínfima categoría. Willy vivía y dormía con su amante en una cama compartida a lo largo del día con veinte personas de ambos sexos, y refiriéndose a estos tiempos, Louise dijo:

—Tomaba las cosas con calma, y parecía contento, esperando la llamada del jefe.

CAPITULO 16

Rotten Row

De todos los sectores elegantes de la ciudad de Londres, ninguno podía compararse con el embarrado camino de Hyde Park llamado la Avenida de las Damas, o Rotten Row. Cuando el tiempo lo permitía, aquí se paseaban centenares de hombres y mujeres a caballo, todos lujosamente vestidos, esplendorosos bajo la dorada luz del sol de las cuatro de la tarde.

Era una escena de agitada actividad: los jinetes y las amazonas formando apretados grupos; las mujeres acompañadas de pequeños pajes uniformados que trotaban detrás de sus amas, a veces con damas de compañía de severo continente, o escoltadas por sus galanes. Pero si el espectáculo de Rotten Row era espléndido y elegante, no siempre merecía el calificativo de respetable, porque muchas de las mujeres tenían una reputación dudosa. «No es difícil», escribía un observador, «adivinar la profesión de la atrevida *equestrienne* que saluda simultáneamente a media docena de hombres con un movimiento del látigo o un guiño, y que a veces interrumpe la monotonía de una silla segura juntando las manos a la espalda al mismo tiempo que se inclina graciosamente para oír los cumplidos de un admirador que avanza a pie».

Eran miembros de la más alta clase de prostitutas, y por mucho que les desagradase a las damas respetables, a menudo se veían compitiendo con estas hábiles *demimondaines* por la atención masculina. Tampoco puede afirmarse que Rotten Row fuese el único escenario de esta competencia; ésta proseguía en la ópera y el teatro. Más de una joven dama descubría de pronto que los ojos de su escolta estaban fijos, no en la representación, sino en cierto palco alto ocupado por una mujer elegante que correspondía a las miradas con franco y manifiesto interés.

Los victorianos afirmaban que la intromisión de las prostitutas en los círculos respetables les parecía escandalosa, pero pese a todas las invocaciones en favor de la reforma y el cambio, estas mujeres continuaron apareciendo alegremente durante casi medio siglo más. Es una actitud corriente ver en la prostitución victoriana una forma particularmente grosera de la profunda hipocresía de esa sociedad. Pero en realidad el problema es más complejo, y se relaciona con la imagen que se tenía de las mujeres en la Inglaterra victoriana.

Era una época de acentuada diferenciación sexual en el vestido, las costumbres, las actitudes y el porte. Incluso los muebles y los cuartos de la casa podían ser «masculinos» o «femeninos»; así, el comedor era masculino, y la sala femenina. Se presumía que todo esto respondía a una justificación racional de raíces biológicas.

«Es evidente —escribió Alexander Walker— que el hombre, dotado de facultades de raciocinio, de poder muscular y de coraje para usarlo, reúne las condiciones necesarias para ser el protector; la mujer, poco dotada para el razonamiento, débil y tímida, necesita protección. En tales circunstancias, es natural que el hombre gobierne, y natural también que la mujer obedezca.»

Con variaciones secundarias, esta creencia se manifiesta a menudo. La capacidad de raciocinio de las mujeres era escasa; no calculaban las consecuencias; se dejaban dominar por los sentimientos, y por ello necesitaban que el varón, más racional y reflexivo, controlase rigurosamente su conducta.

La presunta inferioridad intelectual de la mujer se veía reforzada por su educación, de modo que muchas mujeres bien educadas probablemente eran las tontas gimientes, temblorosas y patológicamente delicadas que pueblan las páginas de las novelas victorianas. Los hombres no podían abrigar la esperanza de compartir muchas cosas con sus esposas. Mandell Creighton escribió que había hallado en «las damas en general un alimento mental muy poco satisfactorio; se diría que no tienen pensamientos o ideas, y si bien durante un tiempo halaga nuestra vanidad la posibilidad de enseñarles algo, a la larga fatiga. Por supuesto, a cierta edad, cuando uno tiene una casa y todo lo que la acompaña, recibe a una esposa como parte del conjunto, y le parece que representa una institución sumamente cómoda; pero dudo mucho que los hombres que han concebido pensamientos originales comenzaran por comunicarlos a sus respectivas esposas, o confiasen en que ellas los apreciarían».

Hay pruebas sobradas en el sentido de que ambos sexos estaban mortalmente hastiados de este sistema. Las mujeres, sepultadas en sus hogares espaciosos y colmados de criados, resolvían sus frustraciones con exhibiciones espectaculares de neurosis histérica: perdían el oído, el habla y la vista; tenían ahogos, y desmayos, perdían el apetito, y hasta la memoria. En medio de un ataque realizaban movimientos copulatorios o se retorcían en espasmos tan violentos que la cabeza tocaba los talones.

Por supuesto, estos síntomas extraños venían a reforzar la convicción general acerca de la fragilidad del sexo femenino.

Los hombres frustrados tenían otra opción, y era recurrir a las prostitutas, que a menudo eran mujeres vivaces, alegres e ingeniosas —en suma, todo lo que parecía inconcebible en una mujer. En un plano más simple, los hombres hallaban agradables a las prostitutas porque en su compañía podían desechar las severas formalidades de la sociedad educada, y gozar de una atmósfera de «cómodo desembarazo». Esta posibilidad de liberarse de las restricciones era por lo menos tan importante como la posibilidad intrínseca de la satisfacción sexual, y este factor fue probablemente el que confirió a la institución una base social tan amplia y permitió que las prostitutas se introdujeran audazmente en lugares decentes de la sociedad victoriana, por ejemplo Rotten Row.

A fines de septiembre de 1854 Edward Pierce comenzó a realizar paseos ecuestres con la señorita Elizabeth Trent en Rotten Row. El primer encuentro aparentemente fue accidental, pero los posteriores, gracias a una suerte de acuerdo implícito, se realizaron regularmente.

La vida de Elizabeth Trent comenzó a organizarse alrededor de estas salidas vespertinas: consagraba toda la mañana a prepararse para el paseo, y toda la velada a comentarlo; sus amigos se quejaban de que hablaba sin descanso de Edward; el padre se quejaba de que exigía constantemente vestidos nuevos. Según decía, parecía creer «que un vestido nuevo todos los días constituía una *necesidad,* y en realidad prefería dos».

Por lo que se sabe, a esta joven poco atractiva nunca le pareció extraño que el señor Pierce la distinguiese entre la multitud de notables bellezas de Rotten Row; en realidad, ella estaba completamente cautivada por las atenciones que Pierce le prodigaba. En el juicio, Pierce resumió las conversaciones entre ambos con las palabras «intrascendentes y triviales», y relató en detalle sólo una.

Fue en el mes de octubre en 1854. Era un momento de conmoción política y escándalo militar; la autoestima de la nación había sufrido un severo golpe. La guerra de Crimea estaba adquiriendo caracteres de desastre. Al principio, señala J. B. Priestley, «las clases superiores dieron la bienvenida a la guerra, en la cual vieron una suerte de gloriosa excursión en gran escala organizada en cierto lugar remoto y romántico. Casi hubiera podido decirse que el Mar Negro se había abierto al turismo. Algunos oficiales adinerados, por ejemplo lord Cardigan, decidieron llevar sus yates. Las esposas de ciertos comandantes insistieron en viajar, acompañadas de sus doncellas personales. Hubo civiles que cancelaron sus vacaciones en otros lugares con el fin de seguir al ejército y presenciar el espectáculo.

El espectáculo se convirtió pronto en desastre. Las tropas británicas estaban mal instruidas y mal abastecidas, y el mando era inepto. Lord Raglan, el comandante militar, tenía sesenta y cinco años y era un hombre «viejo para su edad». A menudo Raglan parecía creer que aún estaba luchando en Waterloo, y para aludir al enemigo se refería a «los franceses», pese a que en esta ocasión los franceses eran aliados. En una ocasión se confundió de tal modo que instaló un puesto de observación detrás de las líneas rusas enemigas. La atmósfera de «caos senil» se agravó, y hacia mediados del verano aun las esposas de los oficiales escribían a Inglaterra diciendo que «aparentemente nadie tiene la más mínima idea de lo que sucede».

Hacia el mes de octubre, esta ineptitud culminó en la

carga de la Brigada Ligera al mando de lord Cardigan, un acto de espectacular heroísmo que liquidó las tres cuartas partes de sus fuerzas en un eficaz intento de capturar una batería equivocada de cañones enemigos.

Era evidente que la excursión había concluido, y casi todos los ingleses de la clase alta se inquietaron profundamente. Los nombres de Cardigan, Raglan y Ludan estaban en labios de todo el mundo. Pero esa cálida tarde de octubre en Hyde Park, el señor Pierce indujo discretamente a Elizabeth Trent a hablar de su padre.

—Esta mañana le he encontrado terriblemente nervioso —dijo la joven.

—¿Sí? —dijo Pierce, trotando al lado de la señorita Elizabeth.

—Se le ve muy nervioso siempre que tiene que despachar el cargamento de oro para Crimea. Desde que se levanta es un hombre distinto. Parece distante y muy preocupado.

—Seguramente es una responsabilidad muy pesada —dijo Pierce.

—Tanto, que temo se dedique a la bebida —corroboró Elizabeth, y dejó escapar una risita.

—Madame, creo que usted exagera.

—En todo caso, su comportamiento es muy extraño. Como usted sabe, se opone terminantemente al consumo de alcohol antes de la noche.

—Sí, y me parece muy razonable.

—Bien —continuó Elizabeth Trent—. Sospecho que está infringiendo su propia norma, pues en la mañana del día en que debe realizarse el embarque va solo a la bodega de vinos, y no acepta que le acompañen criados o que alguien le sostenga la linterna. Insiste en bajar solo. Mi madrastra le ha dicho muchas veces que puede tropezar o resbalar en la escalera que baja al sótano. Pero no atiende a razones. Permanece un rato en el sótano, finalmente sale y se dirige al banco.

—Supongo —dijo Pierce— que deseará controlar el estado de la bodega. ¿No cree que es una actitud lógica?

—No, no lo es —dijo Elizabeth— pues siempre deja a mi madrastra la tarea de abastecer y cuidar la bodega, y extraer vinos antes de las comidas, y todas esas cosas.

—En efecto, parece una actitud muy extraña. Confío —dijo Pierce con aire grave— en que su responsabilidad no esté pesando excesivamente sobre su sistema nervioso.

—Yo también lo espero —respondió Elizabeth con un suspiro—. ¿No es un hermoso día?

—Hermoso —convino Pierce—. Inenarrablemente hermoso, pero no más bello que usted.

Elizabeth Trent rió entre dientes, y replicó que él era un sujeto atrevido, puesto que la halagaba tan descaradamente.

—Incluso cabría sospechar un motivo ulterior —dijo la joven riendo.

—Cielos, no —dijo Pierce, y para tranquilizarla aún más rozó brevemente con su mano la mano de Elizabeth.

—Me siento tan feliz —dijo ella.

—Y yo soy feliz con usted —dijo Pierce; y no mentía, porque ahora sabía dónde estaban las cuatro llaves.

PARTE II

Las LLAVES

Noviembre 1854 - Febrero 1855

CAPITULO 17

La necesidad de una virgen

El señor Henry Fowler, sentado en un rincón oscuro del bar a la hora del almuerzo, mostraba los signos de una viva agitación. Se mordía los labios, giraba incansable el vaso entre las manos, y no lograba mirar a los ojos de su amigo Edward Pierce.

—No sé cómo empezar —dijo—. Es una situación sumamente embarazosa.

—Le ofrezco la seguridad de mi más absoluta reserva —dijo Pierce, alzando su vaso.

—Se lo agradezco —continuó Fowler—. Mire —empezó, pero no pudo continuar—. Compréndame, es... —volvió a interrumpirse y movió la cabeza— horriblemente embarazoso.

—Entonces, dígalo derechamente —aconsejó Pierce— de hombre a hombre.

Fowler se tragó su bebida, y con un golpe seco depositó el vaso sobre la mesa.

—Muy bien. Dicho sin vueltas ni rodeos, el caso es que he cogido la enfermedad francesa.

—Oh, Dios mío —exclamó Pierce.

—Creo que he abusado —dijo Fowler con expresión de tristeza— y ahora debo sufrir el castigo. Es una situación realmente molesta e irritante.

En esos años se creía que la enfermedad venérea era fruto de la excesiva actividad sexual. Escaseaban las curas, y aún más los médicos dispuestos a tratar a un paciente afectado por esta dolencia. En la mayoría de los hospitales se ignoraba totalmente la gonorrea y la sífilis. El hombre respetable que contraía estas enfermedades podía ser víctima de la extorsión; de ahí la reticencia demostrada por el señor Fowler.

—¿En qué puedo ayudarle? —preguntó Pierce, pese a que sabía muy bien lo que se le pediría.

—Tenía la esperanza... espero que no infundada... de que dada su condición de soltero, tal vez usted conozca... en fin, que pueda relacionarme con una joven virgen, una muchacha del campo.

—Ya no es tan fácil como antes —dijo Pierce frunciendo el ceño.

—Lo sé, lo sé —replicó Fowler, alzando la voz. Procuró controlarse, y habló con más serenidad—. Entiendo la dificultad. Pero confiaba en que...

Pierce asintió y dijo:

—En Haymarket hay una mujer que con frecuencia dispone de una o dos vírgenes. Puedo realizar averiguaciones discretas.

—Oh, *se lo ruego* —dijo el señor Fowler con voz trémula. Y agregó—: Es sumamente doloroso.

—Lo averiguaré —dijo Pierce—. Me comunicaré con usted dentro de un día o dos. Entretanto, no se deje abatir.

—Oh, gracias, muchas gracias —dijo Fowler, y pidió otra bebida.

—Puede ser costoso —le advirtió Pierce.

—Hombre, no me importa el gasto. ¡Pagaré lo que sea! —Pero luego pareció reconsiderar el asunto.—¿Cuánto cree que me costará?

—Cien guineas, si quiere tener la certeza de que es una verdadera virgen.

—¿Cien guineas? —Fowler parecía sentirse muy incómodo.

—En efecto, y sólo si tengo la suerte de conseguir un precio favorable. Como usted sabe, hay mucha demanda.

—Bien, de acuerdo —dijo el señor Fowler, y sorbió su bebida—. Que así sea.

Dos días después, el señor Fowler recibió por intermedio del nuevo servicio de correos una carta dirigida a su oficina en el Banco Huddleston & Bradford. El señor Fowler se sintió reconfortado por la excelente calidad del papel, así como la refinada caligrafía, inequívocamente femenina.

11 noviembre de 1854

Señor:

Nuestro mutuo conocido, el señor P., me pidió le informase tan pronto me enterase de una dama virgen. *Me complace recomendarle a una joven muy bonita, recién llegada del campo; y confío en que le agradará mucho. Si le parece apropiado, puede conocerla dentro de cuatro días en la calle Lichfield, al fondo de Saint Martin's Lane, a las ocho en punto. Estará esperándole, y se ha preparado una habitación no lejos de ese lugar.*

Queda de usted, señor, su más humilde y obediente servidora.

M.B.

calle South Moulton

No se mencionaba el precio de la joven, pero eso apenas le importó a Fowler. Sus partes íntimas estaban ahora hinchadas y muy sensibles, al extremo de que no atinaba a pensar en nada mientras estaba sentado frente a su escritorio, esforzándose por despachar los asuntos del día. Releyó la carta, y nuevamente le tranquilizó la excelente impresión que suscitaba la misiva. Llegó a la conclusión de que quien la había escrito era una persona de absoluta confianza, y ese aspecto era importante. Fowler sabía que muchas vírgenes no eran tales, ni mucho menos, sino más bien jóvenes iniciadas muchas veces; y se renovaba el «estado virginal» mediante la aplicación de una pequeña puntada en un lugar estratégico.

Sabía también que la relación con una virgen no gozaba de aceptación universal como cura de la enfermedad venérea. Muchos hombres juraban que la experiencia curaba; pero otros rechazaban la idea. Se argüía a menudo que el fracaso respondía al hecho de que la joven en cuestión no era una virgen auténtica. Pero el señor Fowler examinó el papel y la caligrafía, y en ellos encontró el confortamiento que anhelaba hallar. Despachó una nota de impreciso agradecimiento a su amigo Pierce por la ayuda que le había prestado en el asunto.

CAPITULO 18

El truco del carruaje

El mismo día en que el señor Fowler escribía una carta de agradecimiento al señor Pierce, éste se preparaba para violar el domicilio del señor Trent. En el plan participaban cinco personas: Pierce, que poseía cierto conocimiento de la disposición interior de la casa; Agar, que obtendría el molde de cera de la llave; la mujer de Agar, que representaría el papel de campana o vigía; y Barlow, que se ocuparía de distraer la atención del enemigo.

Participaba también la misteriosa señorita Miriam. Era esencial para el plan, pues debía ejecutar lo que se denominaba «el truco del carruaje». Era una de las formas más astutas de entrar en una casa. Los efectos del truco del carruaje dependían de una arraigada costumbre social de la época: la propina entregada a los criados.

En la Inglaterra victoriana, más o menos el 10 por ciento de toda la población formaba parte de la «servidumbre», y casi todos los miembros de este grupo estaban mal pagados. Y los peor pagados eran aquellos que por sus tareas se relacionaban con los visitantes y los invitados de la casa: el mayordomo y el portero obtenían sus ingresos sobre todo de las propinas. De ahí el famoso desdén del portero por los visitantes de pocos medios... y también el «truco del carruaje».

A las nueve de la noche del 12 de noviembre de 1854 los cómplices de Pierce habían ocupado sus respectivos lugares. El campana, es decir, la mujer de Agar, se paseaba lentamente por la calle de la mansión de Trent. Barlow, el hombre que debía realizar la maniobra de diversión, se había deslizado por la callejuela en dirección a la entrada de los proveedores y las perreras instaladas al fondo de la casa. Pierce y Agar estaban ocultos entre los matorrales que crecían frente a la puerta principal. Cuando todo estuvo preparado, un elegante carruaje cerrado se detuvo junto a la acera, frente a la casa, y sonó la campanilla.

El portero de la mansión de los Trent oyó el sonido, y abrió la puerta. Vio el carruaje detenido junto a la acera. Con su aire digno, pero siempre atento a la posibilidad de la propina, el portero no podía quedarse en el umbral de la puerta, gritando en medio de la noche para preguntar qué deseaban. Como después de algunos instantes nadie descendió del vehículo, el hombre bajó los escalones que conducían a la acera para verificar si podía ser útil.

En el interior del carruaje había una mujer bella y elegante, que preguntó si era ésa la residencia del señor Robert Jenkins. El portero respondió negativamente, pero conocía el domicilio del señor Jenkins; la casa se hallaba a la vuelta de la esquina, y el hombre indicó precisamente cómo encontrarla.

Mientras se desarrollaba esta conversación, Pierce y Agar se deslizaron en el interior de la casa por la puerta abierta. Se encaminaron directamente a la puerta del sótano. Estaba cerrada con llave, pero Agar utilizó una ganzúa y la abrió en un instante. Los dos hombres bajaron al sótano, y ya habían cerrado la puerta cuando el portero estaba recibiendo su propina de la dama del carruaje. El portero lanzó al aire la moneda, la atrapó con un movimiento rápido, regresó a la casa, y cerró de nuevo con llave la puerta, sin sospechar que le habían engañado.

Este era el truco del carruaje.

A la luz de una linterna sorda, Pierce echó una ojeada al reloj. Eran las 9,04. De modo que tenían una hora para hallar la llave, antes de que Barlow iniciara la maniobra de diversión que cubriría la fuga.

Pierce y Agar descendieron silenciosamente los escalones que llevaban al sótano. Vieron las filas de botellas de vino, guardadas en jaulas de hierro. Las cerraduras nuevas de estas jaulas cedieron fácilmente a las manipulaciones de Agar. A las 9,11 abrieron las puertas de hierro y entraron en la bodega propiamente dicha. Inmediatamente comenzaron a buscar la llave.

La búsqueda fue inevitablemente una tarea lenta y difícil. A lo sumo, Pierce podía suponer una cosa acerca del escondrijo de la llave: Como la esposa del señor Trent era la persona que generalmente descendía al sótano, y puesto que su marido no deseaba que ella encontrase la llave por accidente, era probable que el banquero la ocultase en un sitio a bastante altura, y por lo tanto incómodo para la mujer. Primero buscaron en el extremo superior de los bastidores, explorando con los dedos. Todo estaba polvoriento, y pronto hubo bastante polvo en el aire.

Agar, con sus pulmones enfermos, difícilmente conseguía reprimir la tos. Sus gruñidos sofocados alarmaron varias veces a Pierce, pero según parece los habitantes de la casa no los oyeron.

Pronto se hicieron las 9,30 Pierce comprendió que el tiempo empezaba a trabajar contra ellos. Buscó con mayor apremio y se mostró impaciente, quejándose entre dientes a Agar, que dirigía el haz de luz de la linterna sorda.

Pasaron otros diez minutos y Pierce comenzó a sudar. Y luego, en determinado momento, sus dedos sintieron algo frío sobre el reborde superior de los bastidores que guardaban las botellas. El objeto cayó al suelo con tintineo metálico. Unos segundos de búsqueda desordenada sobre el piso de tierra del sótano, y encontraron la llave. Eran las 9,45.

Pierce la sostuvo frente al rayo de luz de la linterna. En la sombra, Agar gimió.

—¿Qué pasa? —murmuró Pierce.

—No es ésta.

—¿Cómo?

—Digo que no es la maldita llave, es otra.

Pierce dio vueltas a la llave en la mano.

—¿Está seguro? —murmuró, pero sabía muy bien que Agar estaba en lo cierto. Era una llave sucia y vieja; había tierra acumulada en las muescas y las salientes. Agar dijo lo que pensaba.

—Hace años que nadie la toca.

Pierce lanzó un juramento, y continuó buscando, mientras Agar sostenía la linterna. Agar examinaba la llave con aire crítico.

—Qué rara es —murmuró—. Nunca vi nada parecido. Pequeña, tan delicada, podría ser una pieza de un adminículo femenino, casi...

—...Cállese —silbó Pierce.

Agar guardó silencio. Pierce buscó, sintiendo que el corazón le golpeaba el pecho, sin mirar el reloj, porque no quería ver la hora. De pronto, los dedos tocaron metal frío. Lo llevó a la luz.

Era una llave brillante.

—Es de una caja fuerte —dijo Agar cuando la vio.

—Bien —dijo Pierce suspirando. Se apoderó de la linterna y la sostuvo para que Agar pudiese ver. Agar extrajo dos moldes de cera de sus bolsillos. Los sostuvo en la mano para calentarlos un momento, y luego apretó la llave sobre la cera, primero un lado y después el otro.

—¿Hora? —murmuró.

—Las nueve y cincuenta y uno —dijo Pierce.

—Haré otro juego —dijo Agar, y repitió el proceso con otro par de moldes. Era la práctica usual de los buenos «cerrajeros», pues siempre había que contar con la posibilidad de que después de realizada la operación, alguno de los moldes se deteriorase. Una vez que tuvo los dos juegos, Pierce devolvió la llave a su escondrijo.

—Las nueve y cincuenta y nueve.

—Caramba, por poco.

Abandonaron la bodega, cerraron después de salir, y subieron en silencio la escalera que conducía a la puerta del sótano. Allí esperaron.

Barlow, acechando en las sombras cerca de las habitaciones de la servidumbre, extrajo su reloj y vio que eran las diez. Tuvo un instante de vacilación. Por una parte, cada instante que sus cómplices pasaban en el interior de la residencia de los Trent era peligroso; por otra, quizá no habían terminado el trabajo, a pesar del horario establecido. Barlow no tenía el menor deseo de ser el villano de la obra, saludado por el espectáculo de los rostros irritados cuando escaparan de la casa.

Finalmente murmuró: «Las diez son las diez»; y cogiendo una bolsa, avanzó hacia las perreras. Allí había tres perros, entre ellos el animal entrenado que el señor Pierce había regalado al dueño de la casa. Barlow se inclinó sobre la empalizada, y agitando la bolsa consiguió que cuatro ratas salieran chillando y se metieran en el recinto. Los perros empezaron inmediatamente a aullar y ladrar, armando un escándalo terrible.

Barlow volvió a su refugio en las sombras, mientras comenzaban a encenderse las luces en una ventana tras otra de los cuartos de la servidumbre.

Cuando oyeron la conmoción, Pierce y Agar abrieron la puerta del sótano y salieron al sendero, cerrando la puerta tras de sí. Oyeron el ruido de pasos que corrían al fondo de la casa. Abrieron los cerrojos y la cerradura de la puerta del frente, salieron a la calle y desaparecieron en la noche.

Dejaron un solo signo de su visita: La puerta principal sin llave. Sabían que a la mañana siguiente el portero, que era el primero en levantarse, se acercaría a la puerta y la hallaría sin llave. Pero el portero recordaría el incidente del carruaje, la noche anterior, y supondría que había olvidado echar la llave. Intimamente, sospecharía la posibilidad de que hubiesen entrado ladrones; pero a medida que avanzara el día sin que se advirtiese la falta de objetos de valor, olvidaría el asunto.

En todo caso, no se informó a las autoridades que hubiesen entrado ladrones en la residencia de los Trent. Se explicó la misteriosa agitación de los perros por los cuerpos de las ratas muertas en la perrera. Hubo algunos comentarios acerca del modo en que las ratas habían llegado a las jaulas de los perros, pero el hogar de los Trent era una casa grande y atareada, y no había tiempo que dedicar a charlas ociosas acerca de cosas triviales.

De modo que la noche del 13 de noviembre de 1854, Edward Pierce tenía la primera de las cuatro llaves que necesitaba. Consagró inmediatamente su atención a la búsqueda de la segunda llave.

CAPITULO 19

La cita

El señor Henry Fowler apenas podía creer en el testimonio de sus ojos. Allí, al débil resplandor del farol callejero de gas, había una criatura delicada, de mejillas sonrosadas, maravillosamente joven. No podía tener mucho más de doce años, y su postura misma, el porte y la actitud tímida, revelaban su condición ingenua y virginal.

Se acercó a la niña; ella replicó con voz suave y temblorosa, los ojos bajos, y le condujo a una casa de citas que había no lejos de allí. El señor Fowler miró vacilante el lugar, pues el exterior no era particularmente atractivo. Por eso mismo, tuvo una grata sorpresa cuando la suave llamada de la niña en la puerta fue respondida por una mujer muy bella, a quien la pequeña llamó «señorita Miriam». De pie en el vestíbulo, Fowler vio que esta casa de citas no era uno de esos establecimientos sórdidos donde se alquilaban camas por cinco chelines hora, y el propietario venía a llamar a la puerta con un bastón, una vez cumplido el plazo; por lo contrario, aquí había muebles forrados de suave terciopelo, con lujosas fundas, buenas alfombras persas, y accesorios de excelente gusto y calidad. La señorita Miriam se condujo con extraordinaria dignidad cuando pidió ciento cinco libras; sus modales fueron tan discretos que Fowler pagó sin chistar, y se encaminó directamente a un cuarto del primer piso con la niña, cuyo nombre era Sarah.

Sarah le explicó que había llegado poco antes de Derbyshire, que sus padres habían muerto, que tenía un hermano mayor en la guerra de Crimea, y otro menor en el asilo. Le explicó todo esto casi alegremente, mientras subían la escalera. Fowler creyó advertir cierta excitación en el modo de hablar de la niña; era indudable que la pobre pequeña estaba nerviosa ante su primera experiencia, y él se hizo el firme propósito de actuar del modo más gentil.

La habitación en la cual entraron estaba amueblada tan soberbiamente como el salón de la planta baja; era rojo y elegante, y el aire estaba suavemente perfumado con aroma de jazmín. Fowler examinó brevemente el sitio, porque un hombre siempre debía tomar precauciones. Luego, echó el cerrojo a la puerta y se volvió hacia la jovencita.

—Bien, ya estamos —dijo.

—¿Señor? —dijo ella.

—Bien, ahora —dijo—. Creo que es el momento de...

—Oh, sí, por supuesto, señor —dijo ella, y la sencilla niña comenzó a desvestirlo. A él le pareció que era extraordinario, hallarse en el centro de esta habitación elegante (casi podía decirse decadente) mientras que una niña que apenas le llegaba a la cintura con sus deditos le manipulaba los botones y le desvestía. En verdad, fue algo tan notable que se sometió pasivamente, y pronto quedó desnudo, mientras ella continuaba vestida.

—¿Qué es eso? —preguntó la niña, tocando una llave que Fowler llevaba alrededor del cuello, unida a una cadena de plata.

—Nada más que... bueno... una llave —replicó.

—Es mejor que se la quite —dijo ella—, puede lastimarme.

Fowler se la quitó. La niña atenuó las luces de gas, y luego se desvistió. Las dos horas siguientes fueron un episodio mágico en la vida de Henry Fowler, una experiencia tan increíble y sorprendente que casi olvidó su dolorosa condición. Y por cierto no oyó que una mano misteriosa surgía de entre las pesadas cortinas de terciopelo rojo, y se apoderaba de la llave depositada sobre su ropa; y tampoco vio cuando, un rato después, la llave fue devuelta a su lugar.

—Oh, señor —exclamó la niña en el momento decisivo—. ¡Oh, *señor*!

Y durante un breve instante Henry Fowler sintió en su cuerpo más vida y más excitación que la que podía recordar en los cuarenta y siete años de su vida anterior.

CAPITULO 20

Asunto arreglado

La facilidad con que Pierce y sus cómplices obtuvieron las dos primeras llaves les infundió un sentimiento de confianza que pronto se demostraría falso. Casi inmediatamente después de conseguir la llave de Fowler, surgieron dificultades en un sector inesperado: El Ferrocarril Sureste cambió su rutina en las oficinas de la Estación del Puente de Londres.

La banda utilizó a la señorita Miriam para vigilar la rutina de las oficinas, y a fines de diciembre de 1854 la joven apareció con malas noticias. En una reunión celebrada en casa de Pierce, explicó a Pierce y Agar que la empresa ferroviaria había contratado a un detective que ahora cuidaba las instalaciones durante la noche.

Como habían planeado entrar de noche, la noticia era muy desagradable. Pero según la versión de Agar, Pierce disimuló prontamente su decepción.

—¿Cómo trabaja? —preguntó.

—Entra en servicio todas las noches a la hora del cierre, a las siete en punto —dijo la señorita Miriam.

—¿Y qué clase de individuo es?

—Un profesional —contestó ella, queriendo decir que era un auténtico policía—. Alrededor de cuarenta años; corpulento, gordo. Pero seguro que no se duerme en su guardia, y no es ningún borracho.

—¿Va armado?

—Sí —dijo la joven, asintiendo.

—¿Dónde espera? —preguntó Agar.

—En la puerta. Se sienta al final de la escalera, al lado de la puerta, y no se mueve de allí. Tiene una bolsa de papel al lado, creo que lleva en ella la comida. —La señorita Miriam no podía estar segura, porque no se atrevía a prolongar demasiado la vigilancia de la oficina por temor a despertar sospechas.

—Maldito —dijo Agar disgustado—. ¿Se sienta frente a la puerta? Así es imposible.

—Me pregunto por qué habrán puesto un guardia nocturno —dijo Pierce.

—Tal vez se hayan enterado de que pensamos dar el golpe —dijo Agar, pues habían estado vigilando la oficina durante varios meses, con diferentes intervalos, y quizás alguien había advertido el hecho.

Pierce suspiró.

—Ahora no hay nada que hacer —dijo Agar.

—Siempre hay algo que hacer —dijo Pierce.

—Ahora es imposible —insistió Agar.

—Imposible, no —dijo Pierce—, sólo un poco más difícil que antes.

—¿Cómo piensa hacerlo? —preguntó Agar.

—A la hora de la comida —respondió Pierce.

—¿A la luz del día? —dijo Agar, desconcertado.

—¿Por qué no? —dijo Pierce.

Al día siguiente, Pierce y Agar observaron la rutina de la oficina al mediodía. A la una, la Estación del Puente de Londres estaba colmada de pasajeros que entraban y salían; mozos de cuerda cargando equipajes detrás de viajeros elegantes que iban a abordar los vagones; vendedores ofreciendo refrescos; y tres o cuatro policías aquí y allá, manteniendo el orden y vigilando a los carteristas —porque las estaciones ferroviarias estaban convirtiéndose en el coto de caza favorito. El ladrón despojaba a la presa cuando ésta subía al tren, y la víctima generalmente descubría el robo cuando ya había salido de Londres.

La relación de los carteristas con las estaciones ferroviarias llegó a ser tan notoria que cuando en 1862 William Frith pintó uno de los cuadros más famosos de su generación, «La estación ferroviaria», el centro de la composición estaba representado por dos detectives que detenían a un ladrón.

Ahora, la Estación del Puente de Londres, tenía varios agentes de la policía Metropolitana. Además, las empresas ferroviarias contrataban también a agentes privados.

—Los polis pululan —dijo Agar con gesto de desagrado, recorriendo con la vista las plataformas de la estación.

—No se preocupe —dijo Pierce. Estaba observando la oficina del ferrocarril.

A la una, los empleados descendieron la escalera de hierro charlando despreocupadamente mientras se dirigían a almorzar. El gerente de tráfico, un caballero de aire severo y bigotes recortados, permaneció en la oficina. Los empleados retornaron a las dos, y se reanudó la rutina oficinesca.

Al día siguiente, el gerente fue a comer, pero dos de los empleados permanecieron en la oficina, privándose del almuerzo.

Hacia el tercer día, ya conocían el sistema: Uno o varios empleados salían a almorzar a la una, y permanecían ausentes una hora; pero la oficina nunca quedaba sola. La conclusión era evidente.

—No hay nada que hacer de día —dijo Agar.

—Quizás el domingo —observó Pierce, pensando en voz alta.

En esa época —e incluso ahora— el sistema ferroviario británico se oponía firmemente al trabajo el día de guardar. Se consideraba innecesario e impropio que la empresa trabajase los domingos, y sobre todo los ferrocarriles siempre habían exhibido un sesgo extrañamente moralista. Por ejemplo, se prohibía fumar en los vagones ferroviarios aun mucho después de que el consumo de tabaco se hubiese convertido en una costumbre social generalizada; el caballero que deseaba saborear un cigarro debía dar una propina al empleado del tren —otro acto prohibido—; y a pesar de la presión intensa de la opinión pública, esta situación se prolongó hasta 1868, año en que el Parlamento aprobó finalmente una ley obligando a los ferrocarriles a permitir que los pasajeros fumasen.

Asimismo, aunque todos convenían en que a veces los individuos más temerosos de Dios necesitaban viajar en domingo, y pese a que la costumbre popular de las excursiones de fin de semana acentuaba la presión en favor de los trenes dominicales, los ferrocarriles se opusieron firmemente a esta tendencia. En 1854 el Ferrocarril Sureste corría sólo cuatro trenes en domingo, y la otra línea que usaba el Puente de Londres, el Ferrocarril de Londres & Greenwich, tenía solamente seis trenes, menos de la mitad del número habitual.

Pierce y Agar inspeccionaron la estación el domingo siguiente, y hallaron una doble guardia instalada cerca de la oficina del gerente de tráfico; un hombre se estacionaba cerca de la puerta, y el otro ocupaba su lugar a pocos metros del comienzo de la escalera.

—¿Por qué? —preguntó Pierce cuando vio a los dos guardias—. En nombre de Dios, ¿por qué?

Gracias a los testimonios ofrecidos después ante el tribunal, pudo saberse que en el otoño de 1854 la administración del Ferrocarril Sureste había cambiado de mano. El nuevo propietario, Willard Perkins, era un caballero de inclinaciones filantrópicas; deseoso de beneficiar a las clases inferiores, inició la política de emplear a más personas en todos los cargos de la línea, «con el fin de ofrecer trabajo honesto a quienes de lo contrario se sentirían tentados a incurrir en una conducta ilegal y una sórdida promiscuidad». Esta fue la única razón que determinó la contratación de personal suplementario; el ferrocarril nunca sospechó la posibilidad de un robo, y en efecto, el señor Perkins se sintió profundamente afectado cuando más tarde se dio el golpe.

También debe señalarse que por esa época el Ferrocarril Sureste intentaba tender nuevas líneas de acceso al centro de Londres, y esta política determinó el desplazamiento de muchas familias y la destrucción de sus viviendas. Por consiguiente, en el espíritu de estos propietarios del ferrocarril esta conducta filantrópica implicaba también cierto aspecto de relaciones públicas.

—Nada que hacer en domingo —dijo Agar, examinando a los dos guardias—. ¿Quizás en Navidad?

Pierce movió la cabeza. Era concebible que el día de Navidad se atenuasen las medidas de seguridad, pero no podían depender de eso.

—Necesitamos algo que se ajuste a la rutina —dijo.

—De día no hay nada que hacer.

—Sí —dijo Pierce—. Pero no conocemos toda la rutina nocturna. Nunca hemos vigilado toda la noche.

—De noche la estación estaba desierta, y los policías que hacían sus rondas expulsaban sin miramientos a los holgazanes y a los vagabundos.

—Si metemos a un hombre, lo echarán —dijo Agar—. Y quizá también lo detengan.

—Estaba pensando en un espía escondido —dijo Pierce—. Un hombre oculto podría permanecer toda la noche en la estación.

—¿Perfecto Willy?

—No —dijo Pierce—. Perfecto Willy es un charlatán y un idiota y no tiene fibra. Es un retrasado.

—Eso es cierto —dijo Agar.

Según se indicó en el testimonio ante el tribunal, Perfecto Willy, que en el momento del juicio ya había muerto, era un individuo de «disminuida capacidad de raciocinio»; así lo afirmaron varios testigos. El propio Pierce afirmó: «Pensamos que no podíamos confiarle la tarea de vigilancia. Si lo detenían, nos delataría; revelaría nuestros planes sin el menor escrúpulo.»

—¿Entonces? —dijo Agar, paseando la vista por la estación.

—Pensaba en un *skipper* —dijo Pierce.

—¿Un *skipper*? —dijo sorprendido Agar.

—Sí —dijo Pierce—. Creo que un *skipper* haría bien el trabajo. ¿Conoce alguno que sirva?

—Puedo encontrarlo. Pero, ¿dónde se esconderá?

—Lo meteremos en un cajón de embalar —dijo Pierce.

Pierce ordenó que enviasen a su casa un cajón de embalar. De acuerdo con su propia versión, Agar consiguió «un *skipper* digno de toda confianza», y se adoptaron las medidas necesarias con el fin de enviar el cajón a la estación ferroviaria.

El *skipper,* llamado Henson, nunca fue hallado, y tampoco se realizaron esfuerzos muy intensos para identificarlo; era una figura muy secundaria en todo el plan, y en vista de su condición social no valía la pena tomarse demasiado trabajo con él. Pues la palabra *skipper* no implicaba una ocupación, sino más bien un modo de vida, y más específicamente un modo de pasar la noche.

A mediados de siglo la población londinense crecía al ritmo del 20 por ciento cada década. El número de habitantes de la ciudad aumentaba en un millar diario, y a pesar de los grandes programas de construcción y los barrios bajos densamente poblados, una parte importante de la población carecía de techo, y de medios necesarios para pagarlo. Estas personas pasaban la noche al aire libre, dondequiera que la policía con sus temidas linternas sordas las dejaba en paz. Los lugares favoritos eran los llamados «hoteles de las arcadas», es decir, bajo los puentes ferroviarios; pero también había otros lugares: edificios en ruinas, portales de establecimientos, cuartos de calderas, estaciones de ómnibus, mercados vacíos, al amparo de los matorrales, cualquier lugar que suministrase un poco de abrigo. Los *skippers* eran personas que rutinariamente buscaban otro tipo de refugio: es decir, los establos y los retretes instalados fuera de las casas. En esta época, incluso las residencias más o menos elegantes a menudo carecían de instalaciones sanitarias en la casa misma. El retrete fuera de la casa era un elemento común a todas las clases, y comenzaba a difundirse también en los lugares públicos. El *skipper* se refugiaba en esos lugares estrechos, y así pasaba la noche.

En el juicio, Agar mencionó orgullosamente el modo en que había conseguido un *skipper* digno de confianza. La mayoría de la gente que dormía al raso estaba compuesta por vagabundos, gente miserable completamente desmoralizada; los *skippers* eran un poco más emprendedores que el resto, pero de todos modos formaban el último peldaño del orden social. Y a menudo eran borrachos; es indudable que la embriaguez les ayudaba a tolerar sus fragantes refugios.

Por supuesto, la razón por la cual Pierce quería un *skipper* era que necesitaba a alguien capaz de tolerar el encierro durante muchas horas. Según se informó, el individuo llamado Henson encontró que el cajón de embalar era «perfectamente espacioso».

El cajón fue colocado estratégicamente en la Estación del Puente de Londres. Por las rendijas que separaban las tablas, Henson pudo vigilar el comportamiento del guardia nocturno. Después de la primera noche, el cajón fue retirado, se pintó de otro color y se expidió nuevamente a la estación. Se aplicó la misma rutina durante tres noches sucesivas. Luego, Henson comunicó sus observaciones. Ninguno de los ladrones se sintió muy alentado.

—El poli es un tipo sólido —dijo Henson—. Regular como este reloj. —Mostró el reloj que Pierce le había entregado para cronometrar las actividades.— Viene a las siete en punto, con su bolsa de comida. Se sienta en la escalera, siempre alerta, jamás se duerme, y saluda al tipo que hace la ronda.

—¿Cómo son las rondas?

—El primer policía trabaja hasta medianoche, y pasa cada once minutos. A veces doce; y una o dos veces trece minutos, pero en general cada once. El segundo guardia trabaja de media noche hasta la madrugada. Es un tipo difícil, no sigue un camino fijo, se desvía de aquí para allá, mirando en todas direcciones como esos muñecos con resorte. Y tiene dos revólveres en el cinto.

—¿Qué hay del hombre que se sienta frente a la puerta de la oficina? —preguntó Pierce.

—Como digo, es un tipo muy sólido. Viene a las siete, charla con el primer guardia; no simpatiza con el segundo, por cierto que lo mira mal. Pero le gusta el primer tipo, y de cuando en cuando charla; pero el hombre no interrumpe la ronda, solamente charla al pasar.

—¿Nunca abandona su puesto? —preguntó Pierce.

—No —informó el *skipper*—. Está sentado ahí, y oye las campanas de Saint Falsworth dando las horas, y siempre que empiezan a tocar inclina la cabeza y escucha. Bueno, a las once abre la bolsa y se traga la comida, siempre de acuerdo con el reloj. Come durante diez o quince minutos, y tiene una botella de cerveza, y entonces aparece otra vez el guardia. Bueno, el hombre se acomoda, tranquilo, y espera a que el guardia venga otra vez. Ahora son las once y media, más o menos. El guardia se aleja, y el tipo va al aseo.

—Entonces, *deja* su puesto —dijo Pierce.

—Sólo para orinar.

—¿Y cuánto tarda?

—Pensé que usted querría saberlo —dijo Henson—, de modo que le tomé el tiempo. Una noche tardó setenta y cuatro segundos, sesenta y ocho la segunda vez, y sesenta y cuatro la tercera. Siempre a la misma hora, cerca de las once y media. Y vuelve a su puesto cuando el guardia hace la última ronda, a las doce menos cuarto, y después viene el segundo guardia.

—¿Fue lo mismo todas las noches?

—Todas las noches. Es la cerveza. Con la cerveza un hombre tiene que orinar.

—Sí —dijo Pierce—, la cerveza produce ese efecto. ¿Y no abandona su puesto otras veces?

—No, que yo sepa.

—¿Y usted, no se ha dormido en ningún momento?

—¿Qué? Aquí estoy durmiendo todo el día en su preciosa cama, en su propia casa, ¿y todavía me pregunta si duermo de noche?

—Tiene que decirme la verdad —insistió Pierce, pero sin excesivo apremio.

(Agar atestiguó después: «Pierce le hace las preguntas pero sin mucho interés, actúa como el descuidero, o el timador, sin interés, como si no le importara mucho, es que no quiere que el *skipper* se dé cuenta de que es un pastel grande. Nos tomamos tanto trabajo porque el *skipper* podía cantarnos a los miltonianos, por unas monedas, pero no tiene sesos suficientes, si no no sería *skipper,* ¿verdad?» Esta declaración provocó conmoción en el tribunal. Cuando su Señoría pidió una explicación, Agar dijo sorprendido que se había explicado todo lo mejor posible. Se necesitó un interrogatorio de varios minutos para aclarar que Agar había dicho lo siguiente: Que Pierce había fingido ser un carterista común, o un ladrón de poca monta, o un «cogotero», un hombre que atacaba a los borrachos, con el propósito de engañar al *skipper,* de modo que éste no advirtiese que se estaba desarrollando un plan de gran alcance. Agar dijo también que el *skipper* podría haberlo imaginado por sí mismo, en cuyo caso hubiera podido denunciarlos a la policía; pero no había tenido inteligencia suficiente. Este fue uno de los casos en que la incomprensible jerga delictiva interrumpió los procedimientos del tribunal.

—Le juro, señor Pierce —dijo el *skipper*— que no he dormido un minuto.

—¿Y el policía sólo se aleja una vez durante la noche?

—Sí, y todas las noches lo mismo. Es regular como este chirimbolo —sostuvo el cronómetro—, completamente regular.

Pierce dio las gracias al *skipper,* le pagó media corona por su trabajo, se dejó convencer por las protestas y regateos y agregó otra media corona, y despidió al hombre. Cuando se cerró la puerta, Pierce dijo a Barlow que «aleccionase» al hombre; Barlow asintió, y salió de la casa por otra puerta.

Cuando Pierce volvió adonde estaba Agar, dijo:

—¿Y bien? ¿Es imposible?

—Sesenta y cuatro segundos —dijo Agar, moviendo la cabeza—. No es un juego de niños...

—Nunca dije que lo fuera —dijo Pierce—. Pero usted me dijo muchas veces que era el mejor cerrajero del país, y aquí tiene un problema apropiado para su talento: ¿Le parece imposible?

—Veremos —dijo Agar—. Tengo que practicar el asunto. Y necesito verlo de cerca. ¿Podemos visitarlo?

—Seguramente —dijo Pierce.

CAPITULO 21

Un acto audaz

«En las últimas semanas», decía el *Illustrated London News* del 21 de diciembre de 1854, «la incidencia de la delincuencia callejera temeraria y brutal ha alcanzado proporciones alarmantes, sobre todo durante la noche. Parece que la confianza depositada por el señor Wilson en la iluminación callejera de gas como factor disuasorio de las tropelías de los malhechores ha sido injustificada, porque los delincuentes se muestran cada vez más temerarios, y atacan con audacia sin par a las personas desprevenidas. Ayer mismo, el agente de policía Peter Farrell fue atraído a un callejón, donde una banda de matones cayó sobre él, le golpeó y le quitó todo lo que llevaba encima, incluso el uniforme. Tampoco podemos olvidar que hace apenas un par de semanas el señor Parkington, miembro del Parlamento, fue cruelmente asaltado en un lugar abierto y bien iluminado, mientras se dirigía a pie del Parlamento a su club. Esta epidemia de ataques a mansalva debe merecer la pronta atención de las autoridades en un futuro próximo».

El artículo continuaba describiendo el estado del agente Farrell, cuya «condición no era mejor de lo que cabía esperar». De acuerdo con la versión del policía, había sido llamado por una mujer bien vestida, que estaba discutiendo con un cochero, «un sujeto de aspecto hosco y brutal, con una cicatriz blanca que le atravesaba la frente». Cuando el policía intervino en la disputa, el cochero se arrojó sobre él, jurando y maldiciéndolo y golpeándolo con una cachiporra; y cuando el infortunado policía recobró el sentido, descubrió que le habían despojado de sus ropas.

En 1854 muchos victorianos que habitaban en las ciudades se sentían inquietos ante el recrudecimiento del delito en las calles. Algunas «epidemias» ulteriores y periódicas de violencia callejera culminaron finalmente en el pánico de los transeúntes durante los años 1862 y 1863, y en la aprobación por el Parlamento de la Ley de Asaltos con Violencia. Esta legislación dictaminó castigos desusadamente severos para los infractores, entre ellos la flagelación por tandas —con el propósito de permitir que los detenidos se recuperasen antes de volver a castigarlos— y la pena de muerte por ahorcamiento. En efecto, en 1863 se ahorcó en Inglaterra a más personas que en cualquier otro año a partir de 1838.

El ataque brutal en la calle era la forma más baja de actividad delictiva. Los atracadores y los asaltantes a mano armada eran a menudo despreciados por sus colegas de los bajos fondos, que detestaban los métodos groseros y los actos de violencia. El método habitual de ataque requería que un cómplice, de preferencia una mujer, atrajese a la víctima, preferiblemente un borracho; entonces, el atracador caía sobre la víctima, la golpeaba con una cachiporra y la despojaba, dejándola tirada en la calle. No era un modo elegante de obtener dinero.

Los ingratos detalles del atracador cayendo sobre su impotente víctima eran el tema corriente de la información diaria. Según parece, nadie se detuvo a pensar que, en realidad, el ataque al agente Farrell era muy extraño. De hecho tenía muy poco sentido. Entonces como ahora los delincuentes evitaban siempre que era posible los enfrentamientos con la policía. Atacar a un policía era simplemente provocar una búsqueda exhaustiva en todos los «palomares», hasta que se detenía a los culpables, pues la policía ponía particular interés en resolver los ataques contra los miembros de la fuerza.

Tampoco había motivos razonables para atacar a un policía. Sabía defenderse mejor que la mayoría de las víctimas, y nunca llevaba mucho dinero; a menudo, no tenía dinero.

Finalmente, carecía de sentido desvestir a un policía. En esa época era usual despojar de sus ropas a las víctimas, y la tarea estaba generalmente a cargo de viejas que atraían a los niños a un callejón, y luego les quitaban toda la ropa para venderla en una tienda de artículos de segunda mano.

Pero era imposible disimular el uniforme de un policía, con el fin de que tuviese cierto valor de reventa. Los establecimientos de artículos de segunda mano siempre estaban vigilados, y a menudo se les acusaba de aceptar artículos robados; ningún «traductor» aceptaría jamás un uniforme de policía. En todo Londres era quizás el único tipo de prenda que carecía absolutamente de valor de reventa.

Por consiguiente, el ataque al agente Farrell no sólo era peligroso, sino insensato, y un observador reflexivo debía preguntarse cuáles podrían ser las motivaciones de sus autores.

CAPITULO 22

Chalaneos

A fines de diciembre de 1854 Pierce se reunió con un hombre llamado Andrew Taggert en la taberna Las Armas del Rey, cerca de Regent Street. En ese momento Taggert tenía casi sesenta años, y era un personaje muy conocido en el vecindario. Había sobrevivido a una carrera prolongada y pintoresca, que podemos rememorar brevemente, porque es uno de los pocos participantes del *Gran Robo del Tren* de quien se conocen los antecedentes.

Taggert había nacido alrededor de 1790 en las afueras de Liverpool, y había llegado a Londres hacia fines del siglo, con su madre soltera, que era prostituta. Tenía unos diez años cuando trabajó en «el negocio de la resurrección», es decir, la exhumación de cadáveres recientes, extraídos de los cementerios para venderlos a las facultades de medicina. Pronto adquirió una reputación de audacia sin igual; decíase que cierta vez había transportado un cadáver atravesando las calles de Londres en pleno día, con el hombre instalado en su carromato como un pasajero.

La Ley de Anatomía de 1838 liquidó el negocio de los cadáveres, y Andrews Taggert se dedicó a la profesión de pasador, «dando cambio», es decir, colocando dinero falsificado. En esta maniobra se pagaba con una moneda genuina la compra a un comerciante, y luego el pasador rebuscaba en su bolso, diciendo que creía tener el cambio justo, y tomaba de vuelta la moneda original. Después de un momento decía: «No, en realidad no tengo cambio», y entregaba una moneda falsificada en lugar de la anterior. Era un trabajo mezquino, y Taggert se cansó pronto del asunto. Se dedicó a diferentes estafas, y hacia mediados de la década de 1840 era un experto en la materia. Según parece, tuvo mucho éxito en su profesión; alquiló un piso respetable en Camden Town, un barrio, por cierto, no del todo respetable. (Charles Dickens había vivido allí unos quince años antes, mientras su padre estuvo encarcelado.) Taggert también tomó esposa, una viuda llamada Mary Maxwell, y una de las ironías menores del asunto es que este magistral estafador fue engañado a su vez. Mary Maxwell se especializaba en la falsificación de pequeñas monedas de plata. Había cumplido varias condenas de cárcel, y tenía ciertos conocimientos jurídicos, lo que no era el caso de su nuevo esposo; en realidad, la mujer se había casado respondiendo a motivos ulteriores.

La posición legal de la mujer ya era tema de activos intentos de reformas; pero en esa época las mujeres no tenían derecho de votar, poseer propiedades o testar, y los ingresos de una mujer casada que estaba separada de su marido legalmente continuaban siendo propiedad de éste. Aunque la ley trataba a las mujeres casi como a idiotas, y parecía favorecer abrumadoramente a los hombres, el asunto contenía ciertas complicaciones extrañas, como muy pronto habría de descubrirlo Taggert.

En 1847 la policía allanó el lugar donde trabajaba Mary Maxwell Taggert, sorprendiéndola en el momento mismo en que estaba fabricando monedas de seis peniques. La mujer recibió serenamente el allanamiento, anunció con voz tranquila que estaba casada, e indicó a la policía el paradero de su esposo.

De acuerdo con la ley, el marido era responsable de las actividades delictivas de su mujer. Se presumía que dicha actividad era el resultado del planeamiento y la ejecución del hombre, en los cuales la esposa era un mero participante... quizá contra su voluntad.

En julio de 1847 Andrew Taggert fue detenido, convicto de falsificar moneda, y condenado a ocho años en la cárcel de Bridewell; Mary Maxwell quedó en libertad, y ni siquiera se le formuló una reprimenda. Se asegura que en la sesión en que se condenó al marido exhibió en el tribunal «una conducta burlona y desafiante».

Taggert cumplió tres años de su sentencia, y luego se le permitió salir en libertad condicional. Más tarde se dijo que había perdido toda su fibra, un resultado bastante usual de los períodos de cárcel; ya no tenía la energía ni la confianza necesarias para dedicarse a la estafa, de modo que comenzó a «frenar cascos», es decir, robar caballos. Hacia 1854 era un rostro conocido en las tabernas frecuentadas por los aficionados a las carreras de caballos; se dice que estuvo complicado en el escándalo de 1853, en el cual un animal de cuatro años fue presentado en el Derby incluyéndolo en la categoría de caballos de tres años. Nadie tenía datos ciertos, pero se supuso que, en su condición de ladrón de caballos, organizó el robo del animal más famoso durante ese período: Silver Whistle, un caballo de tres años proveniente de Derbyshire.

Pierce se reunió con él en Las Armas del Rey, y le hizo una propuesta sumamente singular. Taggert se tragó de golpe su ginebra y dijo:

—¿Quiere que le consiga *qué*?

—Un leopardo —dijo Pierce.

—Pero, ¿dónde puede hallar un leopardo un hombre honrado como yo? —dijo Taggert.

—No lo sé —dijo Pierce.

—En toda mi vida —dijo Taggert— jamás he tenido que ver con leopardos, y por lo que sé, se los encuentra únicamente en los zoológicos, que tienen toda clase de bestias.

—Así es —dijo calmosamente Pierce.

—¿Hay que bautizarlo?

Este era un problema particularmente difícil. Taggert sabía bautizar muy bien, es decir, disimular el hecho de que los artículos eran robados. Podía disfrazar las señas de un caballo de modo que ni siquiera su dueño lo reconociera. Pero bautizar un leopardo podía ser más difícil.

—No —dijo Pierce—. Lo acepto como esté.

—No engañará a nadie.

—No es necesario.

—Entonces, ¿para qué lo quiere?

Pierce dirigió a Taggert una mirada especialmente severa y no contestó.

—Preguntando no hago mal a nadie —dijo Taggert—. No todos los días vienen a pedirme que consiga un leopardo, por eso pregunto... sin mala intención.

—Es un regalo —dijo Pierce— para una dama.

—Ah, una dama.

—Del Continente.

—Ah, del Continente.

—De París.

—Ah.

Taggert le miró de arriba a abajo. Pierce iba bien vestido.

—Usted podría comprar uno legalmente —dijo—. Le costaría casi tanto como comprármelo a mí.

—Le he hecho una propuesta comercial.

—En efecto, y muy correcta, pero no ha dicho cuánto me pagará. Solamente que le consiga un leopardo.

—Le pagaré veinte guineas.

—Demonios, quiero cuarenta y considérese afortunado.

—Le pagaré veinticinco y considérese *usted* el afortunado —dijo Pierce.

Taggert pareció molesto. Hizo girar el vaso de ginebra en la mano.

—Muy bien —dijo—. ¿Adónde lo llevo?

—No se preocupe —dijo Pierce—. Encuentre el animal y guárdelo, que pronto tendrá noticias mías. —Y dejó una guinea de oro sobre el mostrador.

Taggert la recogió, la mordió, hizo un gesto de asentimiento y se tocó la gorra.

—Señor, tenga usted buenos días —dijo.

—Buenos días —dijo Pierce.

CAPITULO 23

La escena

La actitud de temor o indiferencia del residente urbano del siglo XX frente a un delito cometido ante sus propios ojos habría asombrado a los victorianos. En esa época una persona robada o asaltada inmediatamente iniciaba un escándalo, y la víctima esperaba y obtenía una reacción inmediata de los ciudadanos respetuosos de la ley que estaban cerca, y que prestamente unían fuerzas con el fin de atrapar al villano que huía. Y hubo casos en los que algunas damas de alcurnia participaron con entusiasmo en la barahúnda general.

La disposición de la gente a comprometerse en un episodio de esta clase respondía a varias razones. En primer lugar, la fuerza policial organizada era cosa todavía relativamente reciente; la Policía Metropolitana de Londres era la mejor de Inglaterra, pero funcionaba desde hacía sólo veinticinco años, y la gente aún no creía que el delito era «asunto de incumbencia de la policía». Segundo, las armas de fuego eran raras, y continúan siéndolo todavía hoy en Inglaterra; era poco probable que un espectador recibiese un balazo mientras perseguía a un ladrón. Y finalmente, la mayoría de los delincuentes eran niños, a menudo muy pequeños, y los adultos no vacilaban en perseguirlos.

En todo caso, el ladrón debía esforzarse todo lo posible por desarrollar sus actividades sin ser descubierto, pues si se daba la alarma era probable que lo atraparan. De ahí que los ladrones trabajasen a menudo en bandas, y que varios de sus miembros se ocupasen de provocar confusión en caso de alarma. Los delincuentes contemporáneos utilizan también el desorden —planeado previamente— para disimular las actividades ilegales, y esta maniobra se denomina «la escena».

Una buena escena exigía un planeamiento y una sincronización cuidadosos, pues como el nombre sugiere era una forma de teatro. En la mañana del 9 de enero de 1855 Pierce inspeccionó el interior cavernoso y resonante de la Estación del Puente de Londres, y vio que todos los actores estaban en los lugares prefijados.

El propio Pierce representaría el papel más importante, el de «denunciante». Exhibía el atuendo de viajero, lo mismo que la señorita Miriam, que estaba a su lado. Ella sería la «víctima».

A pocos metros se encontraba el «delincuente», un niño de nueve años, enjuto y visiblemente (si alguno se hubiera molestado en mirar, *demasiado* visiblemente) fuera de lugar en la corriente de pasajeros de primera clase. Pierce había elegido personalmente al chicuelo después de examinar a una docena de chicos de Tierra Santa; el criterio era pura y simplemente la velocidad.

Un poco más lejos estaba el «policía», Barlow, con uniforme de agente y el sombrero un poco ladeado para ocultar la cicatriz blanca en la frente. Barlow debía permitir que el niño se le escapara a medida que la escena progresaba.

Finalmente, a poca distancia de la escalera que llevaba a la oficina del ferrocarril, estaba el centro mismo de la conspiración: Agar, disfrazado con finas ropas de caballero.

Cuando llegó el momento de la salida del tren de las once destinado a Greenwich, Pierce se rascó el cuello con la mano izquierda. El niño entró en acción inmediatamente, y rozó bruscamente el costado derecho de la señorita Miriam, agitándole el vestido de terciopelo púrpura. La señorita Miriam gritó:

—¡John, me han robado!

Pierce lanzó el grito:

—¡Detengan al ladrón! —y corrió en pos del chico que huía—. ¡Detengan al ladrón!

Los sorprendidos espectadores trataron de atrapar al niño, pero éste era veloz y ágil, y pronto se escabulló entre la gente y corrió hacia el fondo de la estación.

Con su uniforme de policía, Barlow avanzó con aire amenazador. Agar, caballero deseoso de colaborar, se unió también a la persecución, consiguieron encerrar al chico; su única salida era subir desesperadamente por la escalera que conducía a la oficina del ferrocarril; y por allí continuó huyendo, seguido de cerca por Barlow, Agar y Pierce.

Las instrucciones dadas al niño habían sido explícitas: debía subir la escalera, introducirse en la oficina y pasar frente a los escritorios de los empleados, hasta llegar a una alta ventana del fondo que se abría sobre el tejado de la estación. Tenía que romper esta ventana, en un aparente intento de fuga. Entonces Barlow le detendría. Pero tenía que luchar valerosamente hasta que Barlow le pusiese las esposas: ésta era la señal de que la escena había concluido.

El niño irrumpió en la oficina del Ferrocarril Sureste, sorprendiendo a los empleados. Pierce entró inmediatamente después:

—¡Deténganlo, es un ladrón! —gritó, y en su esfuerzo por apresurarse derribó a uno de los empleados. El niño procuraba alcanzar la ventana. Entonces apareció Barlow, el policía.

—Yo me encargaré de esto —dijo Barlow, con voz áspera y autoritaria, pero derribó torpemente uno de los escritorios, y desparramó un montón de papeles.

—¡Atrápenlo! ¡Atrápenlo! —gritó Agar, entrando en las oficinas.

Ahora el niño se había subido al escritorio del despachante, tratando de llegar a la estrecha ventana; rompió el cristal con su puñito y se cortó. El jefe de estación murmuraba sin descanso:

—Oh, Dios mío, oh, Dios mío.

—Soy un representante de la ley, ¡abran paso! —gritó Barlow.

—¡Deténgalo! —gritó Pierce, esforzándose por llegar al histerismo—. ¡Deténgalo, se escapa!

Cayeron al suelo fragmentos de vidrio de la ventana, y Barlow y el niño rodaron por el suelo en una lucha desigual que duró más tiempo de lo que cualquiera hubiera previsto. Los empleados y los escribientes miraban confusos.

Nadie advirtió que Agar había dado la espalda a la conmoción, y trabajaba sobre la cerradura de la puerta de acceso, probando las llaves de un manojo hasta que encontró una que encajaba bien. Tampoco vio nadie que Agar se acercó al gabinete adosado a la pared, y hacía lo mismo que antes con la puerta, hasta que encontró una llave que funcionara bien. Transcurrieron tres o cuatro minutos antes de que el pequeño rufián —que continuaba escapándose de las manos del policía de rostro enrojecido— fuese atrapado finalmente por Pierce, que lo detuvo con energía. Finalmente, el policía dio unos buenos tirones de orejas al pequeño delincuente, y el chico dejó de luchar y entregó la cartera que había robado. El agente de policía lo sacó de la oficina. Pierce se quitó el polvo que cubría sus ropas, vio el desorden de la oficina y se disculpó con los empleados y el jefe de estación.

Luego, el caballero que se había unido a la persecución dijo:

—Me temo, señor, que ha perdido su tren.

—Dios mío, así es —dijo Pierce—. Maldito granuja.

Y los dos caballeros se retiraron: uno dando las gracias al otro por la ayuda, y el segundo diciendo que no tenía importancia, mientras que los empleados se dedicaban a limpiar y ordenar la oficina.

Pierce llegó después a la conclusión de que había sido una escena casi perfecta.

CAPITULO 24

Caminatas

Cuando Perfecto Willy Williams, el culebra, llegó a la casa de Pierce, entrada la tarde del 9 de enero de 1855, encontró en la sala un espectáculo muy extraño.

Pierce, ataviado con una chaqueta de fumar de terciopelo rojo, descansaba en un diván, fumando un cigarrillo, absolutamente relajado, con un cronómetro en las manos.

En cambio Agar, en mangas de camisa, ocupaba el centro de la habitación. Agar estaba medio agazapado; miraba a Pierce y jadeaba ligeramente.

—¿Listo? —preguntó Pierce.

Agar asintió.

—¡Ahora! —dijo Pierce y puso en marcha el cronómetro. Con gran sorpresa de Perfecto Willy, Agar corrió a través de la habitación, en dirección al hogar, donde inició un trote lento sin moverse del lugar, contando por lo bajo, en un murmullo apenas audible: —...siete... ocho... nueve...

—Ahora —dijo Pierce—. ¡Puerta!

—¡Puerta! —repitió Agar e hizo la pantomima de girar el picaporte de una puerta invisible. Luego dio tres pasos a la derecha, y levantó las manos a la altura de los hombros, tocando algo en el aire.

—Gabinete —dijo Pierce.

—Gabinete…

Aquí, Agar extrajo del bolsillo dos moldes de cera, y fingió que obtenía la impresión de una llave.

—¿Tiempo? —preguntó.

—Treinta y uno —dijo Pierce.

Agar obtuvo una segunda impresión, y luego extrajo otro conjunto de moldes, al mismo tiempo que contaba:

—Treinta y tres, treinta y cuatro, treinta y cinco…

Nuevamente levantó las manos, como si estuviese cerrando algo.

—Gabinete cerrado —dijo, y dio tres pasos hacia atrás—. Puerta.

—Cincuenta y cuatro —dijo Pierce.

—¡Escalones! —dijo Agar, y luego trotó otra vez sin moverse del sitio, y al fin atravesó la habitación para detenerse al lado de la silla de Pierce—. ¡Listo! —exclamó.

Pierce miró el reloj y movió la cabeza.

—Sesenta y nueve. —Aspiró una bocanada de humo.

—Bien —dijo Agar con aire ofendido—, es mejor que antes. ¿Cuánto fue la vez anterior?

—La última, setenta y tres.

—Bien, está mejor…

—Pero no lo suficiente. Tal vez si no cierra el gabinete, y tampoco cuelga las llaves. Willy puede ocuparse de eso.

—¿De qué? —inquirió Willy, mirando.

—Abrir y cerrar el gabinete —dijo Pierce.

Agar volvió a la posición inicial.

—¿Listo? —dijo Pierce.

—Listo —dijo Agar.

Se repitió la extraña ceremonia, y Agar atravesó a la carrera el cuarto, trotó sin moverse del sitio, fingió abrir la puerta, dio tres pasos, obtuvo los moldes de cera, dio otros tres pasos, cerró la puerta, trotó en el lugar, y luego atravesó corriendo el cuarto.

—¿Tiempo?

—Sesenta y tres —dijo Pierce sonriendo.

Agar esbozó una mueca, tratando de recuperar el aliento.

—Una vez más —dijo Pierce—, para estar seguros.

Un rato después, se le explicó el plan a Perfecto Willy.

—Será esta noche —dijo Pierce—. Apenas oscurezca, irá al Puente de Londres, y subirá al tejado de la estación. ¿Algún problema?

Perfecto Willy movió la cabeza.

—¿Y después?

—Cuando esté en el tejado, cruza en dirección a una ventana que está rota. La verá; corresponde a la oficina del despachante. Es pequeña, tiene apenas un pie cuadrado.

—¿Y después?

—Entra en la oficina.

—¿Por la ventana?

—Sí.

—¿Y después?

—Verá una alacena pintada de verde, adosada a la pared —Pierce examinó al hombrecillo—. Tendrá que subirse a una silla para alcanzarla. No haga el menor ruido; hay un policía junto a la puerta de la oficina, en la escalera.

Perfecto Willy frunció el ceño.

—Abra la alacena —dijo Pierce—, con esta llave. —Hizo un gesto a Agar, y éste entregó a Willy la primera de las ganzúas.— Abra la alacena, déjela así y espere.

—¿Para qué?

—Alrededor de las diez y media habrá cierto movimiento. Un borracho entrará en la estación para distraer al policía.

—¿Y después?

—Abra la puerta principal de acceso a la oficina, usando esta llave —Agar le entregó la segunda ganzúa— y luego espere.

—¿A qué?

—A que den las once y media, poco más o menos, hora en que el policía va al aseo. Agar sube la escalera, pasa por la puerta que usted abrió y toma los moldes. Se marcha, y usted cierra en seguida la primera puerta. Ahora el policía ya ha vuelto del aseo. Cierra la alacena devuelve la silla a su lugar, y sale por la ventana, sin ruido.

—¿Eso es todo? —preguntó dudoso Perfecto Willy.

—Eso es todo.

—¿Y me ha sacado de Newgate para esto? —preguntó Perfecto Willy.— No es problema meterse en un lugar vacío.

—Es un lugar vacío con un policía en la puerta, y es necesario silencio, silencio todo el tiempo.

Perfecto Willy sonrió.

—Esas llaves significan una cosa muy gorda —dijo—. Ustedes han tramado algún plan.

—Haga lo que le digo —insistió Pierce— y sin hacer ruido.

—Un buen pedazo de torta —dijo Perfecto Willy.

—Tenga a mano esas ganzúas —dijo Agar, señalando las llaves—, y que las puertas estén preparadas para cuando yo llegue, porque si no, todos lo pasaremos mal, y es posible que el policía nos atrape.

—No quiero que me atrapen —dijo Willy.

—Entonces despiértese, y nada de errores.

Perfecto Willy asintió.

—¿Qué hay de comer?

CAPITULO 25

Otra violación de domicilio

En la noche del 9 de enero una característica niebla londinense del tipo «puré de guisantes», muy mezclada con hollín, ensombreció a la ciudad. Perfecto Willy Williams, que venía caminando por la calle Tooley, con un ojo puesto en la fachada de la Estación del Puente de Londres, no estaba muy seguro de que la niebla le agradase. Disimulaba los movimientos, pero era tan densa que no podía ver el primer piso de la estación terminal, y así el acceso al tejado se convertía en un problema inquietante. No tenía sentido llegar hasta la mitad de la ascensión, para descubrir entonces que no podía seguir.

Pero Perfecto Willy sabía mucho de las características de construcción de los edificios, y después de merodear una hora alrededor de la estación encontró el lugar apropiado. Después de subir a una carretilla de transporte de equipajes, pudo saltar a un canalón de desagüe, y de ahí pasó al alféizar de la ventana del primer piso. Un reborde de piedra recorría toda la extensión del primer piso; lo siguió, hasta que llegó a una esquina de la fachada. En ese lugar comenzó a subir, de espaldas a la pared, exactamente como había escapado de la cárcel de Newgate. Por supuesto, dejaría señales; en esa época, casi todos los edificios del centro de Londres estaban cubiertos de hollín, y la ascensión de Perfecto Willy dejó un extraño dibujo de raspaduras blancuzcas en el sector de la esquina.

Alrededor de las ocho de la noche estaba de pie en el ancho techo de la terminal. La parte principal de la estación estaba techada con pizarra; sobre las vías, el techo era de vidrio, de modo que evitó esa parte. Perfecto Willy pesaba treinta y cuatro kilogramos; pero eso podía bastar para romper el techo de vidrio.

Avanzó cautelosamente en medio de la niebla, y bordeó el edificio hasta encontrar la ventana rota mencionada por Pierce. Mirando por la ventana, vio la oficina del jefe de estación. Le llamó la atención el desorden, como si durante el día hubiesen peleado en el recinto, y los daños se hubieran reparado sólo en parte.

Metió la mano por el agujero del cristal, descorrió el cerrojo y levantó la hoja de la ventana. Esta tenía forma rectangular, y medía aproximadamente veinticinco centímetros por cuarenta. Contorsionándose, entró fácilmente, puso pie en la cubierta corrediza de un escritorio y permaneció inmóvil.

No le habían dicho que las paredes de la oficina eran de vidrio.

A través del vidrio pudo ver las vías y las plataformas desiertas de la estación, más abajo. También alcanzaba a distinguir al policía en la escalera, cerca de la puerta, con la bolsa de la comida a su lado.

Perfecto Willy descendió cautelosamente del escritorio. Sus zapatos pisaron un montón de vidrio roto, y se oyó un crujido; se inmovilizó instantáneamente. Pero si el guardia oyó algo, no lo manifestó. Después de un momento, Willy cruzó la oficina, levantó una silla y la depositó frente a la alta alacena. Subió sobre la silla, extrajo del bolsillo la ganzúa que Agar le había entregado, y la introdujo en la cerradura. Luego se sentó a esperar, oyendo las lejanas campanas de la iglesia que daban las nueve.

Agar, protegido por las sombras profundas de la estación oyó también las campanadas de la iglesia. Suspiró. Dos horas y media más, y ya hacía dos que estaba apretujado en su incómodo rincón. Sabía que cuando tuviese que salvar a la carrera la distancia que le separaba de los escalones sentiría las piernas rígidas y doloridas.

Desde su escondite, pudo ver a Perfecto Willy entrando en la oficina, detrás del guardia; y también la cabeza de Willy, de pie sobre la silla, trabajando con la cerradura. Luego, Willy desapareció.

Agar volvió a suspirar. Se preguntó por milésima vez qué se proponía hacer Pierce con esas llaves. Solamente sabía que debía ser un golpe fantástico. Pocos años antes, Agar había participado en el atraco a un depósito de Brighton. Se habían necesitado nueve llaves: una para el portón exterior, dos para un portón interior, tres para la puerta principal, dos para la puerta de oficina, y una para el depósito. El botín fue de diez mil libras en billetes del Banco de Inglaterra, y el organizador había consagrado cuatro meses a la preparación del golpe. Y aquí estaba Pierce, un ladrón de los buenos, dedicando ocho meses para conseguir cuatro llaves, dos de los banqueros y dos de la oficina del ferrocarril. Y le había costado bastante dinero, Agar estaba seguro de ello; lo cual significaba que la recompensa bien valía la pena.

Pero, ¿qué *era*? ¿Por qué tenían que meterse en esa oficina? El asunto le preocupaba más que la técnica que le permitiría realizar su objetivo en el plazo de sesenta y cuatro segundos. Era un profesional; controlaba sus nervios; estaba bien preparado, y tenía confianza en sí mismo. Su corazón no aceleró los latidos mientras volvía los ojos hacia el policía de la escalera, en el instante mismo en que pasaba el guardia de las rondas.

El guardia dijo al policía:

—¿Sabe que hay una pelea por el campeonato?

—No —dijo el policía—. ¿Quiénes pelean?

—Dinamita Bill Hampton y Edgar Moxley.

—¿Dónde será? —preguntó el policía.

—He oído decir que en Leicester —dijo el guardia.

—¿Por quién apuesta?

—Me gusta Dinamita Bill.

—Es bueno —dijo el policía— ese Bill es un tipo fuerte.

—Sí —dijo el guardia. He apostado una o dos medias coronas a su favor, y espero que sea fuerte.

El guardia siguió su camino, para completar la ronda.

Agar sonrió en la oscuridad. Un poli envaneciéndose de una apuesta de cinco chelines. Agar había apostado diez libras en la última pelea por el campeonato entre John Boynton, el Derviche de Lancaster, y el bravo Kid Ballew. Agar había salido bien librado, las apuestas eran de dos a uno, de modo que había ganado bastante. Estiró los músculos de las piernas acalambradas, procurando mantener la circulación, y luego se relajó. Aún faltaba mucho. Pensó en su muñequita. Siempre que trabajaba, evocaba su recuerdo. Era natural, la tensión excitaba a un hombre. Luego, sus pensamientos volvieron a Pierce, y a la pregunta que Agar se venía formulando desde hacía un año: ¿De qué se trataba, *realmente*?

El irlandés borracho de barba rojiza y sombrero aplastado avanzó a tumbos por la estación desierta cantando «Molly Malone». Con su andar arrastrado y tambaleante, era un auténtico ebrio, y mientras avanzaba, parecía tan absorto en su canción que quizá no advirtió siquiera la presencia del guardia en la escalera. Pero lo vio, y miró con suspicacia la bolsa de papel del guardia, antes de ofrecerle una reverencia complicada y vacilante.

—Y muy buenas noches, señor —dijo el borracho.

—Buenas noches —dijo el guardia.

—¿Y qué está haciendo, si puedo preguntarle —dijo el borracho, tratando de enderezarse— en estos lugares, eh? Nada bueno, seguramente.

—Vigilo estas oficinas —dijo el guardia.

El borracho hipó.

—Eso dice usted, mi buen amigo, pero muchos bandidos han dicho lo mismo.

—Bueno, mire...

—Creo —dijo el borracho moviendo en el aire un dedo acusador, y tratando de señalar al guardia, pero sin lograrlo del todo—, creo, señor, que llamaremos a la policía, y que le interrogue, así sabremos qué se trae usted entre manos.

—Bueno, óigame —dijo el guardia.

—Oigame usted, y ahora mismo —dijo el borracho, y bruscamente empezó a gritar—. —¡Policía! *¡Po-licía!*

—Vamos —dijo el guardia, bajando la escalera—. Contrólese, borracho del diablo.

—¿Borracho del diablo? —dijo el ebrio, enarcando el ceño y agitando el puño—. Vengo de Dublín, señor.

—Ya lo he advertido, no lo dude —rezongó el guardia.

En ese momento llegó el agente, doblando la esquina a la carrera, atraído por los gritos del borracho.

—Ah, un delincuente, amigo policía —dijo el borracho—. Arreste a este sinvergüenza —dijo, señalando al guardia, quien ahora había descendido hasta el final de la escalera—. No tiene buenas intenciones.

El borracho hipó.

El agente y el guardia se miraron, y sonrieron.

—Señor, ¿le parece cosa de risa? —dijo el borracho, volviéndose hacia el policía—. No veo nada gracioso. Es evidente que este hombre tiene planes siniestros.

—Vamos, salga de aquí —dijo el policía— o le arrestaré por desorden.

—¿Desorden? —dijo el borracho, zafándose de la mano del policía—. Creo que usted y este delincuente son cómplices.

—Basta ya —dijo el policía—. Venga sin resistirse.

El borracho se dejó llevar por el agente. Mientras se alejaba, se le oyó decir:

—Usted no tendrá un poco de cerveza, ¿verdad? —y al agente que le aseguraba que no tenía bebida encima.

—Dublín —dijo el guardia, con un suspiro, y volvió a subir la escalera para tomar su cena. El carillón lejano dio las once.

Agar lo había visto todo, y aunque se divirtió con la representación de Pierce, se preguntó si Perfecto Willy habría aprovechado la oportunidad para abrir la puerta de la oficina. Lo sabría únicamente cuando él mismo entrara en acción, menos de media hora después.

Miró su reloj, volvió los ojos hacia la puerta de la oficina, y esperó.

Para Pierce, la parte más delicada de su representación fue el final, cuando el agente lo sacó a la calle

Tooley. Pierce no deseaba alterar la ronda regular del policía, de modo que tenía que deshacerse del otro con cierta rapidez.

Cuando salieron al aire brumoso de la noche, respiró hondo.

—Ah —dijo—, es una hermosa noche, y qué reconfortante.

El policía examinó la niebla sombría.

—Pues a mí me parece bastante fría —dijo.

—Bien, mi estimado amigo —dijo Pierce, mientras se sacudía las ropas y fingía reaccionar, como si el aire de la noche hubiese disipado los vapores alcohólicos—. Le agradezco muchísimo su atención en este caso, y le aseguro que ahora puedo arreglarme solo.

—¿No provocará desórdenes?

—Mi estimado señor —dijo Pierce, acentuando todavía más la firmeza de su postura—, ¿por quién me toma?

El policía volvió los ojos hacia la Estación del Puente de Londres. Su obligación era mantener el recorrido que le habían encomendado; un borracho que ambulaba por la calle no era asunto suyo, una vez que lo había expulsado de la estación. Además, en Londres abundaban los borrachos, y sobre todo los irlandeses que charlaban demasiado.

—Bueno, ándese con cuidado —dijo el policía, y le dejó marchar.

—Buenas noches, agente —dijo Pierce, con una inclinación al agente que empezó a alejarse. Luego, se hundió en la niebla cantando «Mary Malone».

Pierce no pasó del final de la calle Tooley, a menos de una manzana de la entrada de la estación. Allí, oculto en la niebla, había un coche de punto. Miró al conductor.

—¿Cómo ha ido? —preguntó Barlow.

—Muy bien —replicó Pierce—. Willy ha tenido dos o tres minutos; creo que es suficiente.

—Willy es un poco obtuso.

—Lo único que debe hacer —dijo Pierce— es abrir dos cerraduras, y para eso no es tonto. —Dirigió una ojeada a su reloj.— Bien, pronto sabremos a qué atenernos.

Y se alejó, sumergiéndose en la niebla, de regreso a la estación.

A las once y media Pierce había ocupado una posición que le permitía ver los escalones de la oficina y al guardia. El policía continuaba haciendo sus rondas; hizo un gesto en dirección al guardia, y éste le contestó. El agente continuó la marcha, el guardia bostezó, se puso de pie y se desperezó.

Pierce respiró hondo y acercó el dedo al botón del cronómetro.

El guardia descendió la escalera, bostezando de nuevo, y echó a andar hacia el aseo. Caminó varios pasos, y desapareció al volver una esquina.

Pierce oprimió el botón, y contó por lo bajo:

—Uno... dos... tres...

Vio aparecer a Agar, a la carrera, descalzo para no hacer ruido, enfilando hacia los escalones que conducían a la puerta.

—Cuatro... cinco... seis...

Agar alcanzó la puerta, movió el picaporte; la puerta se abrió y Agar entró. La puerta se cerró.

—Siete... ocho... nueve...

—Diez —dijo Agar jadeante, al mismo tiempo que examinaba la oficina. Perfecto Willy, sonriente en las sombras de un rincón, continuó la cuenta.

—Once... doce... trece...

Agar se acercó a la alacena ya abierta. Extrajo del bolsillo el primero de los moldes de cera, y luego volvió los ojos hacia las llaves de la alacena.

—¡Condenación! —exclamó.

—Catorce... quince... dieciséis...

Allí había docenas de llaves de toda clase, grandes y pequeñas, unas rotuladas y otras no, y todas colgando de ganchos. En esos momentos Agar comenzó a sudar profusamente.

—¡Maldita sea!

—Diecisiete... dieciocho... diecinueve...

Agar comenzaba a rezagarse. Lo advirtió con un repentino sentimiento de desastre: ahora andaba retrasado. Miró impotente las llaves. No podía obtener moldes de todas. ¿Cuáles eran?

—Veinte... veintiuno... veintidós...

La voz en sordina de Perfecto Willy le enfureció; hubiera deseado cruzar la oficina y estrangular al pequeño bastardo. Miró el mueble con creciente pánico. Recordó la forma de las dos primeras llaves; quizás estas dos eran parecidas. Acercó los ojos a la alacena, forzando la vista: la luz de la oficina era escasa.

—Veintitrés... veinticuatro... veinticinco...

—Maldición, es inútil —murmuró para sí. Y entonces advirtió un hecho peculiar: cada gancho tenía una sola llave, excepto uno que tenía dos. Las descolgó con presteza. Se parecían a las dos anteriores.

—Veintiséis... veintisiete... veintiocho...

Abrió el primer molde, y presionó sobre la cera un lado de la primera llave, sosteniéndola con firmeza, y apretando con la uña del dedo; la uña del meñique era larga, una característica de los «cerrajeros».

—Veintinueve... treinta... treinta y uno...

Tomó el segundo molde, extrajo la llave y la apretó del otro lado sobre la cera. La sostuvo firmemente, y luego la retiró.

—Treinta y dos... treinta y tres... treinta y cuatro...

Aquí entró en acción el profesionalismo de Agar. Andaba retrasado (según su propia cuenta lo menos cinco segundos, quizá más) pero sabía que a toda costa era necesario no confundir las llaves. Era bastante usual que, en el apremio de las circunstancias, un cerrajero obtuviese dos impresiones del mismo lado de una sola llave; y si había dos llaves, se duplicaba la posibilidad de confusión. Sin perder un instante pero con cuidado colgó la primera llave terminada.

—Treinta y cinco... treinta y seis... treinta y siete, Dios —dijo Perfecto Willy. Estaba mirando por las ventanas de vidrio, en dirección al lugar donde el guardia regresaría en menos de treinta segundos.

—Treinta y ocho... treinta y nueve... cuarenta...

Agar se apresuró a presionar la segunda llave sobre el tercer molde. Lo sostuvo un instante, y luego lo retiró. Obtuvo una buena impresión.

—Cuarenta y uno... cuarenta y dos... cuarenta y tres...

Agar guardó el molde, y extrajo la cuarta lámina cubierta de cera. Acostó el otro lado de la llave sobre el material blando.

—Cuarenta y cuatro... cuarenta y cinco... cuarenta y seis... cuarenta y siete...

De pronto, mientras Agar retiraba la llave de la cera, el molde se partió por la mitad.

—¡Mierda!

Rebuscó otro molde en el bolsillo. Tenía los dedos firmes, pero el sudor le bañaba la frente.

Cincuenta y uno... cincuenta y dos... cincuenta y tres...

Extrajo el nuevo molde y oprimió otra vez el segundo lado.

—Cincuenta y cuatro... cincuenta y cinco...

Extrajo la llave, la colgó y se lanzó hacia la puerta, siempre con el último molde en la mano. Abandonó la oficina sin mirar siquiera a Willy.

—Cincuenta y seis —dijo Willy, acercándose inmediatamente a la puerta para cerrarla con llave.

Pierce vio salir a Agar, retrasado por lo menos cinco segundos. Tenía el rostro enrojecido por el esfuerzo.

—Cincuenta y siete... cincuenta y ocho...

Agar bajó a saltos los escalones, de tres en tres.

—Cincuenta y nueve... sesenta... sesenta y uno...

Agar corrió por la estación en dirección a su escondite.

—Sesenta y dos... sesenta y tres...

Agar se había ocultado.

El guardia apareció por la esquina, bostezando y todavía abotonándose los pantalones. Se dirigió a la escalera.

—Sesenta y cuatro —dijo Pierce, y cerró el reloj.

El guardia ocupó su puesto en la escalera. Después de unos instantes comenzó a tararear, muy suavemente, y pasó un rato antes de que Pierce advirtiera que entonaba la melodía de «Molly Malone».

CAPITULO 26

Encuentro con un guarda de furgón

«La distinción entre la baja avaricia y la ambición honesta puede llegar a ser muy borrosa» observó el reverendo Noel Blackwell en su tratado de 1853 *Acerca del perfeccionamiento moral del género humano.* Nadie lo sabía mejor que Pierce, quien organizó el encuentro siguiente en el Casino de Venecia, que funcionaba en la calle del Molino de Viento. Era un amplio y animado salón de baile, brillantemente iluminado por gran número de lámparas de gas. Los jóvenes guiaban en la danza a las muchachas de coloridos atuendos y alegres maneras. Ciertamente, la impresión total era de esplendor y elegancia, como desmintiendo la reputación de notorio y perverso lugar de citas de las prostitutas y su clientela.

Pierce se encaminó directamente al mostrador, donde un hombre corpulento de uniforme azul con distintivos plateados estaba sentado frente a una bebida. El individuo parecía sentirse muy incómodo en el lugar.

—¿No había venido nunca? —preguntó Pierce.

El hombre se volvió.

—¿Es usted el señor Simms?

—En efecto.

El individuo corpulento recorrió con los ojos el salón, las mujeres, los adornos y las luces brillantes.

—No —dijo—, nunca había estado aquí.

—Animado, ¿no cree?

El hombre se encogió de hombros.

—No está a mi alcance —dijo finalmente, y volvió a clavar la vista en el vaso.

—Y es caro —dijo Pierce.

—¿Dos chelines un trago? Sí, es caro —dijo el hombre alzando su copa.

—Permítame invitarle con otra copa —dijo Pierce, levantando una mano enguantada para llamar al barman—. ¿Dónde vive, señor Burgess?

—Tengo un cuarto en la calle Moresby —dijo el hombre corpulento.

—Tengo entendido que el aire no es bueno en esa zona.

—Nos arreglamos —dijo Burgess encogiéndose de hombros.

—¿Está casado?

—Sí.

Vino el barman, y Pierce pidió las bebidas.

—¿Qué hace su esposa?

—Cose —Burgess mostró un atisbo de impaciencia—. ¿A qué viene todo esto?

—Un poco de conversación —dijo Pierce— para saber si usted necesita más dinero.

—Sólo un estúpido no lo necesita —dijo secamente Burgess.

—Es guarda de furgón —dijo Pierce.

Más impaciente aún, Burgess asintió y señaló las letras plateadas SER sobre su cuello: la insignia del Ferrocarril Sureste.

Pierce no hacía estas preguntas con el fin de obtener información; en realidad, ya sabía mucho de Richard Burgess, guarda de los furgones del ferrocarril. Conocía el domicilio de Burgess, lo que hacía la esposa, que tenían dos hijos, de dos y cuatro años, y que el mayor era un niño enfermizo y necesitaba la frecuente atención de un médico, que Burgess y su mujer no podían pagar.

Sabía que el cuarto de la calle Moresby era una habitación sórdida, ruinosa y estrecha, impregnada por los humos sulfurosos de los gasógenos cercanos.

Sabía también que Burgess pertenecía a la categoría peor pagada del personal ferroviario. Un maquinista ganaba 35 chelines semanales; un guarda 25 chelines; pero el guarda de furgón recibía 15 chelines semanales, y podía considerarse feliz de que no le dieran bastante menos.

La esposa de Burgess ganaba diez chelines semanales, de modo que la familia obtenía un total de sesenta y cinco libras anuales. Además, había ciertos gastos (Burgess tenía que procurarse sus propios uniformes) y por lo tanto el ingreso real probablemente llegaba a cincuenta y cinco libras anuales, una cifra muy mezquina para una familia de cuatro miembros.

Muchos victorianos tenían ese nivel de ingresos, pero la mayoría contaba con suplementos de distinto tipo: trabajos suplementarios, propinas, o un hijo en la fábrica eran los más usuales. El hogar de los Burgess no tenía nada parecido. Se veían obligados a vivir de lo que conseguían los dos esposos, y no era de extrañar que Burgess se sintiera incómodo en un lugar que cobraba dos chelines por una bebida. El precio excedía con mucho a sus medios.

—¿De qué se trata? —preguntó Burgess, sin mirar a Pierce.

—Estaba pensando en su visión.

—¿Mi visión?

—Sí, su capacidad visual.

—Veo perfectamente.

—Me pregunto —dijo Pierce— cuánto necesitaría para ver mal.

Burgess suspiró y durante unos instantes no dijo nada. Finalmente habló con voz fatigada.

—Hace unos años pasé un tiempo en Newgate. No quiero volver a la noria.

—Muy razonable —dijo Pierce—. Y yo no deseo que nadie eche a perder mi plan. Los dos tenemos nuestros temores.

Burgess tragó su bebida.

—¿Cuánto me toca?

—Doscientas libras —dijo Pierce.

Burgess tosió, y se golpeó el pecho con un puño poderoso.

—Doscientas libras —repitió.

—Eso mismo —dijo Pierce—. Aquí tiene diez, a cuenta. —Extrajo su cartera y separó dos billetes de cinco libras; sostuvo la cartera de manera que Burgess no pudiese dejar de ver el fajo de billetes. Depositó el dinero sobre el mostrador.

—Bonitos como una hembra caliente —dijo Burgess, pero no tocó los billetes—. ¿De qué se trata?

—No se preocupe de eso. Lo único que necesita es cuidar su vista.

—¿Y qué es lo que no debo ver?

—Nada que le traiga dificultades. Usted no volverá a la cárcel, de eso puede estar seguro.

Burgess adoptó una expresión obstinada.

—Hable claro —dijo.

Pierce suspiró. Extendió la mano hacia el dinero.

—Lo siento —dijo—. Me temo que no podremos hacer negocio.

Burgess le sujetó la mano.

—No se apresure —dijo—. Sólo preguntaba.

—No puedo contestarle.

—¿Teme que cante a la poli?

—Cosas así —dijo Pierce— a veces suceden.

—No hablaré.

Pierce se encogió de hombros.

Hubo un momento de silencio. Finalmente, Burgess movió la otra mano y se apoderó de los dos billetes de cinco libras.

—Dígame qué debo hacer —pidió.

—Es muy sencillo —dijo Pierce—. Pronto recibirá la visita de un hombre que le preguntará si su esposa le cose los uniformes. Cuando se encuentre con ese individuo, sencillamente… desvíe la vista.

—¿Eso es todo?

—Eso es todo.

—¿Por doscientas libras?

—Por doscientas libras.

Burgess frunció el ceño un instante y luego se echó a reír.

—¿Qué le divierte? —preguntó Pierce.

—No lo conseguirá —dijo Burgess—. Eso es imposible. Por donde lo mire, es imposible abrir esas cajas. Hace unos meses un muchacho se metió en el furgón, y quiso abrirlas. Prueba, le dije, y probó media hora, y no consiguió nada. Después, lo saqué de un puntapié, y lo tiré a las vías.

—Ya lo sé —dijo Pierce—. Yo estaba mirando.

Burgess dejó de reír. Pierce extrajo dos guineas de oro del bolsillo y las dejó sobre el mostrador.

—En ese rincón hay una muñequita… una cosa bonita, vestida de rosa. Creo que le está esperando —dijo Pierce, y dando media vuelta comenzó a alejarse.

CAPITULO 27

La perplejidad del salchichero

Los economistas de mediados del período victoriano observaron que un número cada vez más elevado de personas se ganaba la vida con lo que entonces se denominaba «los negocios», expresión general que aludía al suministro de bienes y servicios a la floreciente clase media.

Inglaterra era entonces la nación más rica del planeta, y también la más rica que la historia había conocido. La demanda de toda clase de artículos de consumo era insaciable, y se procuraba satisfacerla mediante la especialización en la manufactura, la distribución y la venta de artículos. Precisamente en la Inglaterra victoriana oímos hablar por primera vez de los fabricantes de gabinetes, y de negocios que vendían sólo ciertos tipos de gabinetes.

La especialización cada vez más acentuada era evidente también en los bajos fondos, y su expresión más peculiar era la figura del «salchichero». El salchichero era generalmente un operario metalúrgico que había tomado el mal camino, o un hombre demasiado viejo para soportar el ritmo furioso de la producción honesta. En cualquiera de los dos casos, desaparecía de los círculos formados por personas honradas, y reaparecía como proveedor especializado de artículos de metal destinados a los delincuentes. A veces, el salchichero era un acuñador de moneda falsa que no podía conseguir las matrices necesarias para producir monedas.

En cualquier caso, su principal actividad era la fabricación de salchichas, es decir, cachiporras. Las primeras cachiporras eran bolsas de forma alargada llenas de arena, y los asaltantes y los ladrones las llevaban ocultas en la manga hasta que llegaba el momento de usarlas contra sus víctimas. Después, se llenaron las bolsas con munición, para destinarlas al mismo propósito.

Un salchichero también producía otros artículos. Se llamaba «neddy» a una porra, a veces consistente en una simple barra de hierro, y otras en una barra con una abrazadera en un extremo. El «saco» era una esfera de hierro de aproximadamente un kilogramo metida en una media de tejido fuerte. El «whippler» (látigo) era una munición unida a una cuerda, y se usaba para golpear la cabeza de la víctima; el atacante sostenía la munición en la mano, y la arrojaba al rostro de la víctima, «como un horrible yo-yo». Unos pocos golpes de estas armas bastaban para incapacitar a la presa, y luego se ejecutaba el robo sin más resistencia.

A medida que las armas de fuego se difundieron, los salchicheros se dedicaron a la producción de balas. Unos pocos salchicheros hábiles también fabricaron juegos de ganzúas, pero éste era un trabajo difícil, y la mayoría se limitaba a tareas más sencillas.

A principios de enero de 1855, un salchichero de Manchester llamado Harkins recibió la visita de un caballero de barba roja, quien le dijo que deseaba comprar cierta cantidad de munición.

—Eso es fácil —dijo el salchichero—. Fabrico toda clase de municiones. ¿Cuántas necesita?

—Cinco mil —dijo el caballero.

—¿Cómo?

—Digo que necesito cinco mil municiones.

—Cinco mil... es mucho. —El salchichero pestañeó.— Veamos... seis municiones por onza. De modo que... —Elevó los ojos al techo y se mordió el labio inferior.— Y dieciséis... bueno, significa que... Dios mío, en total más de cincuenta libras de munición.

—Eso creo —dijo el caballero.

—¿De modo que quiere cincuenta libras de munición?

—En efecto, quiero cinco mil unidades.

—Bien, cincuenta libras de plomo llevan tiempo y trabajo, y los moldes... bien, es mucho trabajo. Para satisfacer su petición necesitaré tiempo.

—La necesito dentro de un mes —dijo el caballero.

—Un mes, un mes... Veamos, ahora... cien por molde... Sí, bien... —El salchichero asintió.— De acuerdo, tendrá sus cinco mil municiones en el plazo de un mes. ¿Vendrá a buscarlas?

—En efecto —dijo el caballero, e inclinándose un poco, con aire conspirativo—: Es para Escocia, ¿sabe?

—Para Escocia, ¿eh?

—Sí, para Escocia.

—Ah, muy bien, entiendo perfectamente —dijo el salchichero, aunque era evidente que no entendía nada. El caballero de la barba roja entregó una paga y señal y se marchó, dejando al salchichero en estado de profunda perplejidad. Pero más se habría desconcertado de haber sabido que el mismo caballero había visitado a otros especialistas de Newcastle-on-Tyne, Birmingham, Liverpool y Londres, encargándoles idéntico pedido a cada uno, de modo que en realidad estaba ordenando un total de doscientas cincuenta libras de munición de plomo. ¿Para qué podría necesitar alguien este material?

CAPITULO 28

El toque final

A mediados de siglo Londres tenía seis diarios de la mañana, tres de la tarde y veinte semanarios influyentes. Este período señaló el comienzo de una prensa organizada con poder suficiente para plasmar la opinión pública, y en definitiva los acontecimientos políticos. Pero en enero de 1855 se manifestó el carácter imprevisible de dicho poder.

Por una parte, el primer corresponsal de guerra de la historia, William Howard Russell, estaba en Rusia con las tropas destacadas de Crimea, y los despachos que enviaba al *Times* habían provocado una oleada de indignación en el territorio metropolitano. La carga de la Brigada Ligera, el embrollo de la campaña de Balaclava, el desastroso invierno en que las tropas británicas, desprovistas de alimentos y suministros médicos, soportaron una mortandad del 50 por ciento, fueron elementos trasmitidos por la prensa a un público cada vez más irritado.

Pero en enero lord Raglan, comandante de las fuerzas británicas, estaba gravemente enfermo, y lord Cardigan —«altanero, rico, heroico y estúpido», el hombre que había llevado valerosamente a su Brigada Ligera al desastre total, y había regresado luego a su yate a beber champaña y dormir—, había vuelto a la patria, y toda la prensa exaltaba en su persona a un gran héroe nacional. Era un papel que le encantaba representar. Vestido con el uniforme que había usado en Balaclava, en todas las ciudades recibió el saludo de multitudes; la gente arrancaba pelos a la cola de su caballo para conservarlos como recuerdo. Las tiendas londinenses copiaron el abrigo de lana que había usado en Crimea —llamado «cardigan»— y se vendieron millares de unidades.

El hombre a quien sus propios soldados llamaban «el burro peligroso» recorría el país pronunciando discursos en los cuales relataba su propia proeza al frente de la carga de sus hombres; y a medida que pasaron los meses, habló cada vez con mayor emoción, y a veces se vio obligado a interrumpirse para reaccionar. La prensa no dejó de exaltarlo; nadie mostró la áspera severidad con que lo trataron los historiadores de un período ulterior.

Pero si la prensa se mostraba voluble, las inclinaciones del público tendían aún más al mismo defecto. A pesar de las noticias irritantes que venían de Rusia, los despachos que más excitaron a los londinenses en enero se relacionaban con un leopardo devorador de hombres que amenazaba a Naini Tal, en India septentrional, no lejos de la frontera con Birmania. El «devorador de hombres de Panar» según se afirmaba había matado a más de cuatrocientos nativos, y las crónicas se caracterizaban por los detalles vívidos, e incluso atroces. «La maligna bestia de Panar», escribió un corresponsal, «mata por el placer de matar, y no para alimentarse. Rara vez come partes del cuerpo de sus víctimas, aunque hace dos semanas devoró el torso superior de un niño después de sacarlo de su cuna. Ciertamente, la mayoría de sus víctimas han sido niños menores de diez años, que por desgracia se alejan del centro de la aldea después de la caída de la noche. Suele herir con sus zarpas a las víctimas adultas y más tarde éstas mueren por la infección de las heridas; el señor Redby, cazador de la región, afirma que estas infecciones se originan por la carne descompuesta adherida a las garras de la bestia. El asesino de Panar es muy fuerte, y se lo ha visto llevar en sus fauces a una mujer adulta de proporciones normales, mientras la víctima luchaba y gritaba desgarradoramente».

Estos y otros relatos se convirtieron en el comentario sabroso de los salones frecuentados por personas que gustaban de las anécdotas excitantes; las mujeres se sonrojaban, proferían risitas y lanzaban exclamaciones, y los hombres, especialmente los que habían servido a la Compañía en India, disertaban doctamente acerca de los hábitos de la bestia, y su carácter. Las multitudes fascinadas visitaban un interesante modelo mecánico de tigre devorando a un inglés, un artefacto propiedad de la East India Company. (El modelo está todavía en el Museo Victoria y Alberto.)

De modo que cuando el 17 de febrero de 1855 llegó a la Terminal del Puente de Londres un leopardo adulto enjaulado, el hecho provocó considerable agitación —mucho más que la llegada, poco antes, de guardias armados que traían cajas fuertes colmadas de oro, las que fueron cargadas en el furgón de equipajes del Ferrocarril Sureste.

Era una bestia completamente desarrollada, que gruñía, rugía y se arrojaba sobre los barrotes de su jaula mientras cargaban ésta en el mismo furgón del tren Londres-Folkestone. El guardián del animal acompañaba a la bestia, con el fin de atender a las necesidades del leopardo, y proteger al guarda del furgón de equipajes en caso de que surgieran inconvenientes.

Entretanto, antes de la salida del tren, el cuidador del leopardo explicaba a los grupos de espectadores curiosos y niños que la bestia comía carne cruda, que era una hembra de cuatro años, y que estaba destinada al Continente, como regalo a una dama de alcurnia.

El tren salió de la estación poco después de las ocho, y el guarda del furgón de equipajes cerró la puerta corredera. Hubo un breve silencio, mientras el leopardo se paseaba en su jaula y gruñía intermitentemente; finalmente, el guarda del ferrocarril preguntó:

—¿Con qué la alimenta?

El cuidador del animal se volvió hacia el guarda:

—¿Su esposa le cose los uniformes? —preguntó.

Burgess se echó a reír.

—¿Así que es usted?

El cuidador del leopardo no contestó. En cambio, abrió una bolsita de cuero y extrajo un jarro de grasa, varias llaves y una colección de limas de distintas formas y tamaño.

Se acercó inmediatamente a las dos cajas Chubb, cubrió de grasa las cuatro cerraduras, y comenzó a probar las llaves. Burgess le miró, manifestando poco interés en el proceso: Sabía que las llaves copiadas groseramente en cera no funcionaban en una caja bien construida si previamente no se las rebajaba y refinaba. Pero también se sentía impresionado; nunca había contemplado la posibilidad de que el asunto se realizara con tanta audacia.

—¿Dónde consiguió los moldes? —preguntó.

—Aquí y allá —replicó Agar, probando y limando.

—Guardan las llaves en distintos lugares.

—En efecto —dijo Agar.

—Sí, así es. ¿Cómo las consiguió?

—Eso no le importa —le dijo, sin dejar de trabajar.

Burgess le miró un rato, y luego observó al leopardo.

—¿Cuánto pesa?

—Pregúntele —dijo Agar irritado.

—¿Se llevan hoy el oro? —preguntó Burgess cuando vio que Agar lograba abrir la puerta de una de las cajas. Agar no contestó; miró transfigurado durante un instante el interior de la caja—. Le he preguntado si hoy se llevan el oro.

Agar cerró la puerta.

—No —dijo—. Ahora, cierre la boca.

Burgess guardó silencio.

Durante la hora siguiente, mientras el tren de pasajeros de la mañana avanzaba de Londres a Folkestone, Agar trabajó con sus llaves. Finalmente, logró abrir y cerrar ambas cajas. Cuando terminó, limpió la grasa de las cerraduras. Después, lavó las cerraduras con alcohol y las secó con un trapo. Finalmente, recogió las cuatro llaves, las depositó cuidadosamente en el bolsillo y se sentó a esperar la llegada del tren a la estación de Folkestone.

Pierce le recibió en la estación, y le ayudó a descargar el leopardo.

—¿Cómo ha ido la cosa? —preguntó.

—Les he dado los toques finales —dijo Agar, y luego sonrió—. Es el oro, ¿verdad? El oro de Crimea... ése es el golpe.

—Sí —dijo Pierce.

El leopardo emitió un rugido irritado.

PARTE III

DILACIONES
y
DIFICULTADES

Marzo - Mayo 1855

CAPITULO 29

Inconvenientes menores

Los ladrones se proponían inicialmente robar el oro durante el siguiente embarque para Crimea. El plan era muy sencillo. Pierce y Agar debían abordar el tren en Londres, y cada uno consignaría varias bolsas de mano pesadas en el furgón de equipajes. Todas las bolsas llevarían los paquetes bien cosidos de munición de plomo.

Agar volvería a viajar en el furgón, y mientras Burgess desviaba la vista Agar debía abrir las cajas, retirar el oro y sustituirlo por la munición de plomo. Las bolsas con el oro serían arrojadas del tren en determinado lugar, y recogidas por Barlow. Luego, Barlow continuaría hasta Folkestone, donde debía reunirse con Pierce y Agar.

Entretanto, las cajas fuertes —que aún eran convincentemente pesadas— serían trasladadas al vapor destinado a Ostende, y allí varias horas después, las autoridades francesas descubrirían el robo. En ese momento, el número de personas complicadas en el proceso del transporte determinaría que no hubiese razones especiales para sospechar de Burgess; y en todo caso, las relaciones francobritánicas habían alcanzado un nivel muy bajo a causa de la guerra de Crimea, por lo cual sería natural que los franceses supusieran que los ingleses habían cometido el robo, y viceversa. Los ladrones podían confiar en que la confusión dificultara las tareas policiales.

El plan parecía perfecto, y los ladrones proyectaban ejecutarlo con el siguiente embarque de oro, programado para el catorce de marzo de 1855.

El 2 de marzo, el zar Nicolás I de Rusia, «ese demonio en forma humana», falleció repentinamente. La noticia de su muerte provocó considerable confusión en los círculos comerciales y financieros. Durante varios días se dudó de la veracidad de los informes, y cuando al fin se confirmó su muerte, los mercados de valores de París y Londres reaccionaron con fuertes alzas. Pero como resultado de la general incertidumbre el embarque de oro se retrasó hasta el 27 de marzo. En ese momento Agar, que había caído en una especie de estado depresivo después del día catorce, estaba gravemente enfermo a causa de una agudización de su estado pulmonar, de modo que se perdió la oportunidad.

La firma Huddleston & Bradford realizaba embarques de oro una vez al mes; en Crimea había sólo once mil soldados ingleses, en contraposición a setenta y ocho mil franceses, y la mayor parte del dinero se enviaba directamente desde París. De modo que Pierce y sus compatriotas se vieron obligados a esperar hasta abril.

El embarque siguiente debía realizarse el 19 de abril. En ese momento los ladrones recibían su información acerca de las fechas de embarque de una mujer de vida alegre llamada Susan Lang, favorita de Henry Fowler. El señor Fowler deseaba impresionar a la joven con episodios que demostrasen la importancia que él tenía en el mundo de la banca y el comercio, y por su parte, la pobre muchacha —que difícilmente podía haber entendido una palabra de lo que él le decía— parecía absolutamente fascinada con las explicaciones de Fowler.

Susan Lang no era tonta, pero lo cierto es que hubo algún error: El oro salió el 18 de abril, y cuando Pierce y Agar llegaron a la Estación del Puente de Londres para subir al tren del 19 de abril, Burgess les informó de la confusión. Con el propósito de salvar las apariencias, Pierce y Agar realizaron el viaje, pero Agar dijo ante el tribunal que Pierce estaba de «muy mal humor durante el viaje».

El embarque siguiente debió realizarse el 22 de mayo. Con el fin de impedir nuevos errores, Pierce dio un paso bastante peligroso: Abrió una línea de comunicación entre Agar y Burgess. Este podía comunicarse en cualquier momento con Agar utilizando los servicios de un intermediario, un tal Smashing Billy Banks, propietario de una agencia de apuestas; y Burgess debía avisar a Banks si se modificaba la rutina del embarque. Por su parte, Agar consultaría diariamente a Banks.

El 10 de mayo Agar fue a ver a Pierce para comunicarle noticias muy desagradables: las dos cajas habían sido retiradas del furgón de equipajes del Ferrocarril Sureste, y devueltas al fabricante Chubb para «reparaciones».

—¿Reparaciones? —dijo Pierce—. ¿Qué significa eso?

Agar se encogió de hombros

—Es lo que me dijeron.

—Son las mejores cajas fuertes del mundo —dijo Pierce—. No necesitan reparaciones. —Frunció el ceño.— ¿Qué pasa?

Agar se encogió de hombros.

—Usted, bastardo —dijo Pierce—, ¿Raspó las cerraduras cuando ajustó las llaves? Le juro que si alguien vio rayaduras...

—Las engrasé bien —dijo Agar—. Sé que siempre

miran si hay raspaduras. Le aseguro que no es eso.

La actitud serena de Agar convenció a Pierce de que el cerrajero decía la verdad. Pierce suspiró.

—Entonces, *¿por qué?*

—No lo sé —dijo Agar—. ¿Conoce a alguien que pueda informarnos lo que hacen en Chubb?

—No —dijo Pierce—. Y yo no intentaría meterme ahí. En Chubb no son tontos.

La fábrica de cajas fuertes ponía un cuidado escrupuloso en las relaciones con sus empleados. Se incorporaba y despedía personal con mucha dificultad, y se prevenía constantemente a los empleados de la posibilidad de que la delincuencia intentase sobornarlos.

—¿Tal vez con un cuento? —sugirió Agar, aludiendo a la posibilidad de preparar una «escena».

Pierce movió la cabeza.

—Yo no puedo —dijo—. Tienen mucho cuidado: no lograría nada...

Sus ojos adquirieron una expresión pensativa.

—¿Tiene alguna idea? —preguntó Agar.

—Estaba pensando —dijo Pierce— que nunca sospecharían de una dama.

CAPITULO 30

Una visita al señor Chubb

El lugar que *Rolls-Royce* ocuparía en el mundo del automóvil, y Otis en el de los ascensores, hacía mucho que Chubb se lo había ganado en la industria de producción de cajas fuertes. El jefe de esta firma venerable, el señor Laurence Chubb (h.), no recordó después —o fingió no recordar— la visita de una bella joven, en mayo de 1855. Pero un empleado de la empresa quedó tan impresionado ante la belleza de la dama que después la recordó con mucho detalle.

Llegó en un elegante carruaje, con lacayos de librea, y sin ninguna escolta entró imperiosamente en el local de la empresa. Estaba muy bien vestida, y hablando con gesto altivo exigió ver inmediatamente al propio señor Chubb.

Pocos momentos después, cuando apareció el señor Chubb, la mujer anunció que era Lady Charlotte Simms; dijo que ella y su marido inválido tenían una propiedad en la región de Midlands, y que algunos episodios recientes de robo en el vecindario la habían convencido de que necesitaba una caja fuerte.

—En ese caso, usted ha acudido a la mejor fábrica de la Cristiandad —dijo el señor Chubb.

—Eso me han informado —dijo lady Charlotte, como si no estuviera convencida del todo.

—Ciertamente, madame, fabricamos las mejores cajas

fuertes del mundo, de todos los tamaños y formas, y por su calidad superan incluso a las mejores cajas alemanas de Hamburgo.

—Comprendo.

—Madame, ¿qué necesita exactamente?

Pese a su carácter imperioso, aquí lady Charlotte pareció vacilar. Esbozó un gesto con las manos.

—Bien, yo diría que… una caja grande, ya sabe.

—Madame —dijo serenamente el señor Chubb—, fabricamos cajas simples y de doble espesor; cajas de acero y de hierro; cajas de cerradura y de cerrojo; portátiles y fijas; cajas con capacidad de seis pulgadas cúbicas y otras con capacidad de doce yardas cúbicas; cajas provistas de cerraduras simples y dobles —e incluso triples, si el cliente lo exige.

Esta enumeración pareció desconcertar todavía más a lady Charlotte. Se la veía casi indefensa, lo corriente cuando se pide a una mujer que aborde cuestiones técnicas.

—Bien —dijo—, yo… en fin… no sé…

—Quizá madame pueda consultar nuestro catálogo, que está ilustrado e indica los diferentes aspectos y características de los modelos.

—Sí, claro, eso estaría bien.

—Por aquí, se lo ruego. —El señor Chubb la llevó a su despacho, y le ofreció un asiento al lado de su escritorio. Extrajo el catálogo y lo abrió en la primera página. La mujer apenas lo miró.

—Parecen bastante pequeñas.

—No son más que reproducciones, madame. Verá que las dimensiones reales se indican al lado de cada ilustración. Por ejemplo aquí…

—Señor Chubb —interrumpió ella, con expresión sincera—, debo rogarle que me ayude. En realidad, mi esposo está enfermo, pues de lo contrario se ocuparía personalmente del asunto. A decir verdad, no sé nada de estas cosas, y solicitaría la ayuda de mi hermano si en este mismo momento no estuviese viajando por el extranjero, por cuestión de negocios. Me siento perdida, y con estas reproducciones no sé qué hacer. ¿Quizás usted pueda mostrarme algunas cajas?

—Madame, perdóneme —dijo el señor Chubb, apresurándose a ofrecerle la mano para ayudarla a ponerse de pie—. Ciertamente, haré lo que usted me pide. Como se imaginará, no tenemos sala de exposición, pero si usted me acompaña al taller —le ruego disculpe el polvo, el ruido o la impresión que puede sufrir— le mostraré las diferentes cajas que producimos.

Condujo a lady Charlotte al amplio taller instalado detrás de la oficina. Allí, una docena de hombres martillaba, ajustaba, armaba y soldaba. Había tal estrépito que el señor Chubb tuvo que gritar para hacerse oír por lady Charlotte, y también la buena mujer se estremeció ante el ruido.

—Vea este modelo —dijo él—, su capacidad es un pie cúbico, y tiene una doble lámina de acero templado de un dieciseisavo de pulgada, con una capa aisladora de polvo seco de ladrillo de Cornwall. Es una excelente caja fuerte de tamaño medio, utilizada con diferentes propósitos.

—Es muy pequeña.

—Muy bien, madame, muy pequeña. Vea ésta —avanzó a lo largo de la línea de cajas— es una de nuestras creaciones más recientes. Tiene una sola lámina de acero de un octavo de pulgada, con un gozne interior, y una capacidad de… —Se volvió hacia el operario:— ¿Qué capacidad tiene?

—Dos y medio —dijo el operario.

—Dos pies cúbicos y medio —repitió el señor Chubb.

—También es muy pequeña.

—Muy bien, madame. Continuemos por aquí —y avanzó hacia el fondo del taller. Lady Charlotte tosió delicadamente en una nube de polvo de ladrillo.

—Este modelo... —empezó el señor Chubb.

—¡Esa! —dijo lady Charlotte, señalando hacia un rincón—. ¡Ese es el tamaño que quiero!

—¿Se refiere a esas dos cajas?

—Sí, quiero ésas.

Cruzaron el taller.

—Estas cajas fuertes —dijo el señor Chubb—, constituyen las muestras más acabadas de nuestra artesanía. Son propiedad del Banco Huddleston & Bradford, y se utilizan en los embarques de oro para Crimea, una tarea en la cual, como es natural, la seguridad constituye el principal requisito. Pero generalmente las vendemos a instituciones, y no a particulares, por supuesto, pensé que...

—Esa es la caja que yo deseo —dijo ella, y luego las miró con sospecha—. Pero no parecen muy nuevas.

—Oh, no, madame, ya tienen casi dos años.

Esta información pareció alarmar a lady Charlotte.

—Dos años. ¿Y por qué están aquí? ¿Son defectuosas?

—Ciertamente, no. Una caja Chubb no tiene defectos. Han vuelto para que reemplacemos los pernos de sostén. Dos están muy desgastados. Como usted comprenderá, viajan en el ferrocarril, y la vibración de las vías actúa sobre los pernos que aseguran las cajas al piso del furgón. —Se encogió de hombros.— Pero no tengo por qué molestarla con estos detalles. Las cajas están en perfectas condiciones, y no pensamos modificarlas. Nos limitaremos a reemplazar los pernos de sostén.

—Veo que tienen cerraduras dobles.

—Sí, madame; la firma bancaria exigió un mecanismo de doble cerradura. Como ya le he dicho, también instalamos cerraduras triples, si el cliente lo exige.

Lady Charlotte examinó atentamente las cerraduras.

—Eso sería excesivo. Debe ser bastante fastidioso abrir tres cerraduras para tener acceso a la caja. ¿Estas cerraduras son a prueba de ladrones?

—Sin duda. Al extremo de que en un período de dos años ningún delincuente ha intentado violarlas. Y si lo hiciera, nada conseguiría. Estas cajas fueron construidas con una doble lámina de acero templado de un octavo de pulgada. Es imposible abrirlas.

Lady Charlotte examinó pensativa las cajas durante unos instantes y finalmente asintió.

—Muy bien —dijo—. Me llevaré una. Por favor, cárguela en mi carruaje.

—¿Cómo dice?

—Digo que me llevaré una de estas cajas. Es exactamente lo que necesito.

—Madame —dijo pacientemente el señor Chubb—, estas cajas se construyen por encargo.

—¿Quiere decir que no tiene ninguna en venta?

—Terminada, no, madame, lo siento muchísimo. Cada caja se construye especialmente de acuerdo con las indicaciones del cliente.

Lady Charlotte pareció bastante irritada.

—Bien, ¿puede prepararla para mañana?

El señor Chubb se sobresaltó.

—Mañana... hum, bien, en general, madame, se necesitan seis semanas para fabricar una caja fuerte. A veces podemos reducir el plazo a cuatro semanas, pero...

—¿Cuatro semanas? Es decir, *un mes.*

—Sí, madame.

—Quiero comprar una *hoy*.

—Sí, madame, entiendo. Pero como he intentado explicarle, es necesario fabricar cada caja, y el plazo más breve…

—Señor Chubb, usted debe tomarme por estúpida. Bien, le ayudaré a abandonar tan peregrina idea. He venido aquí con el propósito de comprar una caja fuerte, y ahora descubro que no puede venderme ninguna…

—Madame, le ruego…

—…y en cambio está dispuesto a fabricarme una en el plazo de un mes. En un mes puede que los delincuentes del vecindario nos hayan visitado, y desaparecido, y su caja no tendrá el más mínimo interés para mí, o para mi marido. Iré a comprar a otra parte. Buenos días tenga usted, señor, y gracias por el tiempo que me ha dedicado.

Dicho lo cual, lady Charlotte salió apresuradamente de la empresa Chubb. Y se oyó al señor Laurence Chubb (h.) murmurar en boz baja:

—Mujeres.

De este modo, Pierce y Agar supieron que la reparación no incluía el cambio de las cerraduras de las cajas. Por supuesto, era lo único que les interesaba, de modo que realizaron los preparativos finales para el robo, que debía ejecutarse el 22 de mayo de 1855.

CAPITULO 31

El culebra delata

Una semana después se suscitó otro factor de perturbación de los planes. El 17 de mayo de 1855 Pierce recibió una carta. Escrita por una mano diestra y educada, decía así:

Mi estimado señor:

Le estaría muy agradecido si se encontrara conmigo en el Palacio, en Sydenham, esta tarde a las cuatro, con el fin de conversar algunos asuntos de interés mutuo.

Respetuosamente suyo,

William Williams, Esq.

Pierce examinó consternado la carta. La mostró a Agar, pero éste no sabía leer, de modo que Pierce le informó del contenido. Agar examinó la caligrafía.

—Perfecto Willy ha conseguido un escribiente —dijo.

—Sin duda —dijo Pierce—. Pero, ¿qué quiere?

—Quizá pretende apresarlo.

—Si eso es todo, me consideraré satisfecho —dijo Pierce.

—¿Irá a la cita?

—Por supuesto. ¿Vendrá conmigo? Necesito un campana.

Agar asintió.

—¿Aviso a Barlow? Una buena porra puede ahorrar muchos problemas.

—No —dijo Pierce—. Eso los pondría a todos sobre la pista.

—De acuerdo —dijo Agar— solamente de campana. No será fácil en el Palacio.

—Seguro que Willy lo sabe —dijo Pierce con aire sombrío

Conviene decir unas palabras acerca del Palacio de Cristal, esa estructura mágica que vino a simbolizar el universo victoriano de mediados de siglo. Era un enorme edificio de vidrio, que con sus tres plantas abarcaba unas diez hectáreas, y fue erigido en 1851 en Hyde Park, para albergar a la Gran Exposición celebrada ese año; y en efecto, impresionó mucho a todos los visitantes que lo vieron. Ciertamente, aun en las reproducciones el Palacio de Cristal desconcierta al ojo moderno, y la visión de un millón de pies cuadrados de cristal resplandeciendo a la luz de la tarde seguramente fue un espectáculo notable para cualquiera. Así, no es sorprendente que el Palacio representara muy pronto la estética tecnológica y futurista de la nueva sociedad victoriana industrial.

Pero esta fabulosa estructura tuvo un origen extrañamente casual. Bajo la dirección del propio príncipe Alberto, en 1850 comenzaron a trazarse planes para la Gran Exposición, y pronto se suscitaron discusiones acerca del proyectado Salón de Exposición y de su ubicación.

Era evidente que se necesitaba un edificio muy espacioso. Pero, ¿qué clase de edificio, y dónde situarlo? Un concurso organizado en 1850 reunió más de doscientos diseños, pero ningún proyecto satisfizo. De modo que el Comité de Construcción elaboró su propio plan, que se resumía en una horrenda monstruosidad de ladrillo; la estructura tendría el cuádruplo de la longitud de la Abadía de Westminster con una cúpula más grande que la de San Pedro. Se pensaba levantar la construcción en Hyde Park.

El público protestó ante la destrucción de árboles, las molestias que deberían soportar los jinetes, el deterioro general de un vecindario de agradable fisonomía, etcétera. El Parlamento parecía oponerse a la utilización de Hyde Park como asiento de la construcción.

Entretanto, el Comité de Construcción descubrió que sus planes requerían el uso de diecinueve millones de ladrillos. Hacia el verano de 1850 no se disponía del tiempo necesario para fabricar esta masa de ladrillos y construir el Gran Salón en la fecha indicada para la inauguración. Algunos incluso llegaron a mencionar la posibilidad de cancelar o por lo menos aplazar la exposición.

Entonces Joseph Paxton, jardinero del duque de Devonshire, propuso erigir un enorme invernadero como Salón de Exposición. El plan original presentado al Comité, y dibujado sobre un pedazo de papel secante, en definitiva fue aceptado en vista de que ofrecía varias ventajas.

Primero, permitía salvar los árboles de Hyde Park; segundo, el principal material utilizado, es decir el vidrio, podía fabricarse rápidamente; y tercero, después de la exposición era posible desarmarlo y volver a instalarlo en otro sitio. El Comité aceptó una oferta por 79 800 libras esterlinas, presentada por un contratista dispuesto a levantar la gigantesca estructura, terminada en sólo siete meses, y más tarde centro del elogio casi universal.

De modo que un jardinero salvó la reputación de

un imperio; y después habría de otorgarse a ese jardinero el título de caballero[1].

Después de la exposición, se desarmó el Gran Salón y se trasladó a Sydenham, en el sector sureste de Londres. En esa época Sydenham era un agradable barrio suburbano de residencias bien construidas y prados abiertos, y el Palacio de Cristal representó un adorno excelente. Poco antes de las cuatro, Edward Pierce entró en la amplia estructura, para reunirse con Perfecto Willy Williams.

El gigantesco salón alojaba varias exposiciones permanentes, la más impresionante de las cuales estaba formada por reproducciones a tamaño natural de las enormes estatuas egipcias de Ramsés II y Abu Simbel. Pero Pierce no prestó atención a tales atracciones, ni a los nenúfares y los estanques de agua distribuidos por doquier.

Estaba desarrollándose un concierto de banda; Pierce vio a Perfecto Willy sentado en una de las filas de la izquierda. También vio a Agar, disfrazado de oficial retirado del ejército, y en apariencia dormitando en otra esquina. La banda tocaba estrepitosamente. Pierce se instaló en el asiento que estaba al lado de Willy.

—¿Qué pasa? —dijo Pierce en voz baja. Miró a la banda, y pensó ociosamente que ese tipo de música le desagradaba.

—Necesito algo —dijo Willy.

1 El Palacio de Cristal planteó un solo problema imprevisto.
En el interior del edificio había árboles, y en los árboles gorriones, que no estaban domesticados. No era cosa de risa, sobre todo porque no podía dispararse sobre los pájaros, y ellos ignoraban las trampas que se les ponían. Finalmente, se consultó a la propia Reina, y ella dijo: «Avisen al duque de Wellington.» El Duque fue informado del problema. «Madame, pruebe usar gavilanes», sugirió, y nuevamente tuvo razón.

—Se le ha pagado.

—Necesito más —dijo Willy.

Pierce le dirigió una mirada. Willy sudaba, y estaba nervioso, pero no miraba nerviosamente alrededor como suele hacer un hombre inquieto.

—¿Ha hablado, Willy?

—No.

—¿Le han hablado, Willy?

—No, juro que no.

—Willy —dijo Pierce—, si me delata, le mando a criar margaritas.

—Se lo juro —dijo Willy—. No es mucho... solamente cinco o diez, y ahí termina.

La banda, en un rapto de apoyo patriótico a los aliados de Inglaterra, atacó la «Marsellesa». Unos pocos miembros del público tuvieron el mal gusto de repudiar la selección.

Pierce dijo:

—Willy, está sudando.

—Por favor, señor, cinco o diez, y nunca más.

Pierce extrajo su cartera y retiró dos billetes de cinco libras.

—No me delate —dijo Pierce—, o haré lo que es necesario.

—Gracias, señor, gracias —dijo Willy, y se embolsó rápidamente el dinero—. Muchas gracias, señor.

Pierce se alejó. Después de abandonar el Palacio e internarse en el parque, se dirigió rápidamente a la calle Harleigh. Allí se detuvo para ajustarse el sombrero de copa. El gesto fue advertido por Barlow, que había estacionado su carruaje al final de la calle.

Luego, Pierce avanzó lentamente por la calle Harleigh, con un aire de perfecta indiferencia, como el hombre sin problemas que sale a dar un paseo. De todos modos, sus pensamientos fueron interrumpidos por el silbido de una locomotora y el jadeo cercano de la máquina. Mirando por encima de los árboles y los techos de las casas, vio el humo negro que se elevaba en el aire. Con gesto automático, verificó la hora; era el tren de media tarde del Ferrocarril Sureste, que regresaba de Folkestone y se dirigía a la Estación del Puente de Londres.

CAPITULO 32

Incidentes secundarios

El tren continuó su marcha hacia Londres, y el señor Pierce hizo lo mismo. Al final de la calle Harleigh, cerca de la iglesia de San Martín, subió a un coche de punto y ordenó que lo llevase a Regent Street, donde descendió.

Pierce caminó tranquilamente por Regent Street, sin volver jamás la cabeza, pero deteniéndose a menudo para examinar los escaparates de la calle, y observar las imágenes reflejadas en el cristal.

Lo que vio no fue de su agrado, pero estaba totalmente desprevenido para la escena que siguió. Una voz conocida exclamó:

—¡Edward, querido Edward!

Con un gemido interior, Pierce se volvió para ver a Elizabeth Trent. La joven estaba haciendo compras, acompañada por un niño de librea que llevaba paquetes envueltos en papel de vivos colores. El rostro de Elizabeth Trent se ruborizó intensamente.

—Yo... bueno, admito que es una sorpresa extraordinaria.

—Cuánto me alegra verla —dijo Pierce, inclinándose para besarle la mano.

—Yo... si, claro, yo... —La joven retiró la mano y la frotó con la otra.— Edward —dijo respirando hondo—. Edward, ¿qué le ocurrió?

—Debo disculparme —dijo blandamente Pierce—. Tuve que viajar muy repentinamente al exterior por negocios, y seguramente mi carta de París no satisfizo sus sentimientos heridos.

—¿París? —dijo la joven, frunciendo el ceño.

—Sí. ¿No recibió mi carta de París?

—Bueno, no.

—¡Maldición! —dijo Pierce, y luego se disculpó por su lenguaje descomedido—. Son los franceses —dijo—, siempre tan ineptos. Si lo hubiera sabido, pero yo no sospechaba nada, y como usted no me contestó a París, supuse que estaba enojada…

—¿Yo? ¿Enojada? Edward, le aseguro —empezó, pero se interrumpió—. Pero, ¿cuándo volvió?

—Hace apenas tres días —dijo Pierce.

—Qué extraño —dijo Elizabeth Trent, con una súbita expresión de sagacidad muy poco femenina—, pues el señor Fowler vino a cenar hace un par de semanas y dijo que lo había visto.

—No deseo contradecir a un colaborador comercial de su padre, pero Henry tiene la deplorable costumbre de confundir las fechas. Hace casi tres meses que no lo veo. —Pierce agregó rápidamente:— ¿Y cómo está su padre?

—¿Mi padre? Oh, mi padre está bien, gracias. —La expresión astuta dejó paso a una actitud de herido desconcierto.— Edward, yo… A decir verdad, mi padre dijo algunas palabras poco halagadoras acerca de usted.

—¿Realmente?

—Sí. Dijo que era un individuo grosero. —Suspiró.— Y cosas peores.

—Comprendo perfectamente, dadas las circunstancias, pero…

—Pero ahora —dijo Elizabeth Trent, con aire decidido—, puesto que ha regresado a Inglaterra, confío en que volveremos a verle en casa.

Aquí Pierce pareció muy desconcertado.

—Querida Elizabeth —dijo, balbuceante—. No sé cómo decírselo —y se interrumpió, moviendo la cabeza. Parecía que los ojos se le llenaban de lágrimas—. Como en París no recibí cartas, supuse naturalmente que usted estaba irritada conmigo, y... bien, pasó el tiempo... —Pierce se enderezó súbitamente—. Lamento informarle que estoy comprometido.

Elizabeth Trent le miró fijamente, la boca entreabierta.

—Sí —dijo Pierce—, es cierto. He dado mi palabra.

—Pero, ¿con quién?

—Una dama *francesa.*

—¿Una dama francesa?

—Sí, me temo que así es, precisamente. Como usted comprende, me sentía muy desgraciado.

—Comprendo, señor —dijo secamente la joven, y volviéndose bruscamente siguió su camino. Pierce permaneció de pie en la acera, procurando exhibir la actitud más desolada posible, hasta que ella subió a su carruaje y se alejó. Luego, continuó caminando por Regent Street.

Quien lo hubiese observado atentamente, habría advertido que cuando llegó al final de la calle nada en su rostro o su porte indicaba el más mínimo remordimiento. Subió a un coche que le llevó a la calle del Molino de Viento, y allí entró en una casa de citas que era un conocido refugio de prostitutas, aunque uno de los establecimientos de mayor categoría en su tiempo.

En el vestíbulo tapizado de terciopelo la señorita Miriam dijo:

—Está arriba. La tercera puerta a la derecha.

Pierce subió al primer piso y entró en una habitación, donde le esperaba Agar instalado en una silla.

—Un poco tarde —dijo Agar—. ¿Dificultades?

—Me he encontrado con una antigua amistad.

Agar asintió distraídamente.

—¿Qué ha visto? —dijo Pierce.

—Había dos —dijo Agar—. Los dos le han seguido. Uno es un policía de civil, el otro iba vestido de marino. Le han seguido por toda la calle Harleigh, y han subido a un coche cuando usted se ha venido para el centro.

—Les he visto en Regent Street —asintió Pierce.

—Probablemente ahora están ahí afuera —dijo Agar—. ¿Qué pasa con Willy?

—Creo que Willy está delatando —dijo Pierce.

—Seguramente ya ha cantado.

Pierce se encogió de hombros.

—¿Qué hacemos con Willy?

—Lo que se hace siempre con los que hablan.

—Lo despacharé —dijo Agar.

—No sé si será lo mejor —dijo Pierce—, pero no tendrá otra oportunidad de delatarnos.

—¿Qué va a hacer con esos dos policías?

—Por el momento nada —dijo Pierce—. Tengo que pensar un poco. —Se arrellanó en el asiento, encendió un cigarro, y fumó en silencio.

El robo debía realizarse cinco días después, y la policía estaba siguiéndole los pasos. Si Willy había cantado con toda su voz, la policía debía saber que la banda de Pierce había entrado en las oficinas de la Terminal del Puente de Londres.

—Necesito preparar otro golpe —dijo, los ojos fijos en el techo—. Algo muy llamativo que los miltonianos descubran. —Contempló la ascensión del humo de su cigarro, y frunció el ceño.

CAPITULO 33

Los miltonianos sobre la pista

Las instituciones de una sociedad están interrelacionadas, aunque aparenten tener metas completamente contrarias. El propio Gladstone observó: «En este mundo extraviado y sorprendente, a menudo se observa una oposición externa, y una actitud de condena sincera y aun violenta entre personas y organismos que, pese a todo, están profundamente vinculados por lazos y relaciones de los cuales no tienen conciencia.»

Quizás el ejemplo más notorio en ese sentido, por lo demás admitido sin reservas por los victorianos, era la agria rivalidad entre las ligas antialcohólicas y las tabernas. De hecho, las dos instituciones tenían fines similares, y en definitiva adoptaron programas similares: las tabernas incorporaron órganos, organizaron grupos que cantaron himnos, y vendieron bebidas sin alcohol; y las ligas antialcohólicas apelaron a los animadores profesionales, y exhibieron una renovada y vigorosa vivacidad. Y cuando las asociaciones contra el alcohol comenzaron a comprar tabernas con el propósito de desterrar de ellas las bebidas alcohólicas, la confusión entre estas dos fuerzas hostiles se acentuó todavía más.

Los victorianos también presenciaron otro tipo de rivalidad, centrado en una nueva institución social: la fuerza policial organizada. Casi inmediatamente la nueva fuerza comenzó a establecer relaciones con su enemigo acérrimo, la clase criminal. Estas relaciones fueron materia de mucha discusión en el siglo XIX, y el asunto continúa debatiéndose todavía hoy. La semejanza de métodos de la policía y los delincuentes, así como el hecho de que muchos agentes eran excriminales —y a la inversa— fueron aspectos que no pasaron inadvertidos a los pensadores contemporáneos. Y sir James Wheatstone observó también que una institución consagrada a vigilar el cumplimiento de la ley planteaba un problema lógico intrínseco, «pues si la policía lograse realmente eliminar el delito, al mismo tiempo conseguiría eliminarse ella misma como apéndice necesario de la sociedad, y en verdad ninguna fuerza y ningún poder organizado está dispuesto a promover su desaparición».

En Londres, la Policía Metropolitana, fundada por sir Robert Peel en 1829, tenía su cuartel general en un distrito llamado Scotland Yard. Originariamente Scotland Yard fue una expresión geográfica, e indicativa de un sector de Whitehall que contenía muchos edificios oficiales. Entre ellos estaba la residencia oficial del inspector de obras públicas de la corona, ocupado por Iñigo Jones, y después por sir Christopher Wren. John Milton vivía en Scotland Yard cuando trabajaba para Oliver Cromwell, entre 1649 y 1651, y parece que este hecho determinó la denominación popular de «miltonianos» para referirse a la policía dos siglos después.

Cuando sir Robert Peel instaló en Whitehall a la Nueva Policía Metropolitana, la dirección exacta del cuartel general era Whitehall Place 4, pero el asiento de la policía tenía una entrada por Scotland Yard propiamente dicho, y la prensa siempre utilizaba esta denominación para referirse a la institución, hasta que la expresión llegó a ser sinónima de la fuerza misma.

Scotland Yard creció rápidamente durante los primeros años; en 1829 la fuerza contaba con mil hombres, pero una década después eran tres mil trescientos cincuenta, y hacia 1850 más de seis mil, y diez mil hacia 1870. El Yard afrontaba una enorme tarea: debía ocuparse de los delitos cometidos en un sector de casi setecientas millas cuadradas, con una población de dos millones y medio de personas.

Desde el principio Scotland Yard adoptó una actitud de deferencia y modestia cuando tenía que referirse al modo en que había aclarado delitos; las explicaciones oficiales siempre mencionaban circunstancias afortunadas de diferente clase —un informador anónimo, una amante celosa, un encuentro casual— y todo ello en una medida que parecía inverosímil. En realidad, el Yard utilizaba informadores y policías de civil, y estos agentes eran tema de acalorado debate, por la razón ahora muy conocida de que muchos miembros del público temían que un agente provocara la comisión de un delito, para arrestar luego a los participantes. La provocación policial era un candente tema político contemporáneo, y el Yard procuraba defenderse lo mejor posible.

En 1855 la figura principal de Scotland Yard era Richard Mayne, «un abogado comprensivo» que había hecho mucho para mejorar la actitud pública frente a la Policía Metropolitana. El señor Edward Harranby estaba directamente bajo las órdenes de Mayne; y Harranby supervisaba la importante red de relaciones con agentes secretos e informantes. El señor Harranby tenía horarios irregulares; evitaba las relaciones con el periodismo, y su oficina tenía extraños visitantes, a menudo nocturnos.

Entrada la tarde del 17 de mayo, Harranby mantuvo una conversación con su ayudante, el señor Jonathan Sharp. El señor Harranby reconstruyó la conversación en sus memorias, tituladas: *Mis tiempos en la fuerza,* y publicadas en 1879. Esta conversación debe considerarse con cierta reserva, pues en ese volumen Harranby intenta explicar por qué no había logrado frustrar los planes de robo de Pierce antes de que su autor los llevase a la práctica.

Sharp le dijo:

—El culebra cantó, y pudimos echar una ojeada al hombre.

—¿Qué clase de individuo? —dijo Harranby.

—Parece un caballero. Probablemente un ladrón o un carterista. El culebra dice que viene de Manchester, pero tiene una casa bien puesta en Londres.

—¿Conoce la dirección?

—Dice que ha estado en ella, pero no sabe la situación exacta. Por el lado de Mayfair.

—No podemos recorrer Mayfair llamando de puerta en puerta —dijo Harranby—. ¿No puede refrescarle la memoria?

—Quizá —dijo Sharp suspirando.

—Tráigalo. Conversaré con él. ¿Sabemos qué se propone nuestro hombre?

Sharp movió la cabeza.

—El culebra dice que lo ignora. Teme verse complicado, y no quiere soltar todo lo que sabe. Dice que este individuo planea un golpe muy importante.

Harranby se mostró irritado.

—Todo eso me sirve de muy poco —dijo—. ¿Cuál es exactamente el delito? Es una pregunta que exige una respuesta apropiada. ¿Quiénes están siguiendo ahora al caballero?

—Cramer y Benton, señor.

—Son eficaces. Que lo sigan, y tráigame en seguida al informador.

—Ahora mismo, señor —dijo el ayudante.

Más tarde, Harranby escribió en sus memorias: «Hay momentos en la vida de un profesional en que los elementos exigidos por el proceso deductivo parecen casi al alcance de la mano, y pese a todo se nos escapan. Son las situaciones de mayor frustración, y ése es el caso del Robo de 1855.»

CAPITULO 34

Eliminación del delator

Perfecto Willy, visiblemente nervioso, estaba bebiendo en la taberna del Colmillo de Perro. Salió del local a eso de las seis y se encaminó directamente hacia Tierra Santa. Se desplazó rápidamente a través de la muchedumbre vespertina, y luego se zambulló en una callejuela, saltó una empalizada, se deslizó hacia el interior de un sótano, lo cruzó, se arrastró por un pasadizo que se abría sobre un edificio adyacente, subió por la escalera, salió a un callejón estrecho, caminó media manzana y desapareció en otra casa, un inquilinato maloliente.

Aquí, subió la escalera que llevaba al primer piso, pasó al tejado, saltó a un tejado vecino, trepó por un canalón hasta el segundo piso de una casa de inquilinato, pasó por una ventana, y descendió la escalera que llevaba al sótano.

Una vez en el sótano, se deslizó por un túnel que lo llevó al lado opuesto de la calle, y entró en un estrecho establo. Por una puerta lateral pasó a una taberna, las Armas de Oro, examinó rápidamente el local, y salió por la puerta principal.

Caminó hacia el extremo de la calle, y luego se metió por la puerta de otra casa de inquilinato. Inmediatamente supo que algo andaba mal; normalmente había chicos brincando y jugando en toda la escalera, pero ahora la entrada y los escalones estaban desiertos y silenciosos. Se detuvo en el umbral, y se disponía a dar media vuelta y huir cuando una cuerda silbó y se le enroscó en el cuello, arrastrándolo hacia un rincón oscuro. Perfecto Willy tuvo una imagen fugaz de Barlow, con la cicatriz blanca sobre la frente, mientras Barlow acentuaba la presión de la cuerda cada vez más tensa. Willy tosió y se debatió, pero Barlow tenía tanta fuerza que el pequeño culebra fue prácticamente levantado del piso, pateando el aire, y tratando de agarrar el lazo con las manos.

La lucha continuó casi un minuto, y luego el rostro de Perfecto Willy se puso azul, y la lengua colgó grisácea, y los ojos parecían salírsele de las órbitas. La orina le corrió por las piernas del pantalón, y luego el cuerpo quedó inerte.

Barlow lo dejó caer al piso. Le quitó la cuerda del cuello, retiró los dos billetes de cinco libras guardados en el bolsillo del culebra, y se alejó por la calle. El cuerpo de Perfecto Willy quedó como un montón confuso en un rincón, inmóvil. Pasaron varios minutos antes de que los primeros niños reaparecieran, y se aproximaran cautelosamente al cadáver. Luego, los niños le robaron los zapatos al culebra, le despojaron de todas sus ropas, y huyeron velozmente.

CAPITULO 35

Preparando la trampa

Instalado en una habitación del segundo piso de la casa de citas, en compañía de Agar, Pierce terminó su cigarro y se incorporó en el asiento.

—Somos muy afortunados —dijo finalmente.

—¿Afortunados? ¿Afortunados de que la poli nos pise los talones cinco días antes del golpe?

—Sí, afortunados —dijo Pierce—. ¿Qué importa que Willy haya cantado? Les habrá dicho solamente que entramos en la Terminal del Puente de Londres.

—No creo que al principio haya dicho tanto. Seguro que quería que le dieran más. —El confidente solía comunicar poco a poco sus datos, obteniendo en cada paso un soborno de la policía.

—Sí —dijo Pierce—, pero debemos suponer que habló. Y precisamente por eso somos afortunados.

—¿Y en qué consiste nuestra suerte? —preguntó Agar.

—En el hecho de que la Terminal del Puente de Londres es la única estación de la ciudad donde operan dos líneas. La Sureste y la Londres & Greenwich.

—Sí, así es —dijo Agar, desconcertado.

—Necesitamos un buen soplón que nos cante —dijo Pierce.

—¿Piensa despistar a la poli?

—Hay que darles algo que los tenga ocupados —dijo

Pierce—. De aquí a cinco días estamos en ese tren, y no quiero tenerlos encima.

—¿Qué se propone?

—Pensaba en Greenwich —dijo Pierce—. Sería agradable que viajaran a Greenwich.

—Y necesita un soplón que les pase el dato.

—Sí —asintió Pierce.

Agar reflexionó un momento.

—En las Siete Esferas está esa muñeca, Lucinda. Dicen que conoce a uno o dos miltonianos, se acuesta con ellos siempre que la atrapan, lo que es a menudo, en vista de que la chica les gusta mucho.

—No —dijo Pierce—. No creerán a una mujer; olerán la trampa.

—Bueno, está Black Dick, el de los caballos. ¿Lo conoce? Es judío, y por las noches está en la Corona de la Reina.

—Lo conozco —asintió Pierce—. Black Dick es un borracho, le gusta demasiado la ginebra. Necesito un soplón auténtico, un sujeto de la familia.

—¿De la familia? Entonces Chokee Bill tiene que venir bien.

—¿Chokee Bill? ¿Ese paleto irlandés?

—Sí, el mismo —asintió Agar—, estuvo un tiempo en Newgate. Pero no demasiado.

—¿Ah, sí? —Pierce se interesó súbitamente. Una sentencia reducida a menudo sugería que el hombre había aceptado convertirse en soplón—. Lo soltaron muy pronto, ¿no es así?

—Demasiado pronto —dijo Agar—. Y la policía también le dio en seguida la licencia de prestamista. Raro, para ser un irlandés. Los prestamistas recibían permiso de la policía, y ésta compartía el prejuicio usual contra los irlandeses.

—¿De modo que ahora se dedica al comercio? —dijo Pierce.

—Sí —dijo Agar—. Pero dicen que a veces vende armas, y que es soplón.

Pierce reflexionó un momento, y finalmente asintió.

—¿Y dónde está ahora?

—En Battersea, en la calle Ridgeby.

—Iré ahora mismo —dijo Pierce, poniéndose de pie—. Vamos a tender la trampa.

—No lo haga demasiado fácil —advirtió Agar.

—Tendrán que esforzarse todo lo posible —dijo Pierce sonriendo, y se dirigió a la puerta.

—Un momento —le llamó Agar, a quien se le había ocurrido algo—. Y ahora que lo pienso: ¿Qué demonios puede robarse en Greenwich?

—Esa —dijo Pierce—, es exactamente la pregunta que se hará la policía.

—Pero, ¿*hay* algo?

—Por supuesto.

—¿Grande?

—Por supuesto.

—Pero, ¿qué?

Pierce movió la cabeza. Sonrió ante la expresión perpleja de Agar y salió de la habitación.

Cuando Pierce salió de la casa de citas, comenzaba a anochecer. Vio inmediatamente a los dos agentes apostados en ambos extremos de la calle. Fingió que miraba nerviosamente en todas direcciones, y luego caminó hasta la esquina, donde llamó a un coche.

Viajó varias manzanas en el vehículo, descendió rápidamente en un lugar de mucho tránsito de la Calle del Regente, cruzó la calzada y subió a un coche que iba en dirección contraria. A juzgar por las apariencias, se comportaba con suprema astucia. En realidad, Pierce nunca se hubiese molestado en apelar al recurso de los vehículos que se desplazan en dirección contraria para deshacerse de un perseguidor; era un método torpe que rara vez resultaba. Y en efecto, cuando miró por la ventanilla posterior del coche, vio que no había conseguido despistar a sus perseguidores.

Continuó el viaje hasta la taberna de Armas de la Regencia, un lugar bullicioso. Entró en el local, salió por la puerta lateral (visible desde la calle), y cruzó en dirección a New Oxford Street, donde subió a otro vehículo. En todo esto consiguió desprenderse de uno de los policías, pero el otro seguía pegado a sus talones. Luego, atravesó el parque en dirección a Battersea, para ver a Chokee Bill.

La imagen de Edgar Pierce, un caballero respetable y pulcro, entrando en el sórdido local de un prestamista de Battersea puede parecer incongruente al lector moderno, pero en esa época no era un hecho desusado, pues el prestamista servía no sólo a las clases inferiores y en todos los casos su función era esencialmente la misma: la de un banco para resolver situaciones urgentes, una suerte de institución que permitía realizar operaciones más baratas que las que podían concertarse con los bancos establecidos. Una persona a veces adquiría un artículo costoso, por ejemplo un abrigo, y lo empeñaba una semana para pagar el alquiler; lo recuperaba pocos días después, para usarlo el domingo; volvía a empeñarlo el lunes, a cambio de un préstamo más reducido; y así sucesivamente, hasta el momento en que ya no necesitaba los servicios del prestamista.

Por consiguiente, el prestamista cumplía una función importante en la sociedad, y el número de locales autorizados se duplicó a mediados del período victoriano. Los miembros de la clase media se sentían atraídos por el prestamista más a causa del anonimato del préstamo que por su baratura; muchos hogares respetables no deseaban que se supiera que habían empeñado parte de la platería para obtener dinero en efectivo. Después de todo, era una época en la cual mucha gente equiparaba la prosperidad económica y la buena administración con el comportamiento moral; e inversamente, la necesidad de conseguir un préstamo implicaba cierta forma de inmoralidad.

Las propias casas de empeño no eran en realidad lugares muy siniestros, pese a que tenían esa reputación. Los criminales que buscaban peristas generalmente acudían a los «Traductores» de artículos de segunda mano, comerciantes sin licencia que no estaban sujetos a la regulación policial, y que tenían menos probabilidades de que se los sometiera a vigilancia. Por eso mismo, Pierce pasó la puerta bajo las tres bolas con un sentimiento de impunidad.

Encontró a Chokee Bill, un irlandés de rostro rojizo cuya complexión le confería una apariencia de casi permanente asfixia, sentado en un rincón del fondo. Chokee Bill se levantó de un salto, advirtiendo en el visitante el atuendo y los modales de un caballero.

—Buenas noches, señor —dijo Bill.

—Buenas noches —dijo Pierce.

—¿En qué puedo servirle, señor?

—¿Estamos solos? —dijo Pierce examinando el local.

—Lo estamos, señor, como me llamo Bill —pero Chokee Bill tenía una expresión cautelosa en los ojos.

—Deseo hacer cierta compra —dijo Pierce. Al hablar adoptó el acento de los habitantes del puerto de Liverpool, pese a que habitualmente no hablaba de ese modo.

—Cierta compra...

—Unos artículos que quizás usted tenga disponibles —dijo Pierce.

—Aquí tiene mi local, señor —dijo Chokee Bill, con un gesto de la mano—. Todo lo que tengo está aquí.

—¿Es todo?

—Sí, señor. Lo que usted puede ver.

Pierce se encogió de hombros.

—Tal vez me hayan informado mal. Buenas noches —y enfiló hacia la puerta.

Casi había llegado, cuando Chokee Bill tosió.

—¿Qué le han dicho, señor?

Pierce se volvió a mirarlo.

—Necesito ciertos artículos poco corrientes.

—Artículos poco corrientes —repitió Chokee Bill—. ¿Qué clase de artículos poco corrientes, señor?

—Objetos de metal —dijo Pierce, mirando directamente al prestamista. Tanta circunspección le parecía tediosa, pero era necesaria para convencer a Bill de la autenticidad de su transacción.

—¿Dice usted de metal?

Pierce esbozó un gesto despectivo con las manos.

—Como usted comprende, es un problema de defensa.

—De defensa.

—Tengo objetos de valor, propiedad, cosas importantes... y por lo tanto necesito defenderme. ¿Me comprende?

—Le comprendo —dijo Bill—. Y es posible que tenga lo que usted me pide.

—En realidad —dijo Pierce, volviendo a examinar el local, como para asegurarse de que en verdad estaba solo con el propietario—, en realidad necesito cinco.

—*¿Cinco armas?* —dijo asombrado Chokee Bill.

Ahora que había revelado su secreto, Pierce parecía muy nervioso.

—Así es —dijo, mirando aquí y allá—. Necesito cinco.

—Cinco es un número considerable —dijo Bill, frunciendo el ceño.

Pierce inició un movimiento de retirada.

—Bien, si no puede conseguirlos...

—Un momento —dijo Bill—. No he dicho nada de eso. Usted no me ha oído decir que no puedo. Sólo he dicho que cinco es un número considerable, y creo que tengo razón.

—Me dijeron que usted disponía de género —dijo Pierce siempre nervioso.

—Quizá.

—En ese caso, quiero comprarlos inmediatamente. Chokee Bill suspiró.

—No los tengo aquí, señor... se lo aseguro... Un hombre no guarda esas armas en una casa de empeño, ¿no le parece, señor?

—¿Cuánto tardará en traerlas?

A medida que aumentaba el nerviosismo de Pierce, crecía la calma y la ecuanimidad de Chokee Bill. Pierce podía adivinar el sesgo de sus pensamientos, y cómo procuraba desentrañar el posible uso de las cinco pistolas. Se trataba de un delito importante, de eso no cabía duda. Si conocía los detalles y pasaba el dato, podría ganar algo.

—Necesito unos días, señor, se lo aseguro —dijo Bill.

—¿Ahora no es posible?

—No, señor, déme un poco de tiempo y le entregaré el material.

—¿Cuándo?

Un prolongado silencio. Bill murmuró algo, contando los días con los dedos.

—Dos semanas estaría bien.

—¡Dos semanas!

—Por lo menos, ocho días.

—Imposible —dijo Pierce, como quien piensa en voz alta—. De aquí a ocho días debo estar en Greenw —se interrumpió—. No —dijo—. Ocho días es demasiado.

—¿Siete? —preguntó Bill.

—Siete —dijo Pierce, mirando el techo—. Siete, siete... siete días... ¿El martes próximo?

—Sí, señor.

—¿A qué hora del martes?

—Tiene que llegar a tiempo, ¿verdad? —preguntó Bill, con un aire indiferente que no podía convencer a nadie.

Pierce se limitó a mirarlo.

—No quiero entrometerme, señor —dijo Bill rápidamente.

—Entonces, no lo haga. ¿Qué hora del martes?

—Mediodía.

—No haremos negocio —Pierce movió la cabeza—. Es imposible y yo...

—Veamos un poco... ¿A qué hora del martes los necesita?

—A lo sumo, a las diez de la mañana.

—¿A las diez aquí? —Chokee Bill reflexionó.

—Sí.

—¿No después?

—Ni un minuto después.

—¿Vendrá a buscarlos personalmente?

Pierce le dirigió otra mirada sombría.

—Eso mal puede importarle. ¿Puede entregar o no los metales?

—Puedo —dijo Bill—. Pero el servicio urgente es más caro.

—Eso no importa —dijo Pierce, y le entregó diez guineas de oro—. A cuenta.

Chokee Bill miró las monedas, anverso y reverso.

—Creo que esto es la mitad —dijo.

—Muy bien.

—¿Y pagará el resto en metal?

—Sí, en oro.

Bill asintió.

—¿También necesitará balas?

—¿De qué clase son?

—Webley cuarenta y ocho, encendido anular, modelos de sobaquera, si mi suposición acierta.

—En ese caso, necesitaré balas.

—Otras tres guineas por las balas —dijo suavemente Chokee Bill.

—De acuerdo —dijo Pierce. Se dirigió a la puerta pero se volvió antes de llegar—. Para terminar —dijo—. Si el martes próximo cuando llegue, los artefactos no están aquí, usted tendrá dificultades.

—Soy digno de confianza, señor.

—Tendrá muchas dificultades —dijo otra vez Pierce—, si no lo es. Piénselo. —Y desapareció.

Aún no había oscurecido del todo; la calle estaba mal iluminada por las lámparas de gas. No vio al policía que le escoltaba, pero sin duda estaba por ahí. Subió a un coche y se hizo llevar a la plaza Leicester, donde comenzaba a reunirse el público deseoso de asistir a las funciones teatrales nocturnas. Se agregó a un grupo, compró un billete para la función de *She Stoops to Conquer,* y entró en el vestíbulo del teatro. Volvió a su casa una hora después, no sin antes haber cambiado tres veces de vehículo, y haber entrado y salido subrepticiamente de cuatro tabernas. Estaba seguro de que no le habían seguido.

CAPITULO 36

Scotland Yard deduce

La mañana del 18 de mayo fue desusadamente cálida y soleada, pero el señor Harranby no encontraba ningún placer en las condiciones del tiempo. Las cosas andaban mal, y había tratado con notable acritud a su ayudante, el señor Sharp, cuando se le informó de la muerte del culebra Perfecto Willy en un inquilinato de las Siete Esferas. Y cuando después le informaron que sus detectives habían perdido la pista del caballero en la multitud que entraba al teatro —un hombre de quien sabía solamente que se llamaba Simms, y que tenía casa en Mayfair— el señor Harranby se dejó dominar por la cólera, y criticó enérgicamente la ineptitud de sus subordinados, incluido el señor Sharp.

Pero el señor Harranby procuró dominarse el genio, pues la única pista que el Yard poseía aún estaba sentada frente a él, sudando profusamente, retorciéndose las manos y con el rostro casi púrpura. Harranby miró con severidad a Chokee Bill.

—Bueno, Bill —dijo Harranby—, el asunto es grave.

—Lo sé, señor, lo sé perfectamente —dijo Bill.

—Cinco revólveres indican que se está organizando algo, y me propongo descubrir qué es.

—No gastaba muchas palabras, créame.

—No lo dudo —dijo Harranby con voz lenta. Extrajo del bolsillo una guinea de oro y la depositó sobre el escritorio, frente al hombre—. Trate de recordar —dijo.

—Terminaba el día, señor, con todo respeto, y yo no prestaba mucha atención —dijo Bill, mirando intencionadamente la moneda de oro.

Harranby prefería morir antes que pagar más al individuo.

—De acuerdo con mi experiencia, una temporada en la noria mejora los recuerdos de mucha gente —dijo.

—Yo no he hecho nada malo —protestó Bill—. Soy honesto como el día, señor, y no le oculto nada. No tiene derecho a detenerme.

—Entonces, trate de recordar —dijo Harranby—, y pronto.

Bill se restregó las manos que descansaban sobre los muslos.

—Vino a la tienda a eso de las seis. Bien vestido, con buenos modales, pero hablaba como un flotador de Liverpool, y sabe romaní.

Harranby miró a Sharp, que estaba en un rincón. De cuando en cuando, incluso Harranby necesitaba que le ayudaran a traducir.

—Tenía el acento de los marineros de Liverpool, y hablaba el lenguaje de los delincuentes —dijo Sharp.

—Sí, señor, eso mismo —dijo Bill, asintiendo—. Seguro que pertenece a la familia. Quiere que le consiga cinco hierros, y yo le digo que cinco es un número notable, y entonces dice que los quiere pronto, y lo veo nervioso, y muy apurado, y muestra mucho dinero, que lo traía para pagar al contado.

—¿Y usted qué le dijo? —preguntó Harranby, los ojos fijos en Bill. Un confidente hábil como Chokee Bill a veces tendía a manipular a un bando en favor del otro, y Bill sabía mentir como un maestro.

—Yo le digo que cinco es un número notable, pero que si me da tiempo puedo. Y me pregunta cuánto tiempo. Y yo le digo que dos semanas. Se desanima un poco, pero luego dice que lo quiere antes. Yo digo ocho días. Insiste en que ocho días es mucho, y empieza a decir que de aquí a ocho días está en Greenwich, pero no termina de hablar, se contiene.

—Greenwich —dijo Harranby, frunciendo el ceño.

—Sí, señor, tenía Greenwich en la punta de la lengua, pero se corta y dice que es mucho. Y yo le pregunto, ¿de cuánto tiempo dispone? Y me contesta que siete días. Bueno, le digo que en siete días puedo. Y él pregunta, a qué hora. A mediodía, le contesto. Pero él dice que a mediodía es muy tarde. Cuando mucho a las diez.

—Siete días —dijo Harranby—. Es decir, el viernes próximo.

—No, señor. El jueves próximo. Siete días contando desde ayer.

—Continúe.

—Entonces, después de hablar un poco, le digo que tendrá las cosas el jueves a las diez. Y él contesta que de acuerdo, pero el hombre no es tonto, y me avisa que si juego sucio me costará caro.

—¿Y usted qué dijo, Bill? —inquirió Harranby.

—Le digo que puedo hacerlo, y doy palabra. Me entrega diez monedas de oro, y veo que son buenas, se marcha y dice que volverá el jueves próximo.

—¿Qué más? —preguntó Harranby.

—Eso es todo —dijo Bill.

Se hizo un prolongado silencio. Finalmente, Harranby habló:

—¿Qué piensa de esto, Bill?

—Sin duda, un golpe grande. Este hombre no es un raterito, conoce bien su negocio.

Harranby se pellizcó el lóbulo de la oreja, un antiguo hábito nervioso.

—¿Qué puede haber en Greenwich? ¿Qué pueden robar?

—Que me cuelguen si lo sé —dijo Chokee Bill.

—¿Ha oído algo? —dijo Harranby.

—Tengo la oreja pegada al suelo, pero juro que no he oído una palabra de Greenwich. —Harranby hizo una pausa.— Hay otra guinea más para usted si sabe algo.

Una expresión fugaz de sufrimiento se dibujó en el rostro de Chokee Bill.

—Ojalá pudiese ayudarle, señor, pero nada sé. Es la pura verdad, señor.

—Sin duda —dijo Harramby.

Esperó unos instantes más, y finalmente despidió al prestamista, que se apoderó de la guinea y salió.

Cuando Harranby quedó solo con Sharp, repitió:

—¿Qué hay en Greenwich?

—Maldito si lo sé —dijo Sharp.

—¿Usted también quiere una guinea de oro?

Sharp no contestó. Estaba acostumbrado a los malos modales de Harranby, y no tenía más remedio que soportarlos. Permaneció sentado en el rincón, y miró a su superior mientras éste encendía un cigarrillo y fumaba pensativo. En opinión de Sharp, los cigarrillos eran fruslerías tontas e insustanciales. Los había introducido el año anterior un comerciante de Londres, y los fumaban sobre todo los soldados que volvían de Crimea. Por su parte, Sharp prefería un buen cigarro, y nada menos.

—Veamos —dijo Harranby—. Comencemos por el principio. Sabemos que este sujeto Simms viene trabajando desde hace meses en algo, y podemos suponer que es un individuo astuto.

Sharp asintió.

—El culebra fue asesinado ayer. ¿Eso significa que saben que les seguimos la pista?

—Tal vez.

—Tal vez, tal vez —dijo Harranby irritado—. Tal vez no es suficiente. Tenemos que *decidir*, y hacerlo de acuerdo con los principios de la lógica deductiva. Las conjeturas nada tienen que hacer en nuestro pensamiento. Atengámonos a los hechos del problema, y veamos adónde nos llevan. Bien, ¿qué más sabemos?

La pregunta era puramente retórica, y Sharp no dijo nada.

—Sabemos —dijo Harranby— que este sujeto Simms, después de varios meses de preparativos, de pronto se encuentra, en vísperas de su gran golpe, desesperadamente necesitado de cinco revólveres. Dispuso de varios meses para conseguirlos discretamente, uno por uno, sin llamar la atención. Pero aplaza el asunto para el último momento. ¿Por qué?

—¿Cree que nos tiende una trampa?

—Debemos considerar la posibilidad, por mucho que nos desagrade —dijo Harranby—. ¿La gente sabe que Bill es confidente?

—Tal vez.

—Malditos sean sus tal vez. ¿Se sabe o no?

—Seguramente hay sospechas.

—Ciertamente —dijo Harranby—. Y pese a todo, nuestro astuto señor Simms le elige para comprar sus cinco revólveres. Yo diría que esto huele a trampa —miró con expresión sombría el extremo encendido del cigarrillo—. Este señor Simms nos está despistando deliberadamente, y no debemos permitírselo.

—Creo que usted tiene razón —dijo Sharp, con la esperanza de que mejorara el humor de su jefe.

—Es indudable —dijo Harranby—. Nos está despistando.

Una prolongada pausa. Harranby tamborileó con los dedos sobre el escritorio.

—Todo esto no me gusta. Nos estamos pasando de listos. Atribuimos demasiada inteligencia a este sujeto Simms. Debemos suponer que en realidad se propone dar el golpe en Greenwich. Pero, en nombre de Dios, ¿qué demonios puede robar en Greenwich?

Sharp movió la cabeza. Greenwich era un puerto de mar, pero no había crecido tan velozmente como los puertos más importantes de Inglaterra. Se lo conocía sobre todo por su observatorio naval, que mantenía la hora estándar —la Hora Media de Greenwich— para uso de la navegación.

Harranby empezó a abrir los cajones de su escritorio, y a revolver papeles.

—¿Dónde está esa maldita cosa?

—¿Qué, señor?

—El horario, el horario —dijo Harramby—. Ah, aquí está. —Extrajo un folletito impreso.— Ferrocarril de Londres & Greenwich... jueves... Ah, los jueves sale un tren de la Terminal del Puente de Londres en dirección a Greenwich, a las once y quince de la mañana. Bien, ¿qué sugiere eso?

Los ojos de Sharp brillaron súbitamente.

—Nuestro hombre quiere armas para las diez, porque necesita tiempo para llegar a la estación y abordar el tren.

—Exactamente —dijo Harranby—. El razonamiento

lógico demuestra que, en efecto, piensa viajar a Greenwich el jueves. Y también sabemos que no puede ser después del jueves.

Sharp dijo:

—¿Y qué me dice de los revólveres? Cinco de una vez.

—Bien, veamos —dijo Harranby, comenzando a interesarse en el tema— mediante un proceso de deducción podemos llegar a la conclusión de que su necesidad de los revólveres era auténtica, y que si aplazó la compra para el último momento (en apariencia una actitud muy sospechosa) ello responde a cierta situación lógica. Podemos presumir varias. Quizá sus planes para obtener las armas apelando a otros medios se vieron frustrados. O bien considera tan peligrosa la compra de los revólveres (en lo cual no se equivoca; todos saben que pagamos bien la información acerca de los compradores de armas) que aplaza la operación hasta último momento. Pueden existir otras razones acerca de las cuales nada sabemos. Pero la razón exacta no importa. Lo que importa es que necesita esos revólveres para desarrollar esta actividad delictiva en Greenwich.

—Bravo —dijo Sharp, con gesto entusiasta.

Harranby le dirigió una mirada hostil.

—No sea estúpido —dijo—, apenas estamos mejor que al comienzo. Todavía no hemos resuelto el problema principal. *¿Qué se puede robar en Greenwich?*

Sharp no dijo nada. Se miró los pies. Oyó el raspado de un fósforo cuando Harranby encendió otro cigarrillo.

—No todo está perdido —dijo Harranby—. Los principios de la lógica deductiva aún pueden ayudarnos. Por ejemplo, el delito es probablemente un robo. Si se ha planeado durante muchos meses, sin duda depende de una situación estable, la que puede preverse con meses de anticipación. No es un atraco casual y repentino.

Sharp continuó mirándose los pies.

—No, nada de eso —dijo Harranby—. No se trata de un hecho casual. Además, podemos deducir que tan prolongado planeamiento persigue una meta de cierta magnitud, un robo importante que aspira a un resultado poco usual. Además, sabemos que nuestro hombre está acostumbrado a viajar por mar, y por lo tanto podemos sospechar que su delito tiene algo que ver con el océano, o con ciertas actividades portuarias. Por consiguiente, podemos limitar nuestra indagación a los elementos existentes en la ciudad de Greenwich que concuerden con nuestra...

Sharp tosió.

Harramby le miró con el ceño fruncido.

—¿Tiene algo que decir?

—Señor, sólo estaba pensando —dijo Sharp— que si se trata de Greenwich, está fuera de nuestra jurisdicción. Quizá deberíamos telegrafiar a la policía local para prevenirla.

—Quizá, quizá. ¿Cuándo aprenderá a prescindir de esa palabra? Si tuviésemos que cablegrafiar a Greenwich, ¿qué le diríamos? ¿Eh? ¿Qué diríamos en nuestro cable?

—Sólo estaba pensando...

—Dios mío —dijo Harranby, poniéndose de pie—. ¡Por supuesto! ¡El cable!

—¿El cable?

—Sí, naturalmente, el cable. Ahora mismo el cable está en Greenwich.

—¿Se refiere al cable transatlántico? —preguntó Sharp.

—En efecto —dijo Harranby, restregándose las manos—. Oh, todo encaja perfectamente. ¡Perfectamente!

Sharp no terminaba de entender. Por supuesto, sabía que el cable telegráfico transatlántico proyectado estaba fabricándose en Greenwich; el proyecto venía ejecutándose desde hacía más de un año, y constituía uno de los esfuerzos tecnológicos contemporáneos más importantes. Ya se habían tendido cables submarinos en el canal de la Mancha, para enlazar Inglaterra con el Continente. Pero eso era nada comparado con las dos mil quinientas millas de cable que estaban construyendo para unir Inglaterra con Nueva York.

—Pero seguramente —dijo Sharp— no tiene sentido robar un cable...

—El *cable* no —dijo Harranby—. *La nómina de sueldos* de la empresa. ¿Quiénes son? Glass, Elliot & Company, o algo por el estilo. Un proyecto enorme, y la nómina debe concordar con la magnitud de la operación. Ese es el objetivo de nuestro hombre. Y si está tan apremiado por salir el jueves, es porque desea estar allí el viernes...

—*¡El día de pago!* —exclamó Sharp.

—Exactamente —dijo Harranby—. Completamente lógico. Ahí tiene usted el proceso de deducción llevado a su conclusión más cabal.

—Le felicito —dijo Sharp cautelosamente.

—Una pequeñez —dijo Harranby. Todavía estaba muy excitado, y juntó las manos en un fuerte apretón—. Oh, nuestro amigo Simms es un hombre audaz. Robar la nómina de pagos del cable... ¡Qué golpe audaz! y le cogeremos con las manos en la masa. Vamos, señor Sharp. Debemos viajar a Greenwich, para estudiar la situación sobre el terreno.

CAPITULO 37

Más felicitaciones

—¿Y entonces? —preguntó Pierce.

Miriam se encogió de hombros. Subieron al tren.

—¿Cuántos eran?

—Cuatro.

—¿Y abordaron el tren de Greenwich?

—Iban con mucha prisa —asintió Miriam—. El jefe era un sujeto corpulento de bigotes, y su subordinado tenía la cara completamente afeitada. Había otros dos, de uniforme azul.

—Harranby —dijo Pierce sonriendo—. Debe sentirse muy orgulloso de sí mismo. Qué hombre tan sagaz —se volvió hacia Agar—. ¿Y usted?

—El gordo Lewis estuvo en la taberna Armas de la Regencia preguntando por un golpe en Greenwich; dice que quiere participar.

—¿De modo que la noticia circula? —dijo Pierce.

Agar asintió.

—Se lo han tragado —dijo.

—¿Quién digo que está en el ajo?

—Por ejemplo, Primavera Jack.

—¿Y si los miltonianos le encuentran? —dijo Agar.

—Lo dudo —dijo Pierce.

—Está escondido, ¿no?

—Eso creo.

—Entonces, lo menciono.

—Que el gordo Lewis pague —dijo Pierce—. Esta información es valiosa.

—Le prometo que le saldrá cara —dijo Agar sonriente. Se marchó, y Pierce quedó solo con Miriam.

—Felicidades —dijo la joven, sonriendo—. Ahora nada puede salir mal.

—Siempre hay algo que puede salir mal —dijo Pierce sentándose, pero también sonreía.

—¿En cuatro días? —preguntó Miriam.

—Incluso en una hora.

Tiempo después, en su testimonio ante el tribunal, Pierce reconoció que se había sorprendido porque sus palabras en verdad fueron proféticas; en efecto, se suscitaron dificultades enormes... y respondieron a las causas más inverosímiles.

CAPITULO 38

Una práctica comercial desaprensiva

Henry Mayhew, el gran observador, reformador y clasificador de la sociedad victoriana, enumeró cierta vez los distintos tipos de delincuentes ingleses. La lista incluía cinco categorías principales, veinte subcategorías, y más de cien epígrafes distintos. Desde el punto de vista del hombre moderno, llama la atención que en la lista no se mencione lo que ahora denominamos el «delito de cuello blanco».

Por supuesto, ese tipo de delito existía, entonces, y hubo ejemplos flagrantes de estafa, falsificación, asientos contables falsos, manipulación de bonos y otras prácticas ilegales, reveladas a mediados del siglo. En 1850 un empleado de cierta compañía de seguros, un hombre llamado Walter Watts, fue descubierto después de haber desfalcado más de 70 000 libras esterlinas, y se cometieron varios delitos mucho más graves: Leopold Redpath falsificó valores de la Gran Compañía Ferroviaria del Norte por 150 000 libras esterlinas, y Beaumont Smith falsificó bonos del Tesoro por 350 000 libras esterlinas, para no citar más que dos ejemplos.

Entonces, como ahora, el «delito de cuello blanco» representaba las sumas más elevadas, tenía menos probabilidades de ser descubierto, y se castigaba con mayor lenidad cuando se detenía a los malhechores. Pero de todos modos la lista de delincuentes preparada por Mayhew ignora por completo este sector del delito. Pues Mayhew, lo mismo que la mayoría de sus contemporáneos, creía fielmente que el crimen era producto de «las clases peligrosas», y que el comportamiento delictivo se originaba en la pobreza, la injusticia, la opresión y la falta de educación. Era casi cuestión de definición: la persona que no pertencía a la clase criminal no podía cometer un delito. Las personas de mejor posición social se limitaban a «infringir la ley». Varios factores particulares de la actitud victoriana frente al delito cometido por miembros de la clase alta contribuían a esta creencia.

En primer lugar, en una sociedad que había ingresado recientemente en el capitalismo, con millares de nuevas empresas, aún no se habían afirmado claramente los principios de la contabilidad honesta, y se atribuía a los métodos contables más variabilidad que hoy. Sin ningún cargo de conciencia, un hombre podía traspasar la frontera que separaba el desfalco de la «práctica comercial desaprensiva».

Segundo, el moderno guardián de todos los países capitalistas occidentales, es decir, el gobierno, no mostraba entonces ni mucho menos, una actitud tan alerta.

Los ingresos personales inferiores a 150 libras anuales no se gravaba con impuestos, y la gran mayoría de los ciudadanos estaba por debajo de ese límite. Los que contribuían al erario salían bastante bien librados, juzgados de acuerdo con las normas modernas, y aunque la gente protestaba a propósito del costo del gobierno, aún no se insinuaba la frenética agitación del ciudadano moderno por organizar sus finanzas de modo que evitase todo lo posible los impuestos. (En 1870, los impuestos representaban el 9 por ciento del producto nacional bruto de Inglaterra; en 1961, representaron el 38 por ciento.)

Además, los victorianos de todas las clases aceptaban en sus mutuas relaciones actitudes de una rudeza tal que hoy nos parecería intolerable. Por ejemplo, cuando sir John Hall, el médico jefe del ejército de Crimea, quiso desembarazarse de Florence Nightingale, decidió matarla de hambre ordenando que se le suprimiera la ración alimenticia. Todos consideraban corrientes estas maniobras perversas; miss Nightingale había previsto el caso, y llevaba consigo sus propias vituallas, e incluso Lytton Strachey, un hombre por cierto poco benévolo con los victorianos, desecha el incidente considerándolo simplemente «un ardid».

Si esto era sólo un ardid, es fácil comprender por qué los observadores de la clase media se resistían a considerar «delitos» muchos tipos de fechorías; y cuanto más elevada era la posición acomodada de un individuo, más acentuada esta actitud renuente.

Un ejemplo propio es el caso de sir John Alderston y su cajón de vino.

El capitán John Alderston fue ordenado caballero después de Waterloo, en 1815, y en los años siguientes se convirtió en próspero londinense. Era uno de los propietarios del Ferrocarril Sureste, desde la creación de la línea, y tenía considerables intereses financieros en varias minas de carbón de Newcastle. De acuerdo con todas las versiones, era un caballero corpulento de hablar seco, que mantuvo un porte militar toda su vida, y profería órdenes tonantes de un modo que parecía cada vez más ridículo, a medida que su abdomen se dilataba con el correr de los años.

El único vicio de Alderston era la pasión por los juegos de cartas, adquirida durante su servicio militar, y su excentricidad más notable era que rehusaba jugar por dinero, y prefería apostar artículos y pertenencias personales en lugar de efectivo. Según parece, era su modo de considerar el juego de cartas como un pasatiempo de caballeros, y no un vicio. La historia de su cajón de vino, que ocupa un lugar tan destacado en el *Gran Robo del Tren* de 1855, no fue conocida antes de 1914, unos cuarenta años después de la muerte de Alderston. En ese momento, la familia encargó a un autor llamado William Shawn la preparación de una biografía oficial. El pasaje en cuestión dice así:

> *Sir John mostró siempre un sentido muy agudo del deber, y sólo una vez le creó esa cualidad dificultades de carácter personal. Un miembro de la familia recuerda que cierta noche volvió al hogar después de una partida, y que estaba sumamente agitado. Cuando se le preguntó la causa, contestó: «No puedo tolerarlo.»*
>
> *Nuevas preguntas permitieron aclarar que sir John había estado jugando a las cartas con varios asociados, personas que también tenían participación en el ferrocarril. En el juego sir John había perdido un cajón de Madeira añejo, de doce años, y se resistía profundamente a perder el vino. Pero había prometido depositar el cajón en el tren a Folkestone, para que fuese entregado al ganador, que residía en esa ciudad costera, donde supervisaba la operación del ferrocarril en su terminal más lejana.*
>
> *Sir John rabió y protestó tres días, condenando al caballero que había ganado, y expresando en voz alta su sospecha de que el hombre le había hecho trampa, y a medida que pasaban los días,*

más se convencía de la doblez del hombre, aunque no tenía prueba alguna en favor de esa creencia.

Finalmente, ordenó a su criado que despachase el cajón de vino en el tren, depositándolo en el furgón de equipajes con muchas ceremonias y gran número de formularios; en efecto, el vino estaba asegurado contra pérdida o rotura durante el viaje.

Cuando el tren llegó a Folkestone, se descubrió que el cajón estaba vacío, y se presumió que habían robado el precioso licor. El hecho suscitó no poca conmoción en los empleados ferroviarios. El guarda del furgón fue despedido, y se modificaron los procedimientos. Sir John pagó al empleado con los fondos del seguro.

Muchos años después, confesó a su familia que había cargado en el tren un cajón vacío, pues según dijo no podía soportar la pérdida de su precioso Madeira. Pero se sentía abrumado por la culpa, sobre todo en relación con el empleado despedido, a quien envió durante muchos años un estipendio anual anónimo, con lo cual en definitiva la suma pagada superó considerablemente el valor del vino.

Pero hasta el último minuto no sintió ningún remordimiento por su acreedor, cierto John Banks. Por el contrario, en los últimos días de su existencia terrenal, cuando yacía en su lecho acometido por el delirio y la fiebre, se le oyó decir varias veces: «Ese maldito Banks no es un caballero, y que me cuelguen si le doy mi Madeira, ¿me oyen?»

El señor Banks había muerto varios años antes. Afírmase que muchos de los colaboradores más estrechos de sir John sospecharon que él había tenido algo que ver en la misteriosa desaparición del vino, pero nadie se atrevió a acusarlo. En cambio, se introdujeron ciertos cambios en los procedimientos de seguridad del ferrocarril (en parte a petición de la compañía de seguros). Y cuando poco después robaron del ferrocarril un cargamento de oro, todos olvidaron el asunto del cajón de vino de sir John —excepto el propio interesado, pues su conciencia le atormentó hasta el último minuto. Tal era la fuerza del carácter de este gran hombre.

CAPITULO 39

Algunas dificultades de última hora

En la noche del 21 de mayo, pocas horas antes del robo, Pierce cenó con su amante Miriam en la casa de Mayfair.

Poco antes de las nueve y media de la noche, la cena fue interrumpida por la repentina llegada de Agar, que parecía muy nervioso. Entró bruscamente en el comedor, sin disculparse por la súbita irrupción.

—¿Qué pasa? —preguntó Pierce serenamente.

—Burgess —dijo Agar, sin aliento—. Burgess: Está abajo.

Pierce frunció el ceño.

—¿Le ha traído *aquí*?

—Era necesario —dijo Agar—. Espere a saber lo que ha ocurrido.

Pierce se apartó de la mesa y bajó al salón. Burgess estaba de pie, estrujando incesantemente su gorra azul. Parecía tan nervioso como Agar.

—¿Qué pasa? —preguntó Pierce.

—La compañía —dijo Burgess—. Lo han cambiado todo, y justo hoy… lo han cambiado todo.

—¿Qué han cambiado? —dijo Pierce.

Burgess habló desordenadamente:

—Me enteré esta mañana, fui a trabajar como siempre a las siete en punto, y en el furgón había un cerrajero, martillando y golpeando. Y también un herrero, y algunos caballeros los miraban trabajar. Y entonces descubro que lo estaban cambiando todo, precisamente hoy, absolutamente todo. Quiero decir, el sistema del furgón, la forma de trabajo, todo cambiado, y yo no sabía...

—¿En qué consisten, exactamente, los cambios? —preguntó Pierce.

Burgess tomó aliento.

—El sistema —dijo—. El modo de hacer las cosas, todo es distinto.

Pierce frunció el ceño, impaciente.

—Dígame qué ha cambiado —dijo.

Burgess apretó la gorra, hasta que los nudillos palidecieron.

—Primero, tienen un nuevo guardia, ha empezado hoy... un individuo nuevo, joven.

—¿Viaja con usted en el furgón?

—No, señor —dijo Burgess—. Trabaja solamente en la plataforma de la estación. Vigila la estación, sí.

Pierce dirigió una mirada a Agar. Poco importaba que hubiese más guardias en la plataforma. Para el caso podían destacar un regimiento, si era eso lo que deseaban.

—¿Y qué? —dijo.

—Bueno, está la nueva norma, ¿comprende?

—¿Qué norma?

—Solamente yo puedo viajar en el furgón —explicó Burgess—. Es la nueva regla, y ese tipo nuevo la hace cumplir.

—Comprendo —dijo Pierce. Ese era un cambio importante.

—Hay más —dijo Agar con aire sombrío.

—¿Sí?

Burgess asintió.

—Han puesto una cerradura nueva en la puerta del

furgón. Por fuera. Ahora, cierran en la terminal, y abren en Folkestone.

—*Maldición* —exclamó Pierce. Comenzó a pasearse por la habitación—. ¿Y en las restantes paradas? El tren se detiene en Redhill, y en...

—Han cambiado eso —informó Burgess—. El furgón no se abre hasta Folkestone.

Pierce continuó caminando.

—¿Por qué han modificado la rutina?

—Por lo que ocurrió en el rápido de la tarde —explicó Burgess—. Hay dos rápidos, uno por la mañana y otro por la tarde. Parece que la semana pasada robaron en el tren de la tarde. Robaron un objeto valioso a un caballero... Un vino raro, oí decir. Bueno, reclamó a la compañía. Despidieron al guarda, y se armó un escándalo. El jefe de estación en persona me llamó esta mañana, y me echó un discurso, advirtiéndome de esto y aquello. Por poco me manda detener. Y el tipo nuevo de la plataforma es el sobrino del jefe de estación. Es quien cierra el candado en la estación central, antes de la salida.

—Vinos raros —dijo Pierce—. Dios santo, *vinos raros*. ¿Podemos poner a Agar en un baúl?

Burgess movió la cabeza.

—No, si hacen lo mismo que hoy. Este sobrino, se llama McPherson, es escocés, y pone toda el alma en el trabajo (seguramente necesita el empleo) bueno, este McPherson obliga a los pasajeros a abrir los baúles o los bultos que pueden contener a un hombre. Yo diría que ha causado bastante desorden. Un tipo voluntarioso. Sabe, es nuevo en el trabajo, y quiere hacer méritos, de modo que así están las cosas.

—¿Podemos distraerle e introducir a Agar mientras no mira?

—¿Mientras no mira? Nunca deja de mirar. Parece una rata hambrienta frente a un pedazo de queso, mira a todas partes. Y cuando ya han cargado todo el equipaje, sube al furgón, y mete la nariz en todos los rincones, no sea que haya alguien escondido. Después sale, y cierra el candado.

Pierce extrajo su reloj del bolsillo del chaleco. Eran las diez de la noche. Tenían diez horas antes de que el tren a Folkestone partiese, a la mañana siguiente. Pierce podía imaginar una docena de modos astutos de introducir a Agar bajo las narices de un escocés alerta, pero nada de lo que estaba imaginando podía arreglarse en seguida.

Agar, cuyo rostro era la imagen misma de la desesperanza, seguramente pensaba lo mismo.

—Bueno, ¿lo dejamos para el mes próximo?

—No —dijo Pierce, —y pasó inmediatamente al problema siguiente—. Veamos ese candado que han instalado en la puerta del furgón... ¿puede manipularse desde adentro?

Burgess movió la cabeza.

—El candado asegura un cerrojo que cae sobre una traba, por fuera.

Pierce continuaba paseándose.

—¿Podría abrirse en una de las paradas, por ejemplo Redhill, y cerrarlo de nuevo en Tonbridge, unas estaciones más lejos?

—Es un riesgo —dijo Burgess—. Es un candado grande, como un puño, y podrían verlo.

Pierce continuó paseándose. Durante largo rato el ruido de sus pasos sobre la alfombra y el tictac del reloj en la chimenea fueron los únicos sonidos en la habitación. Agar y Burgess lo miraban. Finalmente, Pierce dijo:

—Si la puerta del furgón está clausurada, ¿cómo puede renovarse el aire?

Un poco confuso, Burgess dijo:

—Oh, hay suficiente aire. El furgón está mal construido, y cuando el tren toma velocidad, el viento silba por las grietas y las junturas, hasta que me zumban los oídos.

—Quiero decir —insistió Pierce—, ¿hay algún aparato de ventilación en el furgón?

—Bueno, están los ventanillos del techo…

—¿Qué son? —preguntó Pierce.

—¿Los ventanillos? Pues ventanillos… bueno, a decir verdad, no son ventanillos auténticos, porque no tienen ventanilla. Muchas veces quisiera que fuesen ventanillos auténticos, quiero decir que se pudieran cerrar, y más cuando llueve, se forma un charco frío adentro, le aseguro que…

—¿Qué es un ventanillo? —interrumpió Pierce—. El tiempo apremia.

—¿Un ventanillo? Una cosa parecida a una trampilla. Es una puerta con goznes en el techo, y dentro una barra para abrirla o cerrarla. A veces, los ventanillos (quiero decir, los verdaderos) se ponen por pares en cada vagón, mirando en direcciones contrarias. Así, uno está siempre contra el viento. En otros vagones, los dos ventanillos miran hacia el mismo lado, pero es una molestia en los cobertizos de depósito, sabe, porque significa que debe agregarse el vagón con los ventanillos hacia atrás, y…

—¿De modo que su furgón también tiene dos ventanillos?

—Sí, así es —dijo Burgess—, pero no son de los verdaderos, porque siempre están abiertos, ¿sabe?, no tienen trampilla, y cuando llueve me empapo…

—¿Los ventanillos dan directamente al interior del furgón?

—En efecto, van directo abajo —Burgess hizo una pausa—. Pero si piensa meter un hombre por ahí, quítese la idea de la cabeza. Tienen el ancho de una mano, y…

—No pensaba en eso —dijo Pierce—. Ahora, ¿dice usted que hay dos ventanillos? ¿Dónde están?

—Como ya le he dicho, en el techo, en medio, y…

—¿Dónde, en relación con la longitud del vagón? —dijo Pierce. Su continuo desplazamiento y su actitud brusca e irritable desconcertaban completamente a Burgess, que estaba nervioso y al mismo tiempo deseaba ser útil.

—Dónde… en relación… —Su voz se apagó.

Agar dijo:

—No sé lo que está pensando, pero me duele la rodilla, la izquierda, y eso es siempre mala señal. Creo que por ahora debemos dejar el asunto.

—Cállese —dijo Pierce, en un súbito acceso de cólera que indujo a Agar a retroceder un paso. Pierce se volvió hacia Burgess—: Escuche mi pregunta —dijo—, si usted mira el vagón desde un lado, parece una caja, una caja muy grande. Y sobre la parte superior de esa caja están los ventanillos. Bien, ¿dónde están exactamente?

—No donde deberían, que Dios me asista —dijo Burgess—. Un ventanillo debe estar en el extremo del vagón, uno en cada extremo, de modo que el aire pase de un extremo al otro, de un ventanillo al siguiente. Ese es el mejor modo de…

—¿Dónde están los ventanillos de su furgón? —dijo Pierce, volviendo a mirar el reloj—. Es lo único que me interesa.

—Ahí está el problema —dijo Burgess—. Están cerca del centro, separados apenas por tres pasos, y no tienen cierre. De modo que cuando llueve entra el agua, directa al centro del furgón, y se forma un gran charco, exactamente en el centro.

—¿Dice que los ventanillos están separados unos tres pasos?

—Tres o cuatro, más o menos —dijo Burgess—. Nunca me he ocupado de averiguarlo, pero le aseguro que odio esas cosas, y...

—Muy bien —dijo Pierce—, me ha dicho lo que necesitaba saber.

—Me alegro —dijo Burgess, con una especie de sentimiento de confuso alivio—, pero le aseguro que ni un hombre ni un chico pueden pasar por ese agujero, y una vez encerrados...

Pierce le interrumpió con un gesto de la mano y se volvió hacia Agar.

—Ese candado de la puerta, ¿será muy difícil?

—No sé —dijo Agar—, pero los candados no suelen ser problema. Los hacen fuertes, pero a causa de su tamaño tienen seguros gruesos. Algunos hombres pueden moverlos con el meñique, y abrirlos en un instante.

—¿Yo podría? —preguntó Pierce.

Agar le miró.

—Es bastante fácil, pero quizá tarde un par de minutos. —Frunció el ceño.— Pero ya ha oído lo que ha dicho, no podrá hacerlo en una de las paradas, así que...

Pierce se volvió hacia Burgess.

—¿Cuántos vagones de segunda clase hay en el tren de la mañana?

—No lo sé seguro. A veces seis, siete los fines de semana. Algunos días, en mitad de semana ponen cinco, pero últimamente son seis. Ahora bien, en primera clase hay…

—No me interesa la primera clase —dijo Pierce.

Burgess guardó silencio, totalmente confundido. Pierce miró a Agar: Agar adivinó. El cerrajero movió la cabeza.

—Madre de Dios —dijo Agar—, está loco, totalmente loco, como que yo respiro. ¿Qué se cree? ¿Que es el señor Coolidge? —Coolidge era un montañero muy conocido.

—Sé quién soy —dijo secamente Pierce. Se volvió hacia Burgess, cuya confusión se había acentuado constantemente durante los últimos minutos, de modo que ahora estaba casi rígido, el rostro vacío e inexpresivo, incapaz incluso de manifestar desconcierto.

—¿De modo que se llama Coolidge? —preguntó Burgess—. Usted dijo que era Simms…

—Me llamo Simms —dijo Pierce—. Nuestro amigo está bromeando. Ahora, vuelva a casa, duerma y mañana vaya a trabajar como siempre. Compórtese como de costumbre, no importa qué ocurra. Cumpla sus tareas habituales, y no se preocupe de nada.

Burgess miró a Agar, y luego de nuevo a Pierce.

—Entonces, ¿será mañana?

—Sí —dijo Pierce—. Ahora, vuelva a casa y duerma.

Cuando los dos hombres estuvieron solos, Agar estalló en un arrebato de angustia y de furia.

—Que me cuelguen si seguiré hablando del asunto. Lo de mañana no es un juego de niños. ¿Está claro? —Agar alzó las manos.— Le digo que no, es imposible. El mes próximo puede ser.

Pierce permaneció en silencio un momento.

—He esperado un año —dijo al fin— y será mañana.

—Está obcecado —dijo Agar—, lo que dice no tiene sentido.

—Puede hacerse —insistió Pierce.

—¿Hacerse? —explotó otra vez Agar—. *¿Cómo?* Mire, sé que usted es hábil, pero yo no soy ningún idiota, y no me engatusa. Esto se terminó. Es una lástima que robaran el vino, pero así son las cosas, y tenemos que aceptarlas. —Tenía el rostro congestionado y estaba frenético; movía los brazos dominado por la agitación. En cambio, Pierce parecía extrañamente sereno. Sus ojos examinaron serenos a Agar.

—Hay un modo —dijo Pierce.

—Como que Dios es mi testigo, ¿cuál? —Agar miró a Pierce, que se dirigió tranquilamente a una alacena y sirvió dos vasos de coñac.— No me hará beber tanto que me confunda las ideas —dijo—. Vamos, la cosa está bien clara.

Agar levantó una mano y fue señalando los puntos con los dedos.

—Dijo que debo viajar en el furgón. Pero no puedo entrar, esa bestia de escocés vigila la puerta. Usted mismo lo ha oído. Muy bien: supongamos que usted consigue meterme ahí. Sigamos. —Bajó otro dedo.— Ahora, estoy en el furgón. El escocés cierra el candado desde fuera. No consigo tocar el candado, de modo que aunque abra las cajas, no puedo sacar el oro. Estoy bien encerrado, hasta llegar a Folkestone.

—A menos que yo le abra la puerta —dijo Pierce. Entregó a Agar el vaso de coñac.

Agar se bebió el licor de un solo trago.

—Sí, una hermosa solución. Usted recorre todos esos vagones, caminando despacito sobre los techos, y baja como el señor Coolidge por el costado del furgón, para abrir el candado y dejarme salir. ¡Perfecto, de veras!

Pierce le interrumpió

—Conozco al señor Coolidge.

Agar se extrañó.

—¿De veras?

—Lo conocí en el Continente el año pasado. Estuve con él en Suiza, escalamos con él tres picos y aprendí todo lo que sabe.

Agar se quedó sin habla. Miró a Pierce, procurando descubrir algún indicio de engaño en el rostro del ladrón. El montañismo era un deporte nuevo, que había comenzado a difundirse apenas tres o cuatro años antes, pero había atraído la atención popular; y los más notables profesionales ingleses, por ejemplo A. E. Coolidge, habían alcanzado la fama.

—¿De veras? —preguntó de nuevo Agar.

—Tengo las cuerdas y los ganchos en el armario. —Aseguró Pierce.— En serio.

—Tomaré otra copa —anunció Agar, entregándole el vaso vacío. Pierce lo llenó inmediatamente, y Agar bebió el licor.

—Bien —dijo—. Supongamos que *puede* abrir el candado, colgando de una cuerda, y abrir el furgón, y cerrar otra vez sin que nadie le vea. ¿Cómo consigo entrar, con ese escocés que todo lo ve?

—Hay un modo —dijo Pierce—. No es agradable, pero puede hacerse.

Agar no pareció convencido.

—Digamos que usted me mete en un baúl. El lo abre y me ve, y ahí estoy. ¿Qué pasa?

—Me propongo que abra y lo vea —dijo Pierce.

—¿Se *propone*?

—Eso mismo, y la cosa funcionará, si usted puede soportar un poco de olor.

—¿Qué clase de olor?

—El olor de un perro o un gato muerto —dijo Pierce—. Muerto hace varios días. ¿Puede conseguirlo?

Agar dijo:

—Le juro que no entiendo. Ayúdeme con una o dos copas más —y extendió su vaso.

—Basta ya —dijo Pierce—. Tenemos que trabajar. Vaya a su alojamiento y vuelva con su mejor traje, el más elegante, y rápido.

Agar suspiró.

—Vaya —dijo Pierce—. Y confíe en mí.

Una vez que Agar se marchó, mandó llamar a Barlow, su cochero.

—¿Tenemos cuerdas? —dijo Pierce.

—¿Cuerdas? ¿Quiere decir cuerdas de cáñamo?

—Exactamente. ¿Tenemos alguna en casa?

—No, señor. ¿Le sirve una de cuero?

—No —dijo Pierce. Pensó un momento—. Ate el caballo al coche, y prepárese para trabajar. Tenemos que conseguir algunos artículos.

Barlow asintió y salió. Pierce regresó al comedor, donde le esperaba Miriam, paciente y serena.

—¿Hay problemas? —preguntó la joven.

—Nada irreparable —dijo Pierce—. ¿Tienes un vestido negro? Me refiero a una prenda barata, de las que podría usar una doncella.

—Creo que sí.

—Bien —dijo Pierce—. Prepárala, pues tendrás que usarla mañana por la mañana.

—¿Para qué? —preguntó la joven.

Pierce sonrió.

—Para demostrar tu respeto al muerto —dijo.

CAPITULO 40

Falsa alarma

En la mañana del 22 de mayo, cuando el guarda escocés McPherson llegó a la plataforma de la Estación del Puente de Londres para comenzar su día de trabajo, presenció un espectáculo inesperado. Frente al furgón de equipajes del tren a Folkestone había una mujer vestida de negro; según las apariencias, una criada, aunque bastante bella, sollozando del modo más desgarrador.

No era difícil descubrir la causa de su aflicción, pues cerca de la pobre joven, sobre una carretilla plana, se divisaba un sencillo ataúd de madera. Aunque era un objeto barato y sin adornos, el féretro tenía varios agujeros de ventilación a los costados. Y sobre la tapa se veía una especie de campanario en miniatura, con una campanilla, y una cuerda que bajaba desde ésta y atravesaba un orificio para perderse en el interior del ataúd.

Aunque el espectáculo era inesperado, de ningún modo constituía una escena misteriosa para McPherson, o en todo caso para cualquier victoriano de la época. Tampoco le sorprendió, a medida que se acercó al ataúd, el olor nauseabundo de un avanzado proceso de descomposición, que brotaba de los orificios de ventilación, y que sugería que el actual ocupante del cajón estaba muerto desde hacía tiempo. También eso era perfectamente comprensible.

En el curso del siglo XIX se suscitó tanto en Inglaterra como en Estados Unidos una preocupación muy particular ante la idea de un entierro prematuro. Todo lo que resta de esta extraña inquietud es la macabra literatura de Edgar Allan Poe y otros, en la cual distintas formas de entierro prematuro constituyen un motivo frecuente. Para el concepto moderno, se trata de una actitud exagerada y fantasiosa. Ahora nos parece difícil admitir que para los victorianos el entierro prematuro era un temor auténtico y palpable, compartido por casi todos los miembros de la sociedad, desde el trabajador más supersticioso hasta el profesional mejor educado.

Tampoco puede afirmarse que este difundido temor fuese una obsesión simplemente neurótica. Todo lo contrario. Muchas pruebas inducían al hombre razonable a creer en la existencia de las inhumaciones prematuras, y en que acontecimiento tan horrible sólo se prevenía gracias a algún hecho fortuito. Un caso ocurrido en 1853 en Gales, relacionado con un niño de diez años aparentemente ahogado, mereció amplia publicidad. «Mientras el ataúd descansaba en la tumba abierta, y comenzaban a cubrirlo con las primeras paladas de tierra, de su interior surgieron ruidos y golpes espantosos. Los sepultureros interrumpieron su trabajo, y se ordenó abrir el ataúd, y entonces apareció el niño, y llamó a sus padres. Pero el mismo niño había sido declarado muerto muchas horas antes, y el médico había dicho que no respiraba ni tenía pulso, y la piel estaba fría y gris. Cuando vio a su hijo, la madre sufrió un profundo desmayo, y no reaccionó durante cierto tiempo.»

La mayoría de los casos de entierro prematuro tenían que ver con víctimas ahogadas, o electrocutadas, pero había otros casos en los que una persona podía caer en un estado de «muerte aparente o animación suspendida».

En realidad, la determinación del momento en que una persona estaba muerta suscitaba muchas dudas, como volvería a ocurrir un siglo después, cuando los médicos tuviesen que enfrentarse con la ética del trasplante de órganos. Pero vale la pena recordar que los médicos no advirtieron que el paro cardíaco era totalmente reversible hasta 1950; y en 1850 había muchos motivos para mostrarse escéptico acerca de la fiabilidad de cualquier indicador del fallecimiento.

Los victorianos resolvían de dos modos esa incertidumbre. La primera consistía en aplazar el entierro durante varios días —no era raro que se demorase una semana— a la espera de la inequívoca prueba olfativa de que el ser amado había abandonado este mundo. Ciertamente, la inclinación victoriana a aplazar el entierro alcanzaba a veces límites extremos. En 1852, cuando falleció el duque de Wellington, se suscitó un debate público acerca del modo de organizar el funeral; y el Duque de Hierro tuvo que esperar que se resolvieran las discrepancias, de modo que en definitiva se le sepultó más de dos meses después de su muerte.

El segundo método para evitar el entierro prematuro tenía carácter tecnológico; los victorianos idearon una complicada serie de artefactos de aviso y señalización, con el fin de permitir que la persona fallecida indicase que había resucitado. Se enterraba a un individuo adinerado con un largo tubo de hierro que comunicaba el ataúd con el nivel del suelo, y se dejaba a un servidor de confianza que permaneciese en el cementerio, día y noche, durante un mes o más, no fuese que el fallecido despertara súbitamente y comenzase a pedir auxilio. Las personas depositadas al nivel del suelo, en panteones familiares, a menudo ocupaban ataúdes patentados, equipados con resortes, y con un complejo laberinto de cables unidos a los brazos y las piernas, de modo que el más pequeño movimiento del cuerpo determinaba que se abriera la tapa del féretro. Muchos creían que este método era preferible a cualquier otro, pues se pensaba que los individuos retornaban a menudo del estado de animación suspendida en condiciones de parálisis parcial o de mudez.

El hecho de que estos ataúdes de resorte se abriesen meses o aun años después (sin duda como resultado de una vibración externa, o del deterioro del mecanismo) acentuaba sencillamente la incertidumbre general acerca del tiempo en que una persona podía estar muerta antes de volver a la vida, aunque solamente fuese por un momento.

La mayoría de los sistemas de aviso eran costosos, y estaban al alcance sólo de las clases adineradas. La gente pobre adoptaba la práctica más sencilla de enterrar a los parientes con algún elemento (una barra de hierro, o una pala) basándose en el supuesto más o menos impreciso de que si revivían podrían salir del aprieto gracias a sus propios esfuerzos.

Era evidente que existía un mercado propicio para un sistema de alarma poco costoso, y en 1852 George Bateson solicitó y obtuvo una patente para el Artefacto Resucitador Bateson, descrito como «un mecanismo sumamente económico, ingenioso y digno de confianza, superior a cualquier otro método, y capaz de llevar paz espiritual a los seres queridos en todos los momentos de la vida. Fabricado con los mejores materiales». Y un comentario adicional: «Es un instrumento de probada eficacia en innumerables casos nacionales y extranjeros».

El «campanario de Bateson», como solía llamársele, era una simple campanilla de hierro instalada sobre la tapa del ataúd, a la altura de la cabeza del muerto, y estaba conectada por una cuerda o un cable, que atravesaba el féretro, a la mano de la persona fallecida, «de modo que el más mínimo movimiento da directamente la alarma». Los campanarios de Bateson conquistaron inmediata popularidad, y en pocos años una proporción importante de ataúdes tenía esas campanillas. Durante este período solamente en Londres morían diariamente tres mil personas, de modo que la empresa de Bateson trabajaba intensamente; y su propietario llegó a ser muy pronto un hombre adinerado, y también respetado: en 1859 la reina Victoria le otorgó un título de nobleza en reconocimiento de sus esfuerzos.

Como una especie de extraño colofón de esta historia, diremos que el propio Bateson vivía dominado por el terror mortal de que le enterrasen vivo, y así ordenó a su taller que fabricara sistemas de alarma cada vez más complejos, que debían instalarse en su propio ataúd después de su muerte. Hacia 1867 la preocupación le desequilibró, y redactó un nuevo testamento, ordenando a la familia que le incinerase después de su fallecimiento. Pero como sospechaba que no se cumplirían sus instrucciones, en la primavera de 1868 se roció con aceite de lino en su propio taller, se pegó fuego y murió en este acto de autoinmolación.

En la mañana del 22 de mayo, McPherson tenía preocupaciones más importantes que la criada llorosa y el ataúd con su campanilla, porque ese día llegaba el cargamento de oro de Huddleston & Bradford, y de un momento a otro habría que cargarlo en el furgón.

Por la puerta abierta del furgón vio a Burgess. McPherson le saludó con la mano, y Burgess respondió con un gesto nervioso y un tanto reservado. McPherson sabía que su tío, el jefe de estación, había hablado seriamente a Burgess el día anterior; seguramente estaba inquieto por su empleo, sobre todo en vista de que habían despedido a uno de los guardas. McPherson supuso que ello explicaba el nerviosismo que tenía Burgess.

O quizá se trataba de la mujer que sollozaba. No sería la primera vez que las lamentaciones femeninas desconcertaban a un hombre. McPherson se volvió hacia la joven y le ofreció su pañuelo.

—Vamos, señorita —dijo—. Vamos, cálmese... —Olió el aire. Estaba cerca del ataúd, y advirtió que la emanación que se desprendía de los orificios de ventilación era atroz. Pero el hedor no le abrumó tanto que dejara de observar que la joven era atractiva, incluso en su aflicción.— Vamos, cálmese —repitió.

—Oh, por favor, señor —exclamó la joven aceptando el pañuelo y llevándolo a los ojos—. Oh, se lo ruego, ¿puede ayudarme? Ese hombre es una bestia insensible.

—¿A quién se refiere? —preguntó McPherson, en un arranque de indignación.

—Oh, señor, el guarda del furgón. No me permite subir a mi querido hermano, y dice que tiene que esperar al otro guarda. Oh, qué desgraciada soy —dijo, y volvió a sollozar ruidosamente.

—Cómo, ¿ese canalla cruel no le permite subir el ataúd de su hermano?

Entre sollozos y quejidos, la joven dijo algo acerca de las normas.

—¿Las normas? —dijo McPherson—. Yo afirmo que

al demonio con las normas. —Vio el seno agitado de la joven y su cintura estrecha y grácil.

—Por favor, señor, dice que el otro guarda…

—Señorita —dijo el escocés—, yo soy el otro guarda, y me ocuparé de que su querido hermano vaya inmediatamente al furgón. No haga caso de ese matón.

—Oh, señor, estoy en deuda con usted —dijo la joven, logrando sonreír entre lágrimas.

McPherson se sintió abrumado: era joven, la primavera florecía, la muchacha era bonita, y pronto estaría en deuda con él. En un instante experimentó la más profunda compasión y la más honda ternura ante el dolor de la joven. En resumen, se sentía agobiado por los sentimientos del momento.

—Espere un instante —prometió, y se volvió para reprender a Burgess, que se atenía a las reglas de un modo implacable y excesivo. Pero antes de que pudiese expresar su opinión, apareció el primero de los guardias armados, de uniforme gris, del Banco Huddleston & Bradford, trayendo el cargamento de oro por la plataforma.

La operación se realizó con absoluta precisión. Primero, dos guardias avanzaron por la plataforma, subieron al furgón y realizaron una rápida inspección del interior. Luego, llegaron ocho guardias más, en ordenada formación alrededor de dos carretillas, cada una empujada por varios mozos que gruñían y sudaban, y cada una con altas pilas de cajas rectangulares selladas.

Del furgón se bajó una rampa, y los peones unieron sus fuerzas para introducir en el furgón primero una de las carretillas, y después la otra, acercándolas a las cajas fuertes. Luego un funcionario del banco, un individuo atildado con aire de autoridad, apareció con dos llaves en la mano. Poco después llegó el jefe de estación, el tío de McPherson, con un segundo par de llaves. Los dos hombres introdujeron las llaves en las cajas y las abrieron.

Los recipientes con el oro fueron depositados en las cajas, y se cerraron las puertas con un poderoso sonido metálico que se prolongó en el interior del furgón. Las llaves giraron en las cerraduras, y así concluyó la operación.

El hombre del banco guardó sus llaves y se marchó. McPherson se metió en el bolsillo sus dos llaves, y se acercó al sobrino.

—Presta mucha atención esta mañana —dijo—. Abre cualquier bulto que pueda contener a un hombre, sin excepción. —Olió el aire.— ¿De dónde viene esta peste?

McPherson hizo un gesto por sobre el hombro en dirección a la joven y el ataúd, a pocos pasos de distancia. Formaban un espectáculo lamentable, pero el tío frunció el ceño sin rastro de compasión.

—Sale con este tren, ¿no es así?

—Sí, tío.

—Ordena que lo abran —dijo el jefe de estación, y se volvió.

—Pero, tío... —empezó a decir McPherson, temeroso de perder el favor que había conquistado con la joven si insistía en una cosa semejante.

El jefe de estación se detuvo.

—¿No tienes estómago para hacerlo? Caramba, eres delicado. —Examinó el rostro dolorido del joven, interpretando mal su desconcierto.— Muy bien. Estoy tan cerca de la muerte que no me intimida. Me ocuparé yo mismo. —Y el jefe de estación avanzó hacia la joven llorosa y el ataúd. McPherson los siguió de mala gana.

Y en ese momento oyeron un sonido electrizante y

espectral: el campanilleo del artefacto patentado del señor Bateson.

En su testimonio ante el tribunal, Pierce explicó la psicología del plan. «Un guarda está al acecho de ciertas situaciones, que le parecen sospechosas, y que lo encuentran preparado. Yo sabía que el guarda del ferrocarril sospechaba que se organizaría algo para introducir a una persona viva en el furgón. Ahora bien, un guarda alerta sabe que un ataúd puede contener fácilmente un cuerpo; pero sospecha menos, porque le parece un recurso muy mediocre. Es demasiado evidente.

»Sin embargo, probablemente se preguntará si el cuerpo está realmente muerto, y si es un hombre escrupuloso exigirá que se abra el ataúd, y dedicará un momento a realizar un examen completo del cuerpo, para comprobar si está muerto. Quizá le tome el pulso, o verifique la temperatura de la piel, o le clave un alfiler aquí o allá. Y ningún ser vivo puede soportar ese examen sin delatarse.

»Pero qué diferente es la situación si todos creen que el cuerpo no está muerto, sino vivo, y que se le puso en el ataúd por error. En este caso, todos los sentimientos se invierten. En lugar de sospecha, se alimenta la esperanza de que el cuerpo esté vivo. En lugar de abrir respetuosa y solemnemente el féretro, hay una agitación frenética para liberarlo, y todos los parientes colaboran de buena gana, prueba cierta de que no hay nada que ocultar.

»Y luego, cuando se levanta la tapa y aparecen los restos descompuestos, qué distinta la respuesta de los espectadores. Sus desesperadas esperanzas se frustran en un instante; la verdad cruel y espectral se manifiesta de inmediato, y no justifica una investigación prolongada. Los parientes se sienten amargamente decepcionados y son presa del dolor. Rápidamente se devuelve la tapa a su lugar, y todo porque se han invertido las expectativas. Así es la naturaleza humana, evidente en todos los individuos comunes.»

Al sonido de la campanilla, que vibró una sola vez, y brevemente, la joven llorosa pegó un alarido. En el mismo instante, el jefe de estación y su sobrino echaron a correr, salvando rápidamente la corta distancia que los separaba del ataúd.

La joven ya se encontraba en un estado de profunda histeria, clavando las uñas en la tapa del ataúd, sin advertir que sus esfuerzos eran inútiles.

—Oh, querido hermano, oh Richard, querido Richard, oh Dios mío, vive... —Arañaba la superficie de madera, y sus movimientos balanceaban el ataúd, de modo que la campanilla tocaba constantemente.

El jefe de estación y su sobrino percibieron instantáneamente la frenética ansiedad de la joven, pero pudieron actuar con más criterio. La tapa estaba cerrada con una serie de aldabas de metal, y las abrieron una tras otra. En la situación del momento, parece que a ninguno de los dos hombres se le ocurrió que ese ataúd tenía más aldabas que lo usual. Y ciertamente, la tarea de abrirlo se prolongó porque la pobre niña, en su dolor, con su propia agitación estorbaba los esfuerzos de los hombres.

En pocos instantes los hombres estaban trabajando con febril intensidad. Y la joven no cesaba de gritar:

—Oh, Richard, Dios mío, apresúrense, está vivo, por

favor, Dios mío, vive, alabado sea Dios... —Y mientras tanto, la campanilla sonaba por el movimiento del ataúd.

La conmoción atrajo a mucha gente, que se mantuvo a pocos pasos de distancia, mirando el extraño espectáculo.

—Oh, dense prisa, no sea que lleguemos tarde —exclamó la joven, y los dos hombres trabajaban frenéticamente con las aldabas. Cuando sólo faltaban dos aldabas, el jefe de estación oyó la exclamación de la joven—: Oh, yo sabía que no era cólera, como decía ese matasanos. Oh, bien lo sabía...

Quedó como paralizado, con la mano sobre la aldaba.

—¿Cólera? —dijo.

—Oh, por favor, apresúrese —exclamó la joven—. Han transcurrido cinco días, y como esperaba oír la campana...

—¿Ha dicho cólera? —repitió el jefe de estación—. ¿Cinco días?

Pero el sobrino, que había continuado aflojando las aldabas, retiró de pronto la tapa.

—¡Gracias a Dios! —exclamó la joven, y se arrojó sobre el cuerpo inerte, dispuesta a abrazar al hermano. Pero se detuvo en mitad del gesto, lo cual era perfectamente comprensible. Cuando se levantó la tapa, un hedor repugnante, fétido y denso se desprendió como una oleada casi palpable, y no fue difícil identificar la fuente; el cuerpo que yacía en el ataúd, ataviado con sus mejores prendas dominicales, las manos plegadas sobre el pecho, se encontraba ya en estado de evidente descomposición.

La carne del rostro y las manos estaba tumefacta e hinchada, y exhibía un repulsivo color gris verdoso. Los labios estaban ennegrecidos, lo mismo que la lengua parcialmente visible. El jefe de estación y su sobrino, apenas entrevieron el horrible espectáculo, y ya la joven enloquecida, con un alarido final de dolor, cayó desmayada al suelo. El sobrino se apresuró a atenderla, y con no menor prontitud el jefe de estación volvió a cerrar el ataúd y comenzó a ajustar las aldabas con apremio mucho mayor que el que había mostrado cuando se trató de abrirlas.

Cuando se corrió la noticia de que el hombre había muerto de cólera, el grupo de curiosos se dispersó con igual rapidez. En un instante el andén de la estación quedó casi desierto.

Poco después la joven salió de su desmayo, pero continuó sumida en un estado de profundo abatimiento. Preguntaba sin descanso, en voz baja:

—¿Cómo puede ser? Oí la campana. ¿No oyeron ustedes la campana? Se oyó perfectamente, ¿verdad? Sí, la campana sonó.

McPherson hizo todo lo posible para reconfortarla, diciéndole que seguramente un temblor de tierra o un súbito golpe de viento habían provocado el fenómeno.

Como su sobrino estaba atendiendo a la pobre chica, el jefe de estación se ocupó de supervisar el transporte del equipaje al furgón del tren a Folkestone. Procedió con toda la diligencia de que fue capaz después de una experiencia tan ingrata. Dos damas elegantemente vestidas tenían grandes baúles, y a pesar de sus altivas protestas el hombre insistió en que los abrieran para inspeccionarlos. Se suscitó otro incidente cuando un caballero corpulento depositó un loro —o un ave multicolor parecida— en el furgón, y exigió que su criado viajase con el animal para atender sus necesidades. El jefe de estación rechazó la petición, y explicó las nuevas reglas del ferrocarril. El caballero adoptó una actitud insultante, y luego ofreció al jefe de estación «una recompensa razonable», pero el empleado, que miró los diez chelines ofrecidos con un interés tanto mayor que lo que estaba dispuesto a admitir, incluso ante sí mismo, sabía que era blanco de las miradas de Burgess, el mismo guarda a quien había reprendido el día anterior. De modo que el jefe de estación se vio obligado a rechazar el soborno, con gran disgusto propio y también del caballero, que se alejó murmurando una letanía de palabras soeces.

Estos incidentes no contribuyeron a mejorar el humor del jefe de estación, y cuando al fin fue cargado el ataúd maloliente en el furgón, el hombre se complació bastante en advertir a Burgess, con acento solícito, que le convenía cuidar de su salud, pues su compañero de viaje había caído víctima del Cólera morbo.

A lo cual Burgess nada respondió, limitándose a parecer nervioso y distraído, exactamente la misma actitud que tenía antes de la admonición. Con un indefinido sentimiento de insatisfacción, el jefe de estación ordenó finalmente a su sobrino que terminase el trabajo y clausurase el furgón. Luego, regresó a su oficina.

Muy molesto, el jefe de estación atestiguó tiempo después que no recordaba haber visto ese día a ningún caballero de barba roja en el andén.

CAPITULO 41

El obstáculo final

En realidad, Pierce había sido uno de los que presenció el terrible episodio de la apertura del ataúd. Vio que la escena se desarrollaba exactamente como él había previsto, y que Agar, con su espantoso maquillaje, había pasado el examen.

Cuando el grupo se dispersó, Pierce se acercó al furgón, acompañado de Barlow. Este llevaba unos bultos extraños en una carretilla, y Pierce experimentó un sentimiento de inquietud cuando advirtió que el propio jefe de estación supervisaba la carga del furgón. Pues si alguien se detenía a pensar en el asunto, la conducta de Pierce era realmente peculiar.

De acuerdo con las apariencias era un caballero próspero. Pero su equipaje era realmente extraño: cinco bolsas de cuero idénticas. Sin duda, no era el tipo de cosas que los caballeros transportaban con agrado. El cuero era áspero y las puntadas de las costuras torpes y evidentes. En verdad, eran bolsas sólidas y resistentes, pero al mismo tiempo de una fealdad sin atenuantes. De todos modos, ninguna era muy grande, y Pierce podría haberlas depositado en el portaequipajes del compartimento que ocupaba en el vagón de pasajeros, en lugar de llevarlas al furgón. En general, el uso del furgón representaba una molestia porque obligaba a incurrir en demoras al principio y al fin del viaje.

Finalmente, el criado de Pierce no utilizó los servicios de un empleado ferroviario, sino que subió las bolsas al furgón, una por una. Y aunque el hombre era un individuo corpulento de evidente vigor físico, tuvo que realizar un gran esfuerzo para soportar el peso de cada bolsa.

En resumen, un hombre reflexivo podía preguntarse la razón que movía a un caballero distinguido a viajar con cinco bolsas pequeñas, feas, muy pesadas e idénticas.

Pierce observó el rostro del jefe de estación mientras se cargaban las bolsas. El jefe de estación, un tanto pálido, no prestó atención a la maniobra, y no salió de su distracción sino cuando llegó otro caballero con un loro y se suscitó una discusión.

Pierce se alejó, pero no subió al tren. En cambio, permaneció cerca del extremo más alejado del andén, al parecer interesado en el restablecimiento de la mujer que había sufrido un desmayo. En realidad, se demoraba con la esperanza de echar una ojeada al candado que muy pronto intentaría abrir. Cuando el jefe de estación se alejó, después de una última y áspera observación a su sobrino, la joven caminó en dirección a los vagones. Pierce se puso a su lado.

—¿Se siente mejor, señorita? —preguntó.

—Creo que sí —contestó la joven.

Se mezclaron con el público que subía a los vagones. Pierce dijo:

—¿Puedo invitarla a hacer el viaje en mi compartimento?

—Es usted muy amable —dijo la joven, con un breve gesto de asentimiento.

—*Quítatelo de encima* —murmuró Pierce—. Como sea, pero que se vaya.

Miriam pareció desconcertada un instante, y luego se oyó una voz tonante.

—Edward, Edward, ¡Querido amigo! —Un hombre se abría paso en la multitud.

Pierce adoptó una expresión complacida.

—Henry —dijo— Henry Fowler, qué extraordinaria sorpresa.

Fowler se acercó y estrechó la mano de Pierce.

—Qué raro encontrarle aquí —dijo—. ¿Viaja en este tren? ¿Sí? Pues yo también. Bueno... —No supo cómo continuar, pues de pronto había visto a la joven al lado de Pierce. Pareció desconcertado; en efecto, en las normas de su mundo social no encajaba una situación parecida. Ahí estaba Pierce, elegante y cortés como siempre, con una joven que sin duda era bella, pero que a juzgar por el vestido y la actitud pertenecía a una categoría social muy baja.

Pierce era joven y soltero, y podía viajar con una amante a un lugar de veraneo a orillas del mar; pero su acompañante sin duda estaría vestida con elegancia, lo que no era el caso de esta muchacha. Y si por el contrario esta criatura era una criada de su casa no podía mostrarse con ella en un lugar tan público como una estación ferroviaria, a menos que hubiese una razón especial; pero Fowler no podía imaginar cuál podía ser.

Advirtió que la joven había estado llorando; tenía los ojos enrojecidos y líneas oscuras en las mejillas, de modo que la situación le pareció cada vez más desconcertante y desusada, y...

Pierce puso fin al desconcierto de Fowler.

—Perdóneme —dijo, volviéndose hacia la joven. Debería presentarla, pero desconozco su nombre. Este es el señor Henry Fowler.

La joven esbozó una sonrisa tímida y dijo:

—Yo soy Brigid Lawson. Mucho gusto, señor.

Fowler respondió con indefinida cortesía, esforzándose por adoptar la actitud más conveniente ante una joven que sin duda era una criada (y por lo tanto, no podía considerarse su igual) y una mujer sufriente (y por lo tanto merecedora de una conducta caballerosa, si el dolor provenía de una exigencia moralmente aceptable). Pierce aclaró la situación.

—La señorita… Lawson ha tenido una experiencia muy difícil —dijo Pierce—. Viaja acompañando a su hermano fallecido, que está en el furgón. Pero hace unos minutos sonó la campanilla, y se concibió cierta esperanza, de modo que se procedió a abrir el ataúd…

—Comprendo, comprendo —dijo Fowler—, realmente lamentable…

—Pero fue una falsa alarma —concluyó Pierce.

—Y por lo tanto doblemente dolorosa, sin duda —dijo Fowler.

—Le he ofrecido mi compañía durante el viaje —dijo Pierce.

—Yo habría hecho lo mismo en su lugar —dijo Fowler—. En realidad… —vaciló—. ¿Les parecerá una imposición si les acompaño?

Pierce no vaciló.

—De ningún modo —replicó amablemente—. Es decir, si la señorita Lawson no…

—Son ustedes muy buenos —dijo la joven con una sonrisa valerosa pero agradecida.

—Entonces, está resuelto —dijo Fowler, sonriendo también. Pierce advirtió que la joven le interesaba—. ¿Por qué no vienen conmigo? Mi compartimento está aquí, a pocos metros. —Señaló uno de los vagones de primera clase.

Por supuesto, Pierce pensaba sentarse en el último

compartimento del último vagón de primera clase. Desde allí tendría que recorrer la menor distancia sobre los techos de los vagones para llegar al furgón, al final del convoy.

—A decir verdad —dijo Pierce—, tengo allí mi compartimento. —Señaló hacia el sector posterior del tren.— Ordené subir las maletas, ya he pagado al empleado que las ha cargado y demás.

—Mi estimado Edward —dijo Fowler—. ¿Cómo ha dejado que le acomoden allí? Los mejores compartimentos están delante, donde el ruido es menor. Vengan: le aseguro que conseguirá un compartimento más apropiado, y sobre todo si la señorita Lawson no se siente bien... —Se encogió de hombros, como sugiriendo que la conclusión era evidente.

—Nada me complacería tanto —dijo Pierce—, pero a decir verdad he elegido ese compartimento por consejo de mi médico, después de sufrir ciertas molestias durante los viajes en tren. Las ha atribuido a los efectos de las vibraciones originadas en la máquina, y por lo tanto aconsejó que me instalara lo más lejos posible de la locomotora. —Pierce sonrió.— En realidad, dijo que debía viajar en segunda clase, pero eso me pareció demasiado.

—Una actitud muy natural —dijo Fowler—. Los derechos de la salud deben sujetarse a ciertos límites, aunque no puede esperarse que un médico lo sepa. El mío me aconsejó cierta vez que dejara el vino... ¿Se imagina tamaña temeridad? Muy bien, viajaremos en su compartimento.

Pierce dijo:

—¿Quizá la señorita Lawson cree como usted que sería más conveniente un vagón en la parte delantera del tren?

Pero antes de que la joven pudiera contestar, Fowler dijo:

—¿Qué? ¿Y privarle de su compañía, dejándole solo todo el viaje? Ni pensarlo. Vamos, el tren partirá en seguida. ¿Dónde está su compartimento?

Recorrieron la extensión del tren en busca del compartimento de Pierce. Fowler mostraba un excelente ánimo, y charlaba sin parar de los médicos y sus manías. Entraron en el compartimento de Pierce y cerraron la puerta. Pierce miró su reloj: las ocho menos seis minutos. El tren no siempre salía exactamente a su hora, pero de todos modos disponía de poco tiempo.

Pierce tenía que desembarazarse de Fowler. No podía trepar del compartimento al techo del tren en presencia de extraños, y menos aún de un miembro del banco. Pero al mismo tiempo tenía que librarse de Fowler de tal modo que el hecho no suscitara sospecha, porque después del robo, el señor Fowler repasaría sus recuerdos —y probablemente sería interrogado por las autoridades— procurando descubrir el más mínimo indicio de irregularidad que revelase la identidad de los ladrones.

El señor Fowler continuaba hablando, pero se dirigía a la joven, y ésta le consagraba su total y fascinada atención.

—Haberme encontrado hoy con Edward ha sido una casualidad extraordinaria. Edward, ¿viaja a menudo en esta línea? Yo lo hago sólo una vez al mes. Y usted, ¿señorita Lawson?

—He viajado otras veces en tren —explicó la muchacha—, pero nunca en primera clase; pero en esta ocasión mi ama me compró un billete de primera, en vista de que...

—Oh, comprendo, comprendo —dijo Fowler con aire

cordial y animoso—. Hay que ayudar en los momentos difíciles. Yo también tengo problemas esta mañana. Edward seguramente ya habrá imaginado el motivo de mi viaje, y por lo tanto la causa de mi problema. ¿Qué dice, Edward? ¿No lo adivina?

Pierce no estaba escuchando. Miraba por la ventanilla, y consideraba el modo de desembarazarse de Fowler en los minutos siguientes. Miró a Fowler.

—¿Cree que sus maletas están seguras?

—¿Mis maletas? ¿Maletas? ¿Qué... ah, en mi compartimento? Pero, Edward, no tengo maletas. Ni siquiera llevo un portafolios, puesto que en Folkestone sólo estaré unas horas, el tiempo indispensable para comer o beber algo, o fumar un cigarro, antes de tomar el tren de regreso.

Un cigarro, pensó Pierce. Por supuesto, eso era. Llevó la mano al bolsillo de la chaqueta, extrajo un largo cigarro y lo encendió.

—Pues bien, querida niña —dijo Fowler—, nuestro amigo Edward seguramente adivina el propósito de mi viaje, pero supongo que usted está a oscuras.

La joven miraba fijamente a Fowler, con la boca entreabierta.

—A decir verdad, éste no es un tren corriente, ni yo soy un pasajero corriente. Por lo contrario, soy el gerente general del banco Huddleston & Bradford, de Westminster, y hoy mismo, en este tren —a menos de doscientos pasos de aquí— mi firma ha despachado una cantidad de oro al extranjero con el fin de pagar a nuestras valerosas tropas. ¿Se imagina a cuánto asciende este cargamento? ¿No? Pues... mi querida niña, la cantidad excede las doce mil libras.

—¡Caramba! —exclamó la joven—. ¿Y usted está a cargo de todo esto?

—En efecto. —Era evidente que Henry Fowler se sentía muy satisfecho de sí mismo, y con razón. Había deslumbrado a la sencilla joven con sus palabras, y ésta le miraba con desconcertada admiración. ¿Quizá con algo más? Parecía haber olvidado por completo a Pierce.

Es decir, lo olvidó hasta que el humo del cigarro de Pierce comenzó a llenar de nubes grises el compartimento. La joven emitió una tos delicada y sugestiva, copiada sin duda de la que había visto en su ama. Pierce, que miraba por la ventanilla, pareció no advertir nada.

La joven volvió a toser con más insistencia. Como Pierce no reaccionaba, Fowler decidió intervenir.

—¿Se siente bien? —preguntó.

—Estaba bien, pero ahora me ahogo... —La joven hizo un gesto indefinido en dirección al humo.

—Edward —dijo Fowler—, Edward, creo que su tabaco está molestando a la señorita Lawson.

Pierce lo miró y dijo:

—¿Qué?

—Digo que si no tiene inconveniente... —empezó Fowler.

La joven se inclinó hacia adelante y dijo:

—Por favor, creo que voy a desmayarme —y extendió la mano hacia la puerta, como queriendo abrirla.

—Vea lo que ha hecho —dijo Fowler a Pierce. Fowler abrió la puerta y ayudó a la joven, que se apoyó en su brazo, a salir al corredor.

—No me había dado cuenta —protestó Pierce—. Créame, no se me ocurrió...

—Podría haber preguntado antes de encender su artefacto diabólico —dijo Fowler, mientras la joven se apoyaba en él, sin duda ya muy debilitada, y su seno se apretaba contra el pecho del caballero.

—Lo siento muchísimo —dijo Pierce. Comenzó a ponerse de pie, deseoso de ayudar.

Ayuda era lo último del mundo que Fowler deseaba.

—De todos modos, no debería fumar, ya que su médico le advirtió que los trenes le perjudican —dijo secamente—. Venga, querida —continuó volviéndose hacia la joven—, mi compartimento no está lejos, y podemos continuar conversando sin exponernos a la acción del humo venenoso. —La joven le acompañó sin ofrecer resistencia.

—Lo siento muchísimo —repitió Pierce, pero ninguno de los dos volvió la cabeza.

Un momento después, se dio la señal de la partida y la máquina comenzó a jadear. Pierce entró en su compartimento, cerró la puerta y por la ventanilla vio deslizarse el andén de la Estación del Puente de Londres, mientras el tren de la mañana con destino a Folkestone comenzaba a tomar velocidad.

PARTE IV

El GRAN ROBO DEL TREN

Mayo 1855

CAPITULO 42

Una notable resurrección

Burgess, encerrado en el furgón sin ventanas, podía determinar la situación del tren por el sonido de las ruedas sobre la vía. Oyó primero el traqueteo suave sobre los raíles bien afirmados de la entrada a la estación. Después, los tonos huecos y más resonantes, cuando el tren cruzó Bermondsey en un tramo elevado de varias millas; y aún más tarde, la transición a un sonido más sordo, y un movimiento más irregular, que indicaban el comienzo del desvío hacia el sur, cuando el tren salía de Londres para internarse en la campiña.

Burgess no tenía idea del plan de Pierce, de modo que se asombró cuando la campanilla del ataúd comenzó a sonar. Atribuyó el hecho a la vibración y el balanceo del tren, pero pocos momentos después oyó golpes, y luego una voz ahogada. Como no pudo entender las palabras, se acercó al ataúd.

—Abra, maldita sea —dijo la voz.

—¿Está vivo? —preguntó maravillado Burgess.

—Soy Agar, maldito idiota —fue la respuesta.

Burgess se apresuró a abrir las aldabas de la tapa del ataúd. Poco después, Agar, cubierto de una horrible sustancia de color verde, con un olor espantoso, pero por lo demás comportándose normalmente, salió del ataúd y dijo:

—Debo apresurarme. Tráigame esas bolsas. —Señaló

los cinco bultos de cuero amontonados en un rincón del furgón.

Burgess actuó sin demora.

—Pero el furgón está cerrado —dijo—. ¿Cómo lo abrirá?

—Nuestro amigo —dijo Agar— es montañista.

Agar abrió las cajas fuertes y retiró el primero de los cofres, rompiendo el sello y extrayendo las barras de oro —todas con el sello de una corona real y las iniciales H & B. Las sustituyó por saquitos de municiones que sacó de las bolsas de cuero.

Burgess miraba sin hablar. El tren avanzaba ahora casi en línea recta hacia el sur, dejando atrás el Palacio de Cristal, en busca de Croyden y Redhill. Desde esta localidad se desviaba hacia el este, en dirección a Folkestone.

—¿Montañista? —dijo al final Burgess.

—Sí —confirmó Agar—. Vendrá aquí caminando sobre el techo del tren.

—¿Cuándo? —preguntó Burgess, frunciendo el ceño.

—Después de Redhill, y volverá a su vagón antes de Ashford. Esa zona es campo abierto. Seguramente no le verán. —Agar hablaba sin desviar la vista de su trabajo.

—¿Entre Redhill y Ashford? Pero ésa es la parte de máxima velocidad.

—Sí, seguramente —dijo Agar.

—En ese caso —dijo Burgess—, su amigo está loco.

CAPITULO 43

El origen de la audacia

En determinado momento del proceso de Pierce, el fiscal tuvo una reacción de franca admiración.

—Entonces, ¿no es cierto —dijo el fiscal— que usted tuviera experiencia en la práctica del montañismo?

—Ninguna —dijo Pierce—. Lo dije con el único propósito de tranquilizar a Agar.

—¿No conocía usted al señor Coolidge, ni había leído nada sobre el tema, y tampoco poseía elementos auxiliares considerados vitales para practicar el montañismo?

—No —dijo Pierce.

—¿Quizás usted había realizado experiencias atléticas o físicas que le habían persuadido de su capacidad para ejecutar el plan?

—En absoluto —respondió Pierce.

—Entonces —dijo el fiscal—, debo preguntar, aunque sólo sea por razones de simple curiosidad humana, ¿qué le indujo a suponer, señor, que sin entrenamiento previo, sin conocimientos ni equipos especiales, y desprovisto de particular capacidad atlética, en fin, qué le indujo a creer que lograría ejecutar la empresa, sin duda peligrosa, e incluso puedo decir casi suicida, de desplazarse por el techo de un tren que avanzaba velozmente? ¿Dónde halló la audacia necesaria para ejecutar un acto semejante?

Las crónicas periodísticas indican que aquí el testigo sonrió.

—Yo sabía que el problema no ofrecería dificultades —dijo—, a pesar de la apariencia de peligro, pues en varias ocasiones había leído en la prensa comentarios acerca de los incidentes que reciben la denominación común de cimbreo u oscilación de los trenes; y también había leído la explicación, propuesta por los ingenieros, en el sentido de que las fuerzas están determinadas por la naturaleza del aire que se desplaza rápidamente, como lo demuestran los estudios del fallecido italiano Baroni. Por eso tenía la certeza de que estas fuerzas asegurarían mi persona a la superficie del vagón, de modo que la empresa no implicaría ningún riesgo.

Aquí el fiscal pidió mayor aclaración, y Pierce la ofreció resumidamente. La síntesis de esta parte del proceso que apareció en el *Times* está aún más resumida. La idea general era que Pierce, a quien la prensa presentaba ahora casi como un genio del delito, poseía cierto conocimiento de un principio científico que le había ayudado en su empresa.

En realidad Pierce, que se sentía bastante orgulloso de su erudición, inició el recorrido sobre el techo de los vagones con un sentimiento de confianza que era totalmente infundado. En definitiva, la situación era ésta:

Alrededor de 1848, cuando los trenes comenzaron a alcanzar velocidades de ochenta o incluso ciento diez kilómetros por hora, se observó un fenómeno nuevo, extraño e inexplicable. Siempre que un tren lanzado a gran velocidad pasaba al costado de otro detenido en una estación, los vagones de ambos trenes tendían a acercarse, en un movimiento denominado «cimbreo u oscilación de los trenes». En algunos casos los vagones se inclinaban de tal modo que los pasajeros se alarmaban, e incluso hubo situaciones en las que los convoyes sufrieron daños de menor importancia.

Después de un período durante el cual se esgrimieron supuestas razones técnicas, los ingenieros ferroviarios acabaron por reconocer su perplejidad. Nadie tenía la menor idea de la causa de esta «oscilación de los trenes», o del modo de impedirla. Conviene recordar que los trenes eran entonces los objetos más veloces de la historia humana, y que se sospechaba que el comportamiento de estos rápidos vehículos estaba regido por leyes físicas poco conocidas. La confusión fue semejante a la de los ingenieros aeronáuticos un siglo después, cuando tampoco pudo explicarse el fenómeno del *buffeting,* que se manifiesta cuando un avión se aproxima a la velocidad del sonido, y los medios destinados a superarlo a lo sumo fueron tema de conjeturas.

Pero hacia 1851 la mayoría de los ingenieros había llegado a la acertada conclusión de que la oscilación de los trenes era un ejemplo de la ley de Bernoulli, formulación de un matemático suizo del siglo anterior que indicaba que la presión en el interior de una corriente móvil de aire es menor que la presión del aire que la rodea.

Es decir, que dos trenes en movimiento, si estaban bastante cerca, se veían atraídos por el vacío parcial de aire entre ellos. La solución del problema era sencilla, y se la adoptó muy pronto: las vías paralelas se separaron un poco más, y la oscilación de los trenes desapareció.

En los tiempos modernos, la ley de Bernoulli explica fenómenos tan diversos como las curvas de la pelota de béisbol, por qué un velero puede navegar contra el viento, y el hecho de que las alas del avión eleven el aparato. Pero entonces, como ahora, la mayoría de la gente no entendía realmente estos hechos en términos físicos: la mayoría de los viajeros de la época del avión de reacción se sorprendería probablemente si se le dijese que un aparato de reacción vuela porque el vacío parcial sobre las alas lo succiona literalmente hacia arriba, de modo que el único propósito de los motores es impulsar a las alas hacia adelante con rapidez suficiente para crear una corriente de aire que produce este vacío necesario.

Además el físico cuestionaría incluso esta explicación, por entender que no es del todo válida, e insistiría en que una dilucidación rigurosa de los hechos está todavía más alejada del concepto de «sentido común» del público acerca de estos fenómenos.

En vista de la complejidad del asunto, es fácil comprender la confusión de Pierce, y la conclusión errónea que extrajo. Aparentemente creía que la corriente de aire alrededor del convoy en movimiento, de acuerdo con la descripción de «Baroni», le empujaría sobre el techo del vagón, ayudándolo a mantener el equilibrio mientras pasaba de un vagón a otro. En realidad, la ley de Bernoulli no tenía ninguna aplicación en su caso. Pierce era simplemente un hombre sometido a una corriente de aire de ochenta kilómetros por hora, que podía arrancarle del tren en cualquier momento, de modo que su intento era un verdadero absurdo.

Pero eso no era todo. El hecho mismo de que los desplazamientos a alta velocidad fuesen un fenómeno tan reciente, determinaba que Pierce, lo mismo que sus contemporáneos, tuviese muy poca idea de las consecuencias de una caída desde un vehículo que se desplaza a gran velocidad.

Pierce había visto a Primavera Jack muerto después de caer del tren. Pero no había creído que se tratara de un resultado inevitable, consecuencia de ciertas leyes físicas inexorables. En ese momento se tenía a lo sumo la idea imprecisa de que caer desde un tren que estaba acelerando era peligroso, y todavía más si el tren ya había alcanzado gran velocidad. Pero se creía que la naturaleza del peligro residía exactamente en el modo de caer de la persona: un hombre afortunado podía salir del asunto con unas pocas contusiones, y en cambio el individuo sin suerte podía romperse el cuello a causa del impacto. En resumen, se pensaba que la caída de un tren era bastante parecida a la caída de un caballo: algunas eran peores que otras, y eso era todo.

Ciertamente, durante los primeros tiempos de los ferrocarriles se practicó una especie de deporte temerario denominado «salto del vagón», que gozaba del favor de los mismos jóvenes que más tarde escalaban edificios públicos y acometían otras aventuras imprudentes. Los estudiantes universitarios se mostraban particularmente aficionados a estos entretenimientos.

El salto del vagón consistía en saltar al suelo desde un vagón ferroviario en movimiento. Aunque los funcionarios oficiales criticaban esta práctica y las empresas ferroviarias la prohibieron lisa y llanamente, este tipo de «deporte» gozó de un breve favor entre 1830 y 1835. En general, las consecuencias no pasaban de unas pocas contusiones, o en el peor de los casos un hueso roto. Con el tiempo esta moda tendió a desaparecer, pero el recuerdo del asunto fortaleció la creencia del público en el sentido de que la caída de un tren no era necesariamente fatal.

En realidad, durante la década de 1830 la mayoría de los trenes desarrollaban una velocidad media de cuarenta kilómetros por hora. Pero hacia 1850 la velocidad de los trenes se había duplicado, las consecuencias de una caída eran muy distintas, y no guardaban ninguna relación con el resultado de una caída a velocidades menores. Pero como lo demuestra el testimonio de Pierce, aún no se había llegado a entender este hecho.

El fiscal preguntó:

—¿Adoptó alguna precaución contra el peligro de una caída?

—En efecto —dijo Pierce—, y con no poca incomodidad. Bajo mis ropas habituales, llevaba dos juegos de gruesas prendas interiores de algodón, de modo que tenía mucho calor; pero consideré que esas medidas protectoras eran necesarias.

De modo que, sin preparación de ningún género y con un concepto por completo erróneo de los efectos de los principios físicos del caso, Edward Pierce cargó un rollo de cuerda, abrió la puerta del compartimento y trepó al techo del vagón en movimiento. La única protección de que disponía, y la fuente de su audacia, era su ignorancia total del peligro que corría.

El viento le golpeó como un puño gigantesco, aulló en sus oídos, le cegó, se le metió en la boca y le pellizcó las mejillas, quemándole la piel. No se había quitado su larga levita y los faldones de la prenda le golpeaban las piernas «con tanta fuerza que le dolían». Durante unos momentos se sintió totalmente desorientado ante la furia inesperada del aire que aullaba y le azotaba; se agazapó, aferrándose a la superficie de madera del vagón, y se detuvo para tomar aliento. Comprobó que apenas podía ver, a causa de las partículas de hollín que venían de la locomotora. En efecto, muy pronto quedó cubierto por una fina película oscura que se depositó sobre las manos, el rostro y las ropas. Bajo su cuerpo, el vagón se balanceaba y saltaba de un modo alarmante e imprevisible.

Durante esos primeros momentos casi renunció al intento, pero una vez pasada la impresión inicial decidió continuar con su plan. Siempre gateando, retrocedió hacia el extremo del vagón, y se detuvo en el espacio que le separaba del siguiente. Había un hueco de aproximadamente un metro y medio. Pasaron unos instantes antes de que se decidiera a saltar al vagón siguiente, pero finalmente lo logró.

Desde allí, siguió arrastrándose dificultosamente a lo largo del vagón. El viento arrojaba hacia adelante la levita que le cubría el rostro y los hombros y le castigaba los ojos. Después de luchar unos instantes con la prenda, consiguió quitársela y arrojarla; voló retorciéndose en el aire, y cayó a un lado del camino. El movimiento de la prenda volando en el aire asemejaba bastante al de un cuerpo humano, y le hizo pensar; parecía una advertencia del destino que le aguardaba si cometía el más mínimo error.

Liberado de la levita, pudo avanzar con mayor rapidez sobre los vagones de segunda clase; saltó de cada uno al siguiente con seguridad cada vez mayor, y llegó al furgón de equipajes después de un período de tiempo que no supo estimar. Le pareció una eternidad, pero después llegó a la conclusión de que no había necesitado más de cinco o diez minutos.

Cuando estuvo sobre el furgón, se agarró a un ventanillo abierto y desenrolló la cuerda. Introdujo un extremo por el ventanillo y un momento después sintió un tirón. Adentro, se encontraba Agar que había recogido la cuerda.

Pierce se volvió y se acercó al segundo ventanillo. Esperó unos instantes, con el cuerpo agazapado contra el golpeteo constante e implacable del viento, y luego una espectral mano verde —la de Agar— apareció sosteniendo el extremo de la cuerda. Pierce lo recogió y la mano de Agar desapareció.

Ahora, Pierce tenía la cuerda extendida entre los dos ventanillos. Unió los extremos alrededor de su cintura, y luego, colgando de las cuerdas, se deslizó por el flanco del furgón hasta que quedó al nivel del candado.

De este modo permaneció suspendido varios minutos, mientras manipulaba el candado con una ristra de ganzúas, probando una tras otra y trabajando, según su posterior y mesurado testimonio, «con el grado de delicadeza que las circunstancias permitían». En resumen, probó más de una docena de llaves, y comenzaba a desesperar de la posibilidad de abrir el candado, cuando oyó el silbato de la locomotora.

A poca distancia se iniciaba el túnel de Cuckseys, y en un instante más se hundió en la oscuridad y las resonancias del túnel. Este tenía una longitud de media milla; de modo que no había más remedio que esperar. Cuando el tren salió nuevamente a la luz del sol, continuó trabajando con las llaves, y casi inmediatamente una de las ganzúas movió suavemente el mecanismo. El candado cedió.

Ahora, sólo restaba retirar el candado, abrir el cerrojo y golpear la puerta con los pies hasta que Burgess abriese desde adentro. El tren de la mañana atravesó la somnolienta localidad de Godstone, pero nadie vio al hombre colgando de la cuerda, Pierce entró al interior del furgón, y cayó al suelo totalmente agotado.

CAPITULO 44

Un problema de atuendo

Agar atestiguó que cuando Pierce entró en el furgón, al principio él y Burgess no le reconocieron:

—Yo le vi primero, y hubiera podido jurar que era un indio o un negro, tan oscura tenía la piel, y la ropa completamente destrozada, como si le hubieran dado una tremenda paliza. La ropa estaba en jirones, y negra como el resto, y yo pensé que el jefe había encargado el golpe a otro tipo. Y entonces veo que es él, y nadie más.

Los tres hombres seguramente ofrecían un extraño espectáculo. Burgess, el guarda, con su pulcro uniforme azul; Agar, vestido elegantemente con ropas muy formales, con el rostro y las manos teñidos de un verde cadavérico y tumefacto; y Pierce, caído sobre las manos y las rodillas, las ropas en jirones, y manchado de hollín de pies a cabeza.

Pero todos reaccionaron prontamente, y trabajaron con movimientos eficientes y veloces. Agar había terminado su parte; las cajas fuertes estaban cerradas otra vez, con su nuevo depósito de municiones de plomo; las cinco bolsas de cuero, con su contenido de oro, estaban alineadas a un lado de la puerta del furgón.

Pierce se incorporó y extrajo su reloj del bolsillo del chaleco, un objeto de oro extrañamente limpio al extremo de una cadena cubierta de hollín. Lo abrió: eran las 8,37.

—Cinco minutos —dijo.

Agar asintió. Cinco minutos más tarde llegarían al sector menos poblado del recorrido, y allí debía esperar Barlow, para recoger las bolsas arrojadas desde el tren. Pierce se sentó y miró la campiña a través de la puerta abierta del furgón.

—¿Se siente bien? —preguntó Agar.

—Bastante bien —dijo Pierce—. Pero no me gusta la perspectiva de volver.

—Sí, no tiene buen aspecto —dijo Agar—. Parece un fantasma. ¿Se cambiará cuando vuelva al compartimento?

Pierce, que aún jadeaba, no comprendió inmediatamente el sentido de las palabras.

—¿Cambiarme?

—Sí, la ropa —Agar sonrió—. Si aparece así en Folkestone se armará un escándalo.

Pierce miró las suaves colinas verdes que desfilaban frente al tren, y oyó el traqueteo del vagón sobre los durmientes. Era un problema que no había imaginado, y por el momento no sabía cómo resolverlo. Pero Agar tenía razón: no podía aparecer en Folkestone como un deshollinador harapiento, sobre todo porque era casi seguro que Fowler le buscaría para despedirse.

—No tengo ropa para cambiarme —dijo en voz baja.

—¿Qué dice? —preguntó Agar, pues el silbido del viento por la puerta abierta del furgón impedía oír.

—No tengo ropa para cambiarme —dijo Pierce—. Nunca pensé... —No completó la frase, y frunció el ceño.— No he traído más ropa.

Agar rió de buena gana.

—Entonces, será un auténtico vagabundo, así como yo he sido un auténtico fiambre. —Agar se golpeó los muslos.— Creo que en todo esto hay cierta justicia.

—No es cosa de risa —protestó Pierce—. En este tren viajan conocidos, y seguramente advertirán el cambio.

El regocijo de Agar se extinguió en un instante. Se rascó la cabeza con la mano verdosa.

—Y esos conocidos, ¿se preocuparán si no le ven en la estación?

Pierce asintió.

—Entonces, estamos en aprietos —dijo Agar. Examinó el furgón, con sus pilas de baúles y maletas—. Tiene las ganzúas; ahí encontraremos algunas ropas.

Extendió la mano a Pierce, para recibir la ristra de ganzúas, pero Pierce estaba estudiando su reloj. Faltaban dos minutos para llegar al lugar donde debían arrojar los bolsos. Y trece minutos después el tren se detendría en Ashford; en ese momento, Pierce debía estar fuera del furgón, para así poder regresar a su propio compartimento.

—No hay tiempo —dijo.

—Es la única forma... —empezó a decir Agar, pero se interrumpió. Pierce le miraba de arriba a abajo con aire reflexivo—. No —concluyó Agar—. ¡Maldita sea, no!

—Tenemos aproximadamente las mismas medidas —dijo Pierce—. Vamos, dése prisa.

Se volvió, y el cerrajero comenzó a desvestirse, murmurando toda suerte de imprecaciones. Pierce contemplaba el paisaje. Ya estaban cerca: se inclinó para disponer las bolsas sobre el umbral de la puerta abierta.

Vio un árbol a la vera del camino, uno de los mojones que mucho antes había elegido él mismo. Pronto aparecía la empalizada de piedra... Ahí estaba... Y luego el viejo y oxidado carromato abandonado. Ya estaba a la vista.

Un momento después vio la cima de una colina, y el perfil de Barlow al lado del carruaje.

—¡Ahora! —dijo, y con una exclamación ahogada arrojó una bolsa tras otra fuera del tren en movimiento. Las vio golpear el suelo y rodar, una tras otra. También vio a Barlow que descendía presuroso la colina en dirección a los bultos. Luego, el tren tomó una curva.

Volvió los ojos a Agar, que había quedado en paños menores, y ofrecía a Pierce sus ropas elegantes.

—Aquí las tiene, y maldito sea.

Pierce recibió las prendas, hizo un bulto muy apretado, aseguró todo con el cinturón de Agar, y sin decir palabra salió por la puerta abierta a la plataforma azotada por el viento. Burgess cerró la puerta del furgón, y pocos momentos después el guarda y Agar oyeron el golpe metálico del cerrojo, y otro sonido más seco cuando se cerró el candado. Oyeron el roce de los pies de Pierce que trepaba al techo; y luego vieron que la cuerda, que antes estaba tensa entre los dos ventanillos, de pronto colgaba fláccida. La cuerda se deslizó y desapareció. Oyeron los pasos de Pierce sobre el techo un momento más, y después nada.

—Maldición, tengo frío —dijo Agar—. Será mejor que vuelva a encerrarme —y se deslizó al interior del ataúd.

Pierce no había avanzado mucho en el camino de regreso cuando advirtió que en sus planes había cometido otro error: había supuesto que el trayecto de retorno le llevaría el mismo tiempo que el traslado de su compartimento al furgón. Pero casi inmediatamente advirtió la equivocación.

El movimiento de retorno, de cara al viento, era mucho más lento. Además, le molestaba el paquete con la ropa de Agar; lo sujetaba contra el pecho de modo que le quedaba una sola mano para agarrarse a las maderas del techo, mientras se arrastraba a lo largo del tren. Avanzaba con dolorosa lentitud. Pocos minutos después comprendió que fallaría, y por amplio margen. Aún estaría arrastrándose sobre los techos de los vagones cuando el tren llegase a Ashford; y tan pronto le vieran, todo habría concluido.

Pierce tuvo un instante de profunda cólera porque el paso final del plan era precisamente lo único que ya no tenía remedio. El hecho de que el error fuese exclusivamente culpa suya sólo exacerbaba su furia. Agarró una madera del techo del vagón y maldijo al viento, pero el silbido del aire era tan agudo que ni siquiera oyó su propia voz.

Por supuesto, sabía lo que era necesario hacer, pero no quiso pensar en ello. Continuó avanzando lo mejor que pudo. Estaba en mitad del cuarto de los siete vagones de segunda clase cuando sintió que el tren comenzaba a aminorar la marcha. Se oyó el silbato de la locomotora.

Entornando los ojos, alcanzó a distinguir la estación de Ashford, un minúsculo rectángulo rojo con un techo gris, a lo lejos. No podía ver los detalles, pero sabía que en menos de un minuto el tren se acercaría tanto que los pasajeros que esperaban en el andén podrían distinguirle en el techo. Durante un instante fugaz se preguntó qué pensarían si lo veían, y luego se incorporó y corrió, saltando de un vagón a otro sin vacilación, medio cegado por el humo que brotaba de la máquina.

Al fin consiguió llegar al vagón de primera clase. Bajó rápidamente, abrió la puerta, se metió en el compartimento y cerró las persianas. Ahora, el tren avanzaba muy lentamente, y cuando Pierce se desplomó en su asiento oyó el chirrido de los frenos y el grito de un guarda:

—Estación de Ashford… Ashford… Ashford…

Pierce suspiró.

Lo había logrado.

CAPITULO 45

El final de la línea

Veintisiete minutos después el tren llegó a Folkestone, final de la línea del Ferrocarril Sureste, y todos los pasajeros descendieron. Pierce abandonó su compartimento, y según sus propias palabras estaba «mucho mejor de lo que hubiera podido esperar, pero lejos de lo que se entiende como pulcritud del atuendo, para decirlo con la mayor mesura posible».

Aunque se había apresurado a usar pañuelo y saliva para limpiarse la cara y las manos, descubrió que el hollín y el polvo pegados a su piel eran por demás recalcitrantes. Como carecía de espejo, sólo podía imaginar el estado de su cara, pero en todo caso las manos ostentaban un extraño matiz gris pálido. Además, sospechaba que sus cabellos color arena ahora se veían mucho más oscuros que antes, de modo que se sintió agradecido porque podía cubrirlos con el sombrero de copa.

Pero excepto el sombrero de copa, todas las prendas le sentaban mal. Incluso en una época en que la mayoría de la gente vestía mal, Pierce llamaba especialmente la atención.

Los pantalones eran casi cinco centímetros más cortos que lo que hubiera sido aceptable, y el corte de la levita, aunque bastante elegante, correspondía a esa moda exagerada y ostentosa que los auténticos caballeros de buena cuna evitaban por considerarla una indecente manifestación del *nouveau riche*. Y por supuesto, hedía a gato muerto.

De modo que Pierce bajó a la atestada plataforma de Folkestone con un sentimiento de temor. No ignoraba que la mayoría de los observadores interpretaría su apariencia simplemente como un modo de pasar por lo que no era: con mucha frecuencia los hombres que aspiraban a que se les tomase por caballeros conseguían ropas de segunda mano, y las usaban orgullosamente, sin advertir que las prendas les caían mal. Pero Pierce sabía demasiado bien que Henry Fowler, cuya atención consciente se concentraba por completo en los matices de la jerarquía social, advertiría en un instante la peculiaridad de la apariencia de Pierce, y se preguntaría qué pasaba. Además, casi seguramente vería que Pierce se había cambiado de ropa durante el viaje, y también querría saber la causa del hecho.

La única esperanza de Pierce era mantenerse a distancia de Fowler. Si era posible, se proponía zanjar el asunto con un gesto de despedida desde lejos, con aire de quien tiene negocios apremiantes que excluyen las cortesías sociales. Fowler sin duda entendería a un hombre que atendía primero a los negocios. Y desde cierta distancia, con la protección de los grupos de personas que los separaban, era posible que el extraño atavío de Pierce pasara inadvertido para Fowler.

En realidad, Fowler irrumpió a pocos metros de distancia antes de que Pierce pudiese verle. Fowler venía acompañado por la mujer, y no parecía muy feliz.

—Bien, Edward —empezó a decir Fowler con voz tensa—, le estaría profundamente agradecido si usted... —Se interrumpió, con la boca abierta.

Dios mío, pensó Pierce. Se terminó.

—Edward —dijo Fowler, mirándole asombrado.

El cerebro de Pierce trabajaba a presión, esforzándose por prever las preguntas y elaborar respuestas; sintió que empezaba a transpirar.

—Edward, querido amigo, tiene un aspecto *terrible.*

—Lo sé —empezó a decir Pierce—, como usted comprenderá...

—Parece un muerto, de veras, está pálido como un cadáver. Cuando me dijo que los trenes le enfermaban, no imaginé... ¿Se siente bien?

—Creo que sí —dijo Pierce, con un hondo suspiro—. Creo que mejoraré mucho después de comer.

—¿Comer? Sí, por supuesto, necesita comer inmediatamente, y beber un poco de coñac. Su aspecto demuestra que tiene mala circulación. Lo acompañaría, pero... ah, ya están descargando el oro, y debo afrontar mi responsabilidad. Edward, ¿me disculpa? ¿De veras se siente bien?

—Aprecio su inquietud —empezó Pierce—, y...

—Quizá yo pueda ayudarle —dijo la joven.

—Oh, excelente idea —dijo Fowler—. Espléndido. Sencillamente espléndido. Es una chica encantadora, Edward Se la dejo. —Fowler le miró de un modo peculiar al mismo tiempo que formulaba este comentario, y luego se alejó apresuradamente por el andén en dirección al furgón de equipaje, pero antes de desaparecer se volvió y dijo:— Recuerde, le conviene beber una buena copa de coñac. —Y desapareció.

Pierce emitió un enorme suspiro, y se volvió hacia la joven.

—¿Cómo no ha visto mis ropas?

—Deberías verte la cara —dijo ella—. Tienes un aspecto horrible. —Examinó las ropas:— Y veo que te has apoderado del traje de un muerto.

—El viento me ha destrozado la ropa.

—Entonces, ¿lo habéis conseguido?

Pierce se limitó a sonreír.

Pierce abandonó la estación poco antes de mediodía. La joven llamada Briged Lawson, permaneció allí para vigilar el traslado del ataúd de su hermano a un coche de punto. Con gran irritación de los mozos de cuerda que lo habían transportado, rechazó varios carruajes que esperaban frente a la estación, alegando que ya había contratado a cierto cochero.

El vehículo llegó después de la una. El cochero, un bruto hostil y macizo con una cicatriz que le cruzaba la frente, ayudó a cargar el cajón, luego fustigó los caballos y se alejó al galope. Nadie prestó atención cuando el coche se detuvo al extremo de la calle para recoger a otro pasajero, un individuo de color ceniza y ropas mal cortadas. Luego, el coche se alejó y desapareció de la vista.

Alrededor del mediodía, los cofres del Banco Huddleston & Bradford fueron transferidos, bajo la protección de una guardia armada, de la estación ferroviaria de Folkestone al vapor que cruzaba el Canal, y que realizaba el cruce hasta Ostende en cuatro horas. A causa de la diferencia de horas, eran las cinco de la tarde cuando los funcionarios de la aduana francesa firmaron los formularios y tomaron posesión de los cofres. Con otra guardia armada, se los transportó a la terminal ferroviaria de Ostende, para despacharlos por tren a París durante la mañana siguiente.

En la mañana del 23 de mayo los representantes franceses del banco Louis Bonnard et Fils llegaron a Ostende con el propósito de abrir los cofres y verificar el contenido, antes de embarcarlos en el tren de las nueve con destino a París.

Así, alrededor de las 8,15 de la mañana del 23 de mayo se descubrió que los cofres contenían gran cantidad de munición de plomo, en paquetes individuales recubiertos de tela, y que el oro había desaparecido.

Sin pérdida de tiempo, este hecho sorprendente fue informado por telégrafo a Londres, y el mensaje llegó poco después de las 10 de la mañana a las oficinas de Huddleston & Bradford en Westminster. Provocó la más profunda consternación de que se tuviera memoria en la breve pero honrosa historia de la firma, y la excitación causada no se calmó durante muchos meses.

CAPITULO 46

Breve historia de la investigación

Como puede suponerse, la reacción inicial de Huddleston & Bradford fue de incredulidad absoluta: no era posible que faltara nada. El cable francés había sido redactado en inglés y decía: FALTA ORO DONDE ESTA, y llevaba la firma VERNIER, Ostende.

Ante la ambigüedad del mensaje, el señor Huddleston anunció que seguramente las autoridades aduaneras francesas habían causado alguna absurda demora, y anticipó que todo el asunto quedaría aclarado antes de la hora del té. El señor Bradford, que nunca había hecho el menor intento de disimular su profundo y duradero menosprecio por todo lo que era francés, supuso que esos roñosos franchutes habían encaminado mal el oro, y que ahora trataban de achacar a los ingleses la responsabilidad de su propia estupidez. El señor Henry Fowler, que había acompañado el embarque de oro hasta Folkestone, y supervisado la transferencia al vapor que debía cruzar el Canal, observó que la firma «Vernier» no era conocida, y pensó en la posibilidad de que el cable pudiese ser una broma pesada. Después de todo, era una época de relaciones cada vez más tensas entre los ingleses y sus aliados franceses.

Los cables que solicitaban —y después exigían— aclaración cruzaban el Canal de la Mancha en ambas direcciones. Hacia mediodía se creyó que el vapor que hacía el cruce de Dover a Ostende había sido hundido, y que el oro se había perdido en el desastre. Pero hacia principios de la tarde se aclaró que el vapor había realizado un viaje sin incidentes; pero casi todo el resto parecía mucho más confuso.

El banco parisiense, el ferrocarril francés, la línea inglesa de vapores, el ferrocarril británico y el banco británico estaban ahora disparando cables, en vertiginosa profusión, a todos los posibles participantes en el asunto.

A medida que avanzaba el día, el tono de los mensajes cobró mayor acritud, y el contenido fue más absurdo. Todo el asunto alcanzó una suerte de culminación cuando el gerente del Ferrocarril Sureste de Folkestone telegrafió al gerente de la Compañía Británica de Vapores, también de Folkestone: QUI EST M. VERNIER. A lo cual el gerente de la compañía naviera replicó: SUS INJURIOSAS AFIRMACIONES RECIBIRAN DIGNO CASTIGO.

En Londres, a la hora del té, los escritorios de los principales funcionarios de Huddleston & Bradford estaban cubiertos de telegramas y cables, y se despachaban recaderos a las casas de los caballeros para informar a las respectivas esposas que sus maridos no volverían a casa a cenar, porque debían tratar urgentes asuntos de negocios. La atmósfera inicial de inconmovible calma y desdén por la ineficacia francesa estaba ahora disipándose, reemplazada por la sospecha cada vez más firme de que en realidad podía haber ocurrido algo con el oro. Era cada vez más evidente que los franceses estaban tan preocupados como los ingleses. El propio señor Bonnard había tomado el tren de la tarde para la costa, con la intención de investigar personalmente la situación en Ostende. El señor Bonnard era famoso por su austeridad, y su decisión de viajar fue interpretada como un hecho muy significativo.

En Londres, alrededor de las siete, cuando se retiró la mayoría de los empleados del banco, el ánimo de los funcionarios era francamente pesimista. El señor Huddleston contestaba agriamente; el señor Bradford tenía un acentuado aliento a ginebra; el señor Fowler estaba pálido como un espectro; y al señor Trent le temblaban las manos. Hubo un breve momento de alivio alrededor de las 7,30 de la tarde, cuando llegaron al banco los documentos aduaneros de Ostende, firmados por los franceses el día anterior. Indicaban que a las 5 de la tarde del 22 de mayo el representante de Bonnard et Fils, un tal Raymond Vernier, había firmado el recibo por diecinueve cofres sellados de Huddleston & Bradford que contenían, de acuerdo con la declaración, doce mil libras esterlinas en oro.

—Esta es su maldita sentencia de muerte —dijo el señor Huddleston, agitando el papel en el aire—. Y si hubo alguna irregularidad, la culpa recaerá sobre los franceses. —Pero esta afirmación implicaba exagerar la situación legal, y él lo sabía muy bien.

Poco después, el señor Huddleston recibió un extenso cable de Ostende:

SU CONSIGNACION DIECINUEVE (19) COFRES LLEGO OSTENDE AYER 22 MAYO 17 HORAS A BORDO BARCO «ARLINGTON» DICHA CONSIGNACION ACEPTADA POR NUESTRO REPRESENTANTE SIN ROMPER SELLOS QUE APARECIERON INTACTOS CONSIGNACION DEPOSITADA EN CAJA FUERTE OSTENDE CON GUARDIA NOCHE 22 MAYO SIGUIENDO NUESTRA COSTUMBRE SIN PRUEBAS DE MANIPULACION CA-

RACTER DE LOS GUARDIAS FIDEDIGNO MAÑANA 23 MAYO NUESTRO REPRESENTANTE ROMPIO SELLOS SU CONSIGNACION ENCONTRO CONSISTENTE GRAN CANTIDAD MUNICIONES PLOMO PARA ESCOPETA PERO NO ORO INVESTIGACION PRELIMINAR RESPECTO ORIGEN MUNICIONES SUGIERE FABRICACION INGLESA EXAMEN DE SELLOS ROTOS SUGIERE ROTURA PREVIA Y REPARACION ULTERIOR HABIL PARA NO DESPERTAR SOSPECHAS A INSPECCION CORRIENTE NOTIFICACION INMEDIATA A FUNCIONARIOS POLICIALES TAMBIEN GOBIERNO DE PARIS SEÑALAMOS TODO DE ORIGEN BRITANICO FERROCARRIL BRITANICO BARCO BRITANICO GUARDIAS SUBDITOS BRITANICOS SOLICITO USTEDES INFORMEN AUTORIDADES BRITANICAS ESPERO SU SOLUCION A ESTE VERDADERO ENIGMA

LOUIS BONNARD, PRESIDENTE
BONNARD ET FILS, PARIS
ORIGEN: OSTENDE

La primera reacción del señor Huddleston ante el cable fue, según se informó después, «un acalorado y fuerte exabrupto, provocado por la tensión del momento y lo avanzado de la hora». Afírmase también que expresó amplios comentarios acerca de la nación francesa, la cultura francesa, y los hábitos personales e higiénicos del pueblo francés. El señor Bradford, cuya vociferación era todavía más estridente, manifestó su creencia en la antinatural inclinación francesa a las relaciones íntimas con las criaturas del establo. Era evidente que el señor Fowler estaba embriagado, y el señor Trent sentía agudos dolores en el pecho.

Eran casi las diez de la noche cuando los banqueros consiguieron calmarse, y el señor Huddleston dijo al señor Bradford:

—Avisaré al ministro. Usted comuníquese con Scotland Yard.

Los hechos de los días siguientes se ajustaron a un sistema bastante previsible. Los ingleses sospecharon de los franceses; los franceses sospecharon de los ingleses; todos sospechaban de los empleados ferroviarios ingleses, quienes a su vez sospechaban de los oficiales del barco inglés, quienes a su vez sospechaban de los funcionarios aduaneros franceses.

Los policías británicos en Francia y los policías franceses en Inglaterra se mezclaron con detectives privados contratados por los bancos, los ferrocarriles y la empresa naviera. Todos ofrecían alguna forma de recompensa por la información que condujese a la detención de los delincuentes, y los informantes de ambos lados del Canal reaccionaron prontamente con una desconcertante profusión de datos y rumores.

Las teorías acerca del oro desaparecido, abarcaron una amplia gama, desde la más mundana —una pareja de malhechores franceses o ingleses que había hallado una oportunidad fortuita— a la más grandiosa, una complicada conspiración de altos funcionarios del gobierno francés o inglés, comprometidos en un plan maquiavélico cuya meta era llenarse los bolsillos y al mismo tiempo agriar las relaciones con los aliados militares. El propio lord Cardigan, gran héroe de la guerra, expresó la opinión de que «sin duda es una astuta combinación de avaricia y maniobra política».

Pero la creencia más general a ambos lados del Canal

era que se trataba de un trabajo realizado desde dentro. Por una parte, ésa era la técnica de la mayoría de los delitos. Y sobre todo en este caso, la complejidad y la limpieza del robo indicaban inequívocamente la existencia de información y cooperación internas. Por eso mismo, todos los que tenían la más mínima relación con el embarque de oro destinado a Crimea fueron sometidos a examen, e interrogados por las autoridades. El celo de la policía por reunir información determinó situaciones inverosímiles: Por ejemplo, durante varios días un policía de civil siguió los pasos de un niño de diez años, nieto del capitán del Puerto de Folkestone —por razones que nadie pudo recordar muy bien tiempo después—. Esos incidentes acentuaban la confusión general, y los interrogatorios se prolongaron durante meses, mientras la prensa ansiosa y fascinada dispensaba la mayor atención posible a todas las claves y posibilidades.

No se realizaron progresos importantes hasta el 17 de junio, casi un mes después del robo. Ese día, atendiendo a la petición insistente de las autoridades francesas, las cajas fuertes instaladas en Ostende, a bordo del barco inglés y en el Ferrocarril Sureste, fueron devueltas a sus respectivos fabricantes de París, Hamburgo y Londres, con el fin de que las desarmaran y examinaran los mecanismos de cierre. Se descubrió que las cajas de Chubb tenían llamativas raspaduras en el interior de los cierres, así como rastros de limaduras de metal, grasa y cera. En las restantes cajas no se observaron indicios de manipulación. El descubrimiento centró nuevamente la atención sobre Burgess, el guarda del furgón de equipajes —el hombre había sido interrogado anteriormente, y dejado en libertad. El 19 de julio Scotland Yard anunció que se había dictado su arresto, pero el mismo día, el hombre, su esposa y sus dos hijos, desaparecieron sin dejar rastros. Durante la búsqueda que se realizó en las semanas siguientes no fue posible hallar a Burgess.

Se recordó entonces que el Ferrocarril Sureste había sufrido otro robo en su furgón de equipajes, apenas una semana antes de la desaparición del oro. La consecuencia clara que podía extraerse de todo esto —a saber, que las autoridades ferroviarias realizaban una administración en general poco seria— acentuó la creciente sospecha pública en el sentido de que el robo se había realizado seguramente en el tren de Londres a Folkestone. Y cuando los detectives contratados por el Ferrocarril Sureste ofrecieron pruebas de que el robo había sido ejecutado por delincuentes franceses —una afirmación que según se demostró en seguida era infundada— la sospecha pública se convirtió en certidumbre, y la prensa comenzó a hablar del *Gran Robo del Tren*.

Durante los meses de julio y agosto de 1855, el *Gran Robo del Tren* continuó siendo un tema sensacional en la prensa y las conversaciones.

Aunque nadie acertaba a imaginar cómo se había ejecutado, la complejidad y la audacia evidentes en el hecho determinaron muy pronto la convicción inconmovible de que había sido obra de ingleses. Ahora se afirmaba que los franceses, de quienes antes se había sospechado, eran individuos excesivamente limitados y tímidos para concebir siquiera empresa tan audaz, sin hablar de la ejecución.

Cuando a fines de agosto la policía de la ciudad de Nueva York anunció que había capturado a los ladrones, y que eran norteamericanos, la prensa inglesa reaccionó con incredulidad francamente desdeñosa. Y en efecto, algunas semanas después se supo que la policía neoyorquina se había equivocado, que sus ladrones jamás habían puesto pie en suelo inglés, y que de acuerdo con las palabras de un corresponsal, exhibían «ese sesgo mental errático, en virtud del cual un hombre aprovecha un acontecimiento publicitario, incluso escandaloso, para atraer la atención del público en general, con el fin de satisfacer su absurdo anhelo de un momento de fama».

Los diarios ingleses publicaron todos los rumores, chismes y especulaciones acerca del robo; se deformaban otras crónicas con el fin de vincularlas con el robo. Por ejemplo, cuando la reina Victoria visitó París en agosto, la prensa se preguntó en qué medida el robo influiría sobre la recepción que esa ciudad había de dispensarle. (Según parece, el hecho no originó ninguna diferencia.)

Pero en definitiva, durante los meses de verano no ocurrió nada nuevo, e inevitablemente el interés comenzó a decaer. Durante cuatro meses la imaginación de la gente se había sentido atraída por el acontecimiento. En ese lapso había pasado de la hostilidad a los franceses, quienes seguramente habían robado el oro apelando a recursos sinuosos y oscuros, a la sospecha respecto de los dirigentes ingleses de la finanza y la industria, en el mejor de los casos culpables de grave incompetencia y en el peor culpables del delito mismo, y más tarde a una especie de admiración por la fecundidad de recursos y la audacia de los delincuentes ingleses que habían planeado y ejecutado la acción cuya trama aún se ignoraba.

Pero como no había hechos nuevos, el *Gran Robo del Tren* se convirtió en asunto tedioso, y con el tiempo la opinión pública se enfrió visiblemente. Después de haber chapoteado en una deliciosa orgía de sentimiento antifrancés, de condenar o aplaudir a los propios villanos, y de recrearse en las manías de los banqueros, los jefes de las empresas ferroviarias, los diplomáticos y la policía, el público estaba dispuesto ahora a devolver su confianza a la solidez esencial de los bancos, los ferrocarriles, el gobierno y la policía. En resumen, deseaba que atrapasen a los malhechores, y que lo hiciesen rápidamente.

Pero los malhechores no cayeron. Los funcionarios mencionaron «la posibilidad de hechos nuevos en el caso» con convicción cada vez menor. A fines de septiembre circuló una versión anónima en el sentido de que el señor Harranby, de Scotland Yard, había estado enterado de la inminencia del golpe, pero sin lograr impedirlo; el señor Harranby desmintió vigorosamente tales rumores, pero se oyeron algunas voces aisladas pidiendo su dimisión. La firma bancaria de Huddleston & Bradford, cuya actividad aumentó levemente durante los meses estivales, sufrió ahora una leve declinación. Los diarios que traían información acerca del robo vendieron menos ejemplares.

Hacia octubre de 1855 el *Gran Robo del Tren* ya no interesaba a nadie en Inglaterra. Se había completado el círculo, pasando del tema de fascinación universal y permanente a un incidente confuso y embarazoso, que casi todos deseaban olvidar.

PARTE V

ARRESTO
y
PROCESO

Noviembre 1856 - Agosto 1857

CAPITULO 47

Revelaciones de una ratera

El 5 de noviembre, llamado Día del Complot de la Pólvora o día de Guy Fawkes, había sido fiesta nacional inglesa desde 1605. Pero según observaba el *News* en 1856, «últimamente ha contribuido a la causa de la beneficencia, y no a la mera diversión. Veamos un caso digno de elogio. El viernes por la noche se realizó una gran exhibición de fuegos artificiales en los terrenos del Asilo de Huérfanos de la Marina Mercante, con el fin de allegar fondos a la institución. Se iluminaron los terrenos de acuerdo con el estilo adoptado en Wauxhall, y se contrató una banda de música. Al fondo había un patíbulo, del cual colgaba una efigie del Papa; y alrededor había varios barriles de alquitrán, que en el momento oportuno se consumieron con formidables llamaradas. Asistió mucha gente a la exhibición, y parece que los resultados fueron muy beneficiosos para los fondos de caridad».

La combinación de gran número de personas y de entretenimientos, naturalmente, también era muy beneficiosa para los carteristas, los descuideros y las rateras, y en efecto esa noche la policía destacada en el asilo tuvo mucho trabajo. En el transcurso de la velada los agentes de la Fuerza Metropolitana detuvieron por lo menos a trece «vagabundos y delincuentes de poca monta», entre ellos a una mujer acusada de robar a un caballero embriagado. La detención fue hecha por cierto agente Johnson, y por su carácter típico las circunstancias justifican una explicación.

Los elementos principales del caso son suficientemente claros. El agente Johnson, un hombre de veintitrés años, estaba recorriendo los terrenos del asilo y de pronto, a la luz de los fuegos artificiales que estallaban en el aire, vio a una mujer inclinada sobre el cuerpo tendido de un hombre. Temiendo que el caballero pudiera estar enfermo, el agente Johnson se acercó para ofrecer auxilio; pero apenas se acercó, la joven inició la fuga. El agente Johnson la persiguió, y la detuvo pocos metros más lejos, cuando ella tropezó con su propia falda y cayó al suelo.

Cuando la tuvo cerca vio que era «una mujer de aspecto lujurioso y comportamiento lascivo», y comprendió en seguida el verdadero carácter de las atenciones que estaba dispensando al caballero —a saber, estaba robándolo aprovechando su estado de embriaguez, y pertenecía a la categoría más degradada de delincuentes, «los ladrones de borrachos». El agente Johnson se apresuró a arrestarla.

La descarada moza puso los brazos en jarras y le miró con ojos brillantes de desafío.

—No tengo nada encima —declaró; y no cabe duda de que sus palabras obligaron a reflexionar al agente Johnson. Afrontaba un grave dilema.

De acuerdo con el concepto victoriano, el hombre debía tratar a todas las mujeres —aun a las de categoría social más baja— con prudencia y moderación, en vista de la delicadeza de su naturaleza femenina. De acuerdo con un manual contemporáneo de conducta policial, esta naturaleza, «con sus resortes emocionales sagrados, su ennoblecedora fecundidad maternal, su exquisita sensibilidad y su profunda fragilidad —es decir, todas las cualidades que configuran la *esencia misma del carácter femenino,* deriva de los principios biológicos o fisiológicos que determinan las diferencias entre los sexos masculino y femenino. Por lo tanto, debe entenderse que *la esencia del carácter femenino* reside en cada miembro de dicho sexo, y debe ser respetado debidamente por un oficial, incluso si en ciertas personas vulgares parece que falta dicho carácter femenino».

La creencia en una personalidad determinada biológicamente era aceptada hasta cierto punto por casi todos los miembros de los distintos niveles de la sociedad victoriana, sin que inquietase la existencia de toda suerte de incongruencias. Por ejemplo, el hombre de negocios se dirigía a su trabajo todos los días, dejando a la esposa «irrazonable» la tarea de administrar un hogar enorme —es decir, una tarea que implicaba una actividad de formidables proporciones; sin embargo, el marido nunca consideraba desde este punto de vista las actividades de la esposa.

De todos los absurdos del código, el que provocaba mayores dificultades era el aprieto en que se veía el policía. La fragilidad intrínseca de la mujer suscitaba obvias dificultades cuando llegaba el momento de tratar a las mujeres delincuentes. Y los criminales no dejaban de aprovechar la situación, y utilizaban cómplices del sexo femenino precisamente porque la policía evitaba arrestarlas.

El agente Johnson, enfrentado a esta descarada joven en la noche del 5 de noviembre, tenía perfecta conciencia de su propia situación. La mujer afirmaba que no llevaba encima ningún objeto robado, y si tal cosa era cierta, jamás la condenarían, pese al testimonio del propio Johnson en el sentido de que la había encontrado robando a un ebrio. Si no le hallaba entre las ropas un reloj de bolsillo u otro elemento irrefutablemente masculino, la chica saldría libre.

Tampoco podía registrarla: la idea misma de que podía tocar el cuerpo de la mujer le parecía inconcebible al propio Johnson. Sólo le quedaba el recurso de escoltarla hasta la prevención, donde se haría llamar a una matrona; y ésta realizaría el cacheo. Pero ya era tarde; era necesario despertar a la matrona, y el local de la policía estaba a varias manzanas. Mientras recorrían las manzanas oscuras, la pequeña ramera tendría sobradas oportunidades de deshacerse de las pruebas.

Además, si el agente Johnson la arrestaba, llamaba a la matrona, movilizaba a todo el mundo, y luego se descubría que la joven no tenía nada, él mismo haría el papel de tonto y recibiría una agria reprimenda. Lo sabía; y también lo sabía la muchacha que tenía frente a él en actitud de insolente desafío.

En general, era una situación que no justificaba el riesgo o la molestia, y al agente Johnson le hubiera gustado despacharla con una represión. Pero últimamente sus superiores habían advertido a Johnson que su número de arrestos dejaba algo que desear; se le había dicho que pusiese más atención en la lucha contra los malhechores. Y se había dejado entrever con bastante claridad que su empleo pendía de un hilo.

En definitiva, el agente Johnson decidió, a la luz intermitente de los fuegos artificiales que estallaban en el aire, que llevaría a la ratera para someterla a un atento registro ante el franco asombro de la muchacha, y a pesar de la propia y considerable renuencia del propio Johnson.

El sargento de guardia Dalby estaba de mal humor, pues le obligaban a trabajar la noche de un día festivo, y le molestaba perderse la fiesta que se celebraba en distintos lugares de la ciudad.

Miró irritado a Johnson y a la mujer. Esta dijo llamarse Alice Nelson, y afirmó que tenía «dieciocho años, o algo así». Dalby suspiró y se frotó el rostro soñoliento mientras rellenaba el impreso. Envió a Johnson a buscar a la matrona. Ordenó a la chica que se sentara en un rincón. La comisaría estaba desierta, y sólo se oían los estallidos y silbidos lejanos de los fuegos artificiales.

Dalby tenía un frasco de licor en el bolsillo, y bien entrada la noche solía tomar unos tragos si no había nadie alrededor. Pero ahora estaba ahí esa pequeña perdida, y delincuente o no, lo cierto era que le impedía beber su trago; la idea lo irritó, y frunció el ceño, sintiéndose frustrado. Cuando algo le impedía beber, lo deseaba mucho más; o por lo menos eso le parecía.

Después de un rato, la chica rompió el silencio.

—Si usted cree que tengo mucha ropa bajo la falda, véalo usted mismo, y ahora. —El tono era lascivo, la invitación inequívoca; y para que no quedase la más mínima duda, comenzó a rascarse las piernas a través de la falda, adoptando al mismo tiempo una expresión sensual.— Si busca un poco, seguro que encuentra —agregó.

Dalby suspiró.

La chica continuó rascándose.

—Puedo gustarle —dijo—, puede estar seguro, como que Dios es mi testigo.

—Y también que cogeré una infección —dijo Dalby—. Conozco a las de tu clase, querida.

—Vamos, vamos —protestó la chica, pasando bruscamente de la invitación a la expresión ofendida—. No tiene derecho a hablarme así. No tengo infección, nunca la he tenido.

—Sí, sí, sí —dijo Dalby con voz fatigada, volviendo a pensar en su fracaso—. Nunca estáis enfermas, nunca.

La chica volvió a guardar silencio. Dejó de rascarse y poco después se enderezó en el asiento, adoptando una postura más o menos correcta.

—Hagamos un trato —dijo—, y yo le aseguro que le convendrá.

—Querida, no hay trato contigo —dijo Dalby, casi sin prestar atención. Conocía la aburrida rutina, porque se repetía todas las noches en la comisaría. Primero las protestas de inocencia, después la promesa de favores; y si eso no servía un intento de soborno.

Era siempre igual.

—Deje que me vaya —insistió la chica— y le doy una guinea.

Dalby suspiró y movió la cabeza. Si esta criatura tenía encima una guinea, era la prueba cierta de que había estado robando, como sostenía el joven Johnson.

—Bueno, entonces —siguió hablando la joven— le daré diez. —Su voz tenía ahora un matiz de miedo.

—¿Diez guineas? —preguntó Dalby. Eso sí que era novedad; hasta ahora nunca le habían ofrecido diez guineas. Se le ocurrió que podían ser falsas.

—Le he prometido diez, y son diez.

Dalby vaciló. Se consideraba un hombre de principios y un policía veterano. Pero su salario semanal era de quince chelines, y no siempre pagado con puntualidad. Diez guineas era sin duda una cifra importante. Dejó que su mente acariciara la idea.

—Bueno, entonces —prosiguió la muchacha, interpretando equivocadamente su vacilación—, ¡le daré cien! ¡Cien guineas de oro!

Dalby se echó a reír. Su humor cambió, y sus ensoñaciones se interrumpieron bruscamente. Impulsada por el sentimiento de ansiedad, la joven estaba inventando una historia fantástica. ¡Cien guineas! ¡Qué absurdo!

—¿No me cree?

—Cállate de una vez —dijo el policía. Sus pensamientos volvieron al frasco que guardaba en el bolsillo.

Se hizo un breve silencio, mientras la muchacha se mordía el labio y fruncía el ceño. Finalmente dijo:

—Sé algunas cosas.

Dalby elevó los ojos al techo. Era todo tan monótono y previsible. Después de fracasar el soborno, venía el ofrecimiento de información acerca de algún delito. El proceso era siempre el mismo. Por decir algo, más que por otra razón, preguntó:

—¿Y en qué consiste esa información?

—Información sobre un golpe muy grande, sin bromas.

—¿Qué golpe?

—Sé quién dio el golpe del tren.

—Madre de Dios —exclamó Dalby— pero mira que eres inteligente. Caray, sabes exactamente lo que todos deseamos conocer... y oímos de todo ratero, soplón y atracador de borrachos que se nos cruza en el camino. Todos los locos que andan por ahí vienen a contarnos lo mismo. Ya lo he oído cien veces, con estos mismos oídos que aquí ves. —Le dirigió una sonrisa burlona.

En realidad, Dalby comenzaba a compadecer a la joven. Esa pobre infeliz, desvalijadora de borrachos, la forma más repugnante y la categoría más baja del delito, incapaz siquiera de ofrecer un soborno razonable. A decir verdad, en los últimos tiempos rara vez se ofrecía a Dalby información acerca del robo del tren. Era una vieja historia, y a nadie le interesaba. Ahora había media docena de delitos más recientes y sugestivos.

—No es broma —insistió la chica—. Conozco al cerrajero que estuvo en eso, y puedo llevarles adonde él está.

—Sí, claro, sin duda —respondió Dalby.

—Se lo juro —dijo la chica, que parecía cada vez más desesperada—. Se lo *juro*.

—Veamos, ¿quién es?

—No se lo diré.

—Sí, pero supongo —continuó Dalby— que irás a buscarlo si te soltamos, ¿no es así? —Dalby movió la cabeza y miró a la joven, atento a la expresión de asombro que sin duda se dibujaría en su rostro. Estos delincuentes de poca monta siempre se asombraban cuando el policía les ayudaba a completar el cuento. ¿Por qué siempre creían que los hombres de la fuerza eran estúpidos totales y absolutos?

Pero el sorprendido fue Dalby, porque la joven replicó serenamente:

—No.

—¿No? —preguntó Dalby.

—No —insistió la joven—. Sé exactamente dónde está.

—¿Pero tendrás que llevarnos allí? —preguntó Dalby.

—No —volvió a decir ella.

—¿Cómo no? —Dalby vaciló—. Bien, ¿dónde lo atrapamos?

—En la prisión de Newgate —dijo la muchacha.

Pasaron varios instantes antes de que Dalby apreciara bien esta respuesta.

—¿En la prisión de Newgate? —repitió.

La chica asintió.

—Entonces, ¿cómo se llama?

La chica sonrió.

Poco después Dalby ordenó a un mensajero que fuera

al Yard e informara directamente a la oficina del señor Harranby, pues había oído una historia tan extraña que probablemente tendría algo de verdad.

Al alba, las autoridades entendían que la situación básica se había aclarado bastante. La mujer llamada Alice Nelson era la amante de cierto Robert Agar, arrestado poco tiempo antes bajo la acusación de falsificar billetes de cinco libras. Agar había afirmado su inocencia; ahora estaba en la cárcel de Newgate, esperando el proceso.

La mujer, privada del apoyo de Agar, había cometido diferentes delitos para subsistir, y la habían detenido cuando se disponía a desvalijar a un borracho. De acuerdo con un informe oficial ulterior, manifestó «una abrumadora aprensión frente a la posibilidad de que la encerraran», lo cual probablemente significaba que padecía claustrofobia. Sea como fuere, delató a su amante, y dijo todo lo que sabía, que era bastante poco —pero lo suficiente para inducir al señor Harranby a enviar a buscar a Agar.

CAPITULO 48

La caza del canguro

«Un concepto claro de la tortuosa mente criminal», escribió Edward Harranby en sus memorias, «es fundamental en el interrogatorio policial». Es indudable que Harranby poseía dicho concepto, pero también tenía que reconocer que el hombre sentado frente a él, tosiendo y temblando, planteaba un caso particularmente difícil. Ya llevaban dos horas de interrogatorio, pero Robert Agar se aferraba a su versión.

En los interrogatorios Harranby tendía a introducir bruscamente nuevas líneas de investigación para sorprender a los delincuentes. Pero Agar parecía capaz de afrontar fácilmente la situación.

—Señor Agar —dijo Harranby—. ¿Quién es John Simms?

—Nunca he oído hablar de él.

—¿Quién es Edward Pierce?

—Ya le he dicho que no lo conozco. —Tosió en un pañuelo facilitado por Sharp, el ayudante de Harranby.

—Este Pierce, ¿no es un famoso ladrón?

—No lo sé.

—No lo sabe —suspiró Harranby. Estaba seguro de que Agar mentía. Su postura, los ojos huidizos y bajos, los gestos de la mano, todo sugería el engaño—. Bien, señor Agar, ¿cuánto tiempo hace que se dedica a la falsificación?

—No he falsificado —negó Agar—. Le juro que no fui yo. Yo estaba en la taberna, bebiendo un trago. Eso es todo, lo juro.

—¿Es usted inocente?

—Sí, lo soy.

Harranby hizo una pausa.

—Usted miente —dijo al fin.

—Digo la verdad, como que hay Dios —insistió Agar.

—Irá a la cárcel por muchos años. Puede estar seguro de ello.

—No soy culpable —dijo Agar, excitándose.

—Mentiras, todo mentiras. Usted es un falsificador vulgar.

—Lo juro —dijo Agar—. Yo no he falsificado. No tendría sentido... —Se interrumpió bruscamente.

Hubo un breve silencio en el despacho, interrumpido únicamente por el tictac del reloj sobre la pared. Harranby había comprado el reloj especialmente por el tictac, que era constante, sonoro e irritante para los detenidos.

—¿Por qué no va a tener sentido? —preguntó suavemente.

—Porque soy un hombre honrado —replicó Agar, clavando la vista en el suelo.

—¿Qué trabajo honrado hace?

—Jornalero. Aquí y allá.

Era una excusa poco concreta, pero bastante verosímil. En el Londres de la época había casi medio millón de jornaleros sin especialización que desempeñaban trabajos diversos cuando encontraban empleo.

—¿Dónde ha trabajado?

—Bien, veamos —dijo Agar, enderezándose—. Un día de trabajo en el gasómetro de Millbank, cargando. Dos días en Chenworth, transporte de ladrillos. La semana pasada unas horas en casa del señor Barnham, limpiando el sótano. Trabajo donde puedo, como todos.

—¿Le recordarán esos patrones?

Agar sonrió.

—Quizás.

Otro callejón sin salida para Harranby. Los patrones que utilizaban jornaleros a menudo no recordaban a sus obreros, o los recordaban mal. En todo caso, todo eso no significaba gran cosa.

Harranby se puso a mirar las manos del hombre. Agar tenía las manos entrelazadas sobre su propio regazo. Luego, Harranby vio que la uña del meñique era más larga. Estaba mordida para disimular, pero de todos modos era todavía un poco más larga.

Una uña larga podía significar muchas cosas. Los marineros la usaban para atraer la buena suerte, sobre todo los griegos; también algunos empleados que usaban sellos, para separar el sello de la cera caliente. Pero Agar...

—¿Cuánto tiempo hace que es cerrajero? —preguntó Harranby.

—¿Eh? —preguntó Agar con expresión de refinada inocencia—. ¿Cerrajero?

—Vamos, vamos —dijo Harranby—. Usted sabe de sobra qué es un cerrajero.

—Trabajé como leñador una vez. Pasé un año en el norte, trabajando en un aserradero. Sí, eso, eso.

Harranby no se dejó desviar del tema.

—¿Hizo usted las llaves de las cajas?

—¿Llaves? ¿Qué llaves?

Harranby suspiró.

—Usted no tiene futuro como actor, Agar.

—No sé qué me quiere decir, señor —dijo Agar—. ¿De qué llaves me habla?

—De las llaves del robo del tren.

Agar se echó a reír.

—Caray —dijo—. ¿Y usted cree que si hubiera estado en eso ahora me dedicaría a falsificar? ¿Realmente lo cree? Eso es tonto, de veras.

El rostro de Harranby no tenía expresión alguna, pero sabía que Agar tenía razón. Era absurdo pensar que un hombre que había participado en el robo de doce mil libras se dedicaría un año después a falsificar billetes de cinco libras.

—Es inútil fingir —dijo Harranby—. Sabemos que Simms le ha dejado. No le importa qué le ocurra… ¿por qué lo protege?

—No lo conozco —dijo Agar.

—Díganos dónde está y le recompensaremos bien.

—No lo conozco —insistió Agar—. ¿No me entiende?

Harranby miró fijamente a Agar. El hombre se mostraba muy sereno, salvo los ocasionales ataques de tos. Miró a Sharp, que estaba en un rincón. Había llegado el momento de cambiar de táctica.

Harranby recogió una hoja de papel de su escritorio y se colocó los lentes.

—Veamos, señor Agar —dijo—. Aquí tenemos una relación de sus antecedentes. No es muy buena.

—¿Antecedentes? —Ahora se lo veía sinceramente asombrado.— Yo no tengo antecedentes.

—Pues claro que los tiene —dijo Harranby, recorriendo el texto con el dedo—. Robert Agar… hum… veintiséis años… hum… nació en Bethnal Green… hum… Sí, aquí está, cárcel de Bridewell, seis meses, acusado de vagancia, en 1849…

—Eso *no es cierto* —explotó Agar.

—…y Coldbath, un año y ocho meses, acusado de robo, en 1832…

—Eso no es cierto, ¡juro que no es verdad!

Harranby miró al detenido por encima de sus lentes.

—Señor Agar, está aquí, en la ficha. Creo que el juez se interesará en el asunto. ¿Qué le parece, señor Sharp? ¿Cuánto le pondrán?

—Catorce años de destierro, por lo menos —dijo Sharp con aire reflexivo.

—Hum, sí, catorce en Australia... creo que será eso.

—Australia —dijo Agar con voz apagada.

—Bueno, yo creo —dijo calmosamente Harranby—, que en un caso así no hay más remedio que embarcarlo.

Agar guardaba silencio.

Harranby sabía que si bien el destierro a Australia aparecía a los ojos del pueblo como un castigo muy temido, los propios delincuentes veían el asunto con ecuanimidad o incluso con cierta agradable expectativa. Muchos criminales sospechaban que Australia era un lugar agradable, y sin duda «la caza del canguro» era preferible a una larga temporada en una cárcel inglesa.

Además, durante esos años Sydney, en Nueva Gales del Sur, era un bello y próspero puerto de mar de treinta mil habitantes. Por otra parte, se trataba de un sitio donde «no interesaban las historias personales, y la buena memoria y la mente inquisitiva suscitaban particular desagrado...» Y si tenía sus aspectos brutales —a los carniceros les gustaba desplumar las aves aún vivas— también era un lugar grato, con calles iluminadas con luz de gas, mansiones elegantes, mujeres enjoyadas y pretensiones sociales propias. Para un hombre como Agar el destierro podía ser una situación con sus defectos y sus virtudes.

Pero Agar estaba muy agitado. Era evidente que no deseaba salir de Inglaterra. Cuando vio esta reacción, Harranby se sintió alentado. Se puso de pie.

—Eso es todo por ahora —dijo—. Si durante los próximos días desea comunicarme algo, informe a los guardias de Newgate.

Agar fue retirado del despacho. Harranby volvió a su sillón. Sharp se acercó al escritorio.

—¿Qué estaba leyendo? —preguntó.

Harranby le mostró la hoja de papel.

—Una notificación de la Comisión del Ayuntamiento —dijo— en el sentido de que debe evitarse estacionar los carruajes en el patio.

Tres días después Agar informó a los guardias de Newgate que deseaba tener otra audiencia con el señor Harranby. El 13 de noviembre Agar dijo a Harranby todo lo que sabía acerca del robo, a cambio de la promesa de un tratamiento benévolo, y la indefinida posibilidad de que una de las instituciones afectadas —el banco, el ferrocarril o aun el propio gobierno— aceptara otorgarle una parte de las recompensas pendientes ofrecidas a quienes suministran información.

Agar no sabía dónde se guardaba el dinero. Dijo que Pierce le había estado pagando una asignación mensual en papel moneda. Los delincuentes habían convenido previamente que dividirían el botín dos años después del golpe, en mayo del siguiente año, es decir, 1857.

Pero Agar conocía el domicilio de Pierce. En la noche del 13 de noviembre las fuerzas del Yard rodearon la mansión de Edward Pierce, o John Simms, y entraron con las armas dispuestas. Pero el propietario no estaba en casa; los atemorizados sirvientes explicaron que había salido de la ciudad para asistir al combate de boxeo del día siguiente en Manchester.

CAPITULO 49

El combate de box

Desde el punto de vista técnico los combates de boxeo eran ilegales en Inglaterra, pero se realizaron a lo largo de todo el siglo XIX, y atraían a un público enorme y fiel. La necesidad de evitar la acción de las autoridades determinaba que a veces, a último momento, un encuentro se desplazara de una ciudad a otra, de modo que los nutridos grupos de entusiastas del pugilismo y de aficionados al deporte viajaban por distintas áreas rurales.

El combate del 19 de noviembre entre Dinamita Tim Revels, el Cuáquero Peleador, y su retador, Neddy Singleton, pasó de Liverpool a una pequeña localidad llamada Eagle Welles, y más tarde a Barrington, en las afueras de Manchester. Presenciaron la pelea veinte mil aficionados, quienes juzgaron poco satisfactorio el espectáculo.

En esa época los encuentros de boxeo se ajustaban a reglas que hoy nos parecerían casi imposibles. Los boxeadores peleaban con los puños desnudos, y procuraban regular sus golpes de modo que no sufriesen lesiones en las manos o los puños; el hombre que se lastimaba los nudillos o las muñecas al comienzo de un encuentro perdía casi con seguridad. Los asaltos tenían una duración variable, y los combates no se subordinaban a límites de tiempo. A menudo se prolongaban durante cincuenta o incluso ochenta asaltos, de modo que ocupaban gran parte del día. El propósito de la acción era lesionar lenta y metódicamente al adversario, con una sucesión de pequeños cortes y moretones; no se buscaba poner fuera de combate al contrario. Por el contrario, el buen luchador sometía a golpes a su adversario.

Neddy Singleton se vio irremediablemente superado por Dinamita Tim desde el comienzo. Al principio de la lucha Neddy adoptó el ardid de doblar la rodilla siempre que recibía un golpe, con el propósito de detener el combate y tomar aliento. Los espectadores silbaban y abucheaban a la vista de un truco tan indigno, pero era imposible impedirlo, sobre todo porque el árbitro —encargado de contar diez— decía los números con una lentitud que demostraba que había sido generosamente pagado por los partidarios de Neddy. La indignación de los aficionados se moderó un tanto porque advirtieron que esta argucia tenía al menos el efecto de prolongar el sangriento espectáculo que habían venido a presenciar.

Con millares de espectadores distribuidos alrededor del cuadrilátero, y entre ellos todas las variedades imaginables de rufianes y matones, los hombres del Yard se vieron en dificultades para actuar discretamente. Agar, con un revólver contra la espina dorsal, señaló desde cierta distancia a Pierce y a Burgess. Los dos hombres fueron detenidos en una operación ejecutada con destreza: aplicaron un revólver al costado de cada hombre, y le sugirieron en voz baja que se entregaran sin resistencia. De lo contrario, les meterían una bala en el cuerpo.

Pierce saludó amablemente a Agar.

—¿De modo que se ha vuelto soplón? —preguntó con una sonrisa.

Agar no se atrevió a mirarle a los ojos.

—No importa —dijo Pierce—. Como usted sabe, también he previsto esto.

—No tenía alternativa —exclamó Agar.

—Perderá su parte —dijo serenamente Pierce.

En la periferia de la multitud que asistía al encuentro, Pierce fue llevado ante el señor Harranby, del Yard.

—¿Es usted Edward Pierce, también conocido como John Simms?

—Yo soy —replicó el hombre.

—Se le arresta acusado de robo —dijo el señor Harranby.

A lo cual Pierce replicó:

—No podrán tenerme preso.

—Me temo que lo conseguiremos, señor —dijo el señor Harranby.

En la noche del 19 de noviembre Pierce y Burgess fueron a reunirse con Agar en la cárcel de Newgate. Harranby informó discretamente de su éxito a los funcionarios del gobierno, pero nada se anunció a la prensa, porque Harranby quería apresar a la mujer llamada Miriam y al cochero Barlow, que todavía estaban en libertad. También deseaba recuperar el dinero.

CAPITULO 50

Hábiles interrogatorios

El 22 de noviembre el señor Harranby interrogó a Pierce por primera vez. El diario de su ayudante Jonathan Sharp registra que «H., llegó temprano al despacho; estaba pulcramente vestido, y tenía excelente aspecto. Tomó una taza de café en lugar del té acostumbrado. Comentarios acerca del modo más eficaz de manejar a Pierce, etc., etc. Dice que sospecha será imposible obtener nada de Pierce sin ablandarle previamente».

En realidad, la entrevista fue muy breve. A las nueve de la mañana Pierce fue llevado a la oficina y se le indicó que ocupara una silla, aislada en medio del despacho. Harranby, instalado detrás del escritorio, formuló la primera pregunta con la habitual brusquedad.

—¿Conoce al hombre llamado Barlow?

—Sí —replicó Pierce.

—¿Dónde está ahora?

—No sé.

—¿Dónde está la mujer llamada Miriam?

—No sé.

—¿Dónde está el dinero?

—No sé.

—Parece que usted ignora muchas cosas.

—Así es —confirmó Pierce.

Harranby le miró un momento. Hubo un breve silencio.

—Quizá —dijo Harranby— un tiempo en el Steel le refrescará la memoria.

—Lo dudo —dijo Pierce, sin el más mínimo indicio de ansiedad. Poco después le sacaron del despacho.

Cuando estuvo solo con Sharp, Harranby dijo:

—Lo quebraré, se lo aseguro.

El mismo día Harranby ordenó que Pierce fuera trasladado de la cárcel de Newgate a la Corrección de Coldgats Fields, llamado también la Bastilla. El «Steel» —otro de sus nombres— normalmente no era un lugar de detención para los delincuentes acusados que esperaban proceso. Pero la policía enviaba allí a menudo a un detenido si quería «sonsacarle» información antes del juicio.

El Steel era la más temida de las cárceles inglesas. Después de una visita realizada en 1853, Henry Mayhew describió sus principales características. Por supuesto, lo más importante era la noria, formada por estrechas cajas en hileras, con «aspecto de las divisiones de un urinario público», donde los detenidos permanecían por períodos de quince minutos, moviendo una rueda de veinticuatro escalones. Un celador explicó del siguiente modo las virtudes de la noria: «Mire, los hombres no pueden afimarse, porque los escalones siempre ceden bajo los pies, y por *eso* es tan agotador. Además, los compartimentos son pequeños, y hace mucho calor, así que después de un cuarto de hora el calor dificulta la respiración.»

Aún menos agradable era el ejercicio de la «bala», un esfuerzo tan riguroso que generalmente se eximía a los hombres mayores de cuarenta y cinco años. Los prisioneros formaban un círculo, separados entre sí por tres pasos. A una señal, cada hombre levantaba una bala de cañón de doce kilogramos, la llevaba hasta su vecino, la dejaba y volvía al punto de partida, donde lo esperaba otra bala. El ejercicio se prolongaba una hora cada vez.

Pero lo que inspiraba mayor temor era «la manivela», un tambor lleno de arena movido por una manivela. Se reservaba como castigo especial a los detenidos díscolos.

El régimen cotidiano de Coldbath Fields era tan duro que aun después de una breve sentencia de seis meses muchos hombres salían del establecimiento «con el espíritu quebrantado», el cuerpo debilitado, los nervios agotados y la voluntad tan amortiguada que su capacidad para cometer nuevos delitos se veía grandemente disminuida.

En su condición de detenido que esperaba el proceso, Pierce no podía ser obligado a soportar la noria, la bala o la manivela; pero debía someterse a las reglas de conducta de la prisión, y si por ejemplo, infringía la norma de silencio podía castigársele con un período de manivela. Por lo tanto, podemos presumir que los guardias le acusaron a menudo de hablar, y que se le sometió a un proceso de «ablandamiento».

El 19 de diciembre, después de cuatro semanas en el Steel, Pierce fue llevado nuevamente al despacho de Harranby. Este había dicho a Sharp: «Ahora veremos algo.» Pero el segundo interrogatorio fue tan breve como el primero.

—¿Dónde está el hombre llamado Barlow?

—No sé.

—¿Dónde está la mujer Miriam?

—No sé.

—¿Dónde está el dinero?

—No sé.

El señor Harranby, con el rostro congestionado, las venas de la frente hinchadas, despidió a Pierce con voz temblorosa de indignación. Cuando se estaban llevando a Pierce, éste expresó serenamente al señor Harranby su deseo de que pasara una feliz Navidad.

—El descaro del individuo —escribió Harranby tiempo después— superaba todo lo concebible.

Durante este período el señor Harranby soportaba presiones considerables que se ejercían desde varios sectores. El Banco Huddleston & Bradford quería recuperar su dinero, y expresaba sus deseos a Harranby por intermedio del despacho del propio Primer Ministro, lord Palmerston. Las preguntas del «Viejo Pam» le creaban a su vez una situación embarazosa, porque Harranby tuvo que reconocer que había recluido a Pierce en Coldbath Fields, de lo cual podía deducirse que su actitud no había sido muy caballerosa.

Palmerston expresó la opinión de que esa actitud era «un tanto irregular», pero Harranby se consoló con el pensamiento de que un Primer Ministro que se teñía los bigotes, mal podía criticar a otros de que también hicieran trampa.

Pierce permaneció en Coldbath hasta el 6 de febrero, día en que le llevaron nuevamente a presencia de Harranby.

—¿Dónde está el hombre Barlow?

—No lo sé.

—¿Dónde está la mujer Miriam?

—¿Dónde está el dinero?

—En una cripta de Saint John's Wood —dijo Pierce.

Harranby se inclinó hacia adelante.

—¿Cómo es eso?

—Está guardado —dijo Pierce con aire indiferente— en una cripta a nombre de John Simms, en el cementerio de Martin Lane, en Saint John's Wood.

Harranby tamborileó con los dedos sobre el escritorio.

—¿Por qué no nos informó antes?

—Porque no quería —dijo Pierce.

Harranby ordenó que Pierce fuese llevado otra vez a Coldbath Fields.

El 7 de febrero se localizó la cripta, y se obtuvo la autorización necesaria para abrirla. El señor Harranby, acompañado por el señor Henry Fowler, representante del banco, abrió la cripta alrededor del mediodía. No había allí ningún ataúd, y tampoco estaba el oro. Después de un examen más minucioso, se llegó por fin, a la conclusión de que poco antes se había forzado la cerradura.

Este descubrimiento encolerizó profundamente al señor Fowler, y el señor Harranby se sintió muy molesto. El 8 de febrero —es decir, al día siguiente— devolvieron a Pierce a la oficina de Harranby y le informaron de las novedades.

—Caramba —dijo Pierce—, esos villanos deben de haberme robado.

Ni la voz ni la actitud revelaban mucha inquietud, y así se lo dijo Harranby.

—Barlow —dijo Pierce—. Siempre he dicho que ese hombre no merecía confianza.

—Entonces, ¿usted cree que Barlow se ha apoderado del oro?

—¿Quién más puede haberlo hecho?

Hubo un breve silencio. Harranby escuchó el tictac de su reloj, y por una vez el sonido le irritó más que a su detenido. A decir verdad, éste parecía sentirse muy cómodo.

—¿No le importa —preguntó Harranby— que sus cómplices le hayan traicionado así?

—Es mi mala suerte —dijo tranquilamente Pierce—. Y también la suya —agregó con una leve sonrisa.

«Por sus maneras mesuradas y su actitud cortés», escribió el señor Harranby, «llegué a la conclusión de que había inventado otra historia para despistarnos. Pero mis intentos ulteriores por conocer la verdad se vieron frustrados, pues el 10 de marzo de 1857 el cronista del *Times* se enteró de la captura de Pierce, y ya no fue posible mantenerlo en un lugar conveniente».

De acuerdo con el señor Sharp, su jefe recibió la crónica periodística de la captura de Pierce «con calurosas imprecaciones y expresiones enérgicas». Harranby quiso saber cómo se habían enterado los periódicos. El *Times* se negó a identificar a su fuente. Se exoneró a un guardia de Coldbath, sospechoso de haber transmitido la información, pero nunca pudo aclararse totalmente el caso. Incluso llegó a afirmarse que la filtración se había originado en el despacho de Palmerston.

En todo caso, se estableció el 12 de julio de 1857 como fecha de iniciación del proceso de Burgess, Agar y Pierce.

CAPITULO 51

El proceso de un imperio

El público dispensó al proceso de los tres ladrones del tren el mismo interés sensacionalista que había mostrado antes en relación con el hecho mismo. Los funcionarios judiciales, conscientes de que la atención estaba puesta en el acontecimiento, procuraron acentuar el dramatismo intrínseco del juicio. Burgess, el menos importante de los actores, fue llevado en primer término ante el tribunal del Antiguo Bailey. Como sólo conocía partes del asunto, se avivó el deseo del público de conocer más detalles.

Agar fue interrogado en segundo término, y aportó más información que Burgess. Pero lo mismo que el guarda ferroviario, Agar era un hombre evidentemente limitado, y su testimonio vino a concentrar la atención en la personalidad del propio Pierce, a quien la prensa denominaba «el delincuente magistral» y «la fuerza brillante y maligna que orquestó el asunto».

Pierce continuaba encarcelado en Coldbath Fields, y ni el público ni los periodistas le habían visto. De modo que los periodistas gozaban de amplia libertad para pergeñar fantásticas versiones acerca de la apariencia, los modales y el estilo de vida del hombre. Mucho de lo que se escribió durante las dos primeras semanas de julio de 1857 era evidentemente falso: que Pierce vivía con tres amantes en la misma casa, y era una «dínamo humana»;

que había organizado la gran estafa de los cheques de 1852; que era el hijo ilegítimo de Napoleón I; que tomaba cocaína y láudano; que había sido el esposo de una condesa alemana y la había asesinado en Hamburgo el año 1848. No existe la más mínima prueba de que ninguna de estas versiones fuese válida; pero es indudable que la prensa aguijoneó hasta el frenesí el interés del público.

La propia reina Victoria sucumbió a la fascinación de «este *audacísimo* y *pícaro* delincuente, a quien nos *gustaría* ver de cerca». También manifestó el deseo de verle ahorcado; parece que la Reina no recordaba que en 1857 el robo mayor ya no era un delito capital en Inglaterra.

Durante varias semanas el público se reunió alrededor de Coldbath Fields, con la esperanza dudosa de echar una ojeada al ladrón magistral. Y la casa de Pierce en Mayfair fue violada en tres ocasiones por ávidos buscadores de recuerdos. Se detuvo a una «mujer de alcurnia» —es la única descripción existente— cuando abandonaba la casa con un pañuelo de hombre. Sin el más mínimo embarazo dijo que sólo deseaba tener un recuerdo del individuo.

El *Times* se quejó de que esta fascinación con un criminal constituía una conducta «impropia, e incluso decadente», y llegó al extremo de sugerir que el comportamiento del público reflejaba «cierto defecto fatal del carácter del espíritu inglés».

Por lo tanto, veamos una de las más extrañas coincidencias de la historia en el hecho de que, cuando Pierce comenzó a atestiguar, el 29 de mayo, el público y la prensa orientaban su atención hacia otros rumbos. Pues Inglaterra afrontaba inesperadamente una nueva prueba de proporciones nacionales: un impresionante y sangriento alzamiento en la India.

El dinámico Imperio Británico —algunos lo llamaban el Imperio Brutánico— había sufrido dos importantes reveses en las últimas décadas. El primero en Kabul, Afghanistán, el año 1842, cuando 16 500 soldados, mujeres y niños británicos murieron en seis días. El segundo fue la guerra de Crimea, que ya había concluido, y que determinó una serie de peticiones en favor de la reforma militar. Ese sentimiento era tan profundo que lord Cardigan, aclamado antes como héroe nacional, ahora gozaba de mala reputación; se llegó incluso a acusarlo (injustamente) de no haber participado en la carga de la Brigada Ligera, y su matrimonio con la notoria amazona Adeline Horsey de Horsey había contribuido a perjudicar todavía más su prestigio.

Y entonces estalló el Motín Indio, tercer revés para la supremacía mundial inglesa y otro golpe asestado a la confianza de los ingleses en sí mismos. Que los ingleses se mostraban excesivamente confiados en la India se deduce claramente del hecho de que tenían sólo 34 000 soldados en ese país, sumados a un cuarto de millón de soldados nativos —los cipayos— que no se mostraban demasiado fieles a sus jefes ingleses.

Desde la década de 1840 habían venido demostrando un excesivo autoritarismo en la India. El renovado fervor evangélico de la virtud religiosa en la metrópoli había inducido a promover inflexibles reformas religiosas en el exterior; los thugs y los suttis eran objeto de persecución, y los indios no se sentían muy complacidos de ver a los extranjeros dedicados a modificar sus antiguas pautas religiosas.

Cuando los ingleses adoptaron el nuevo rifle Enfield, en 1857, los cartuchos venían de la fábrica abundantemente revestidos de grasa. Era necesario morderlos para liberar la pólvora. En los regimientos de cipayos corrió el rumor de que la grasa provenía de cerdos y vacas, y de que estos cartuchos eran un ardid para deshonrar a los cipayos e inducirlos a infringir las reglas de la casta.

Las autoridades inglesas actuaron con rapidez.

En enero de 1857 se ordenó que los cartuchos engrasados en la fábrica se suministraran únicamente a las tropas europeas; los cipayos podían engrasar los suyos con aceite vegetal. Esta razonable medida llegó demasiado tarde, y no fue posible calmar la irritación general. En marzo los primeros oficiales británicos cayeron abatidos por cipayos. Y en mayo estalló un alzamiento general.

El episodio más famoso del Motín Indio ocurrió en Cawnpore, una ciudad de 150 000 habitantes a orillas del Ganges. Visto en la perspectiva moderna, el sitio de Cawnpore parece cristalizar todo lo que era noble y absurdo en la Inglaterra victoriana. Un millar de ciudadanos británicos, incluso trescientas mujeres y niños, estuvieron bajo el fuego enemigo durante dieciocho días. Las condiciones de vida «violaban todos los elementos de decencia y propiedad de la vida, y chocaban contra la modestia de... la naturaleza femenina». Pero durante los primeros días del sitio, la vida se desarrolló con notable normalidad. Los soldados bebían champaña y comían arenque enlatado. Los niños jugaban alrededor de las armas. Nacieron varios bebés, y se celebró una boda, a pesar del estrépito constante del fuego de los rifles y la artillería, que se mantenía día y noche.

Después, todos tuvieron que plegarse a una sola comida diaria, y pronto les tocó comer carne de caballo, «si bien algunas damas no podían avenirse a esta ración desacostumbrada». Las mujeres entregaron su ropa interior para hacer los tacos de las balas: «Las damas de Cawnpore renunciaron a lo que era quizás el componente más apreciado de su atuendo femenino para mejorar el abastecimiento...»

La situación adquirió caracteres desesperados. No había agua, excepto la que podía obtenerse de un pozo que estaba fuera del campamento; los soldados que intentaron conseguirla murieron en la empresa. Durante el día se alcanzaban temperaturas de 58º C. Varios hombres murieron de insolación. Un pozo seco que tenían dentro del recinto fue utilizado como sepultura de los cadáveres.

El 12 de junio uno de los edificios se incendió y quemó totalmente. Se destruyeron todos los abastecimientos médicos. Pero los ingleses continuaron resistiendo y repeliendo todos los ataques.

El 25 de junio los cipayos pidieron una tregua, y ofrecieron a los ingleses paso libre por agua a Allahabad, una ciudad que estaba a 160 kilómetros río abajo. Los ingleses aceptaron.

La evacuación se inició al alba del 27 de junio. Los ingleses embarcaron en cuarenta navíos fluviales, vigilados atentamente por los cipayos armados. Apenas subió el último inglés a bordo, los tripulantes nativos saltaron al agua. Los cipayos abrieron fuego sobre las embarcaciones, todavía amarradas a la costa. Pronto la mayoría de los barcos comenzó a incendiarse, y el río se cubrió de cadáveres y cuerpos que se ahogaban. Los jinetes indios entraron en el río y sablearon a los sobrevivientes. Todos los hombres fueron muertos.

Las mujeres y los niños fueron llevados a una casa de adobe cercana a la costa, y mantenidos allí varios días en un calor sofocante. El 15 de julio varios hombres, entre ellos algunos que eran carniceros de profesión, entraron en la casa con sables y cuchillos y exterminaron a todos los prisioneros. Los cuerpos desmembrados, incluso «algunos que aún no habían terminado de morir», fueron arrojados a un pozo próximo, que según se afirma se llenó.

Los ingleses de la metrópoli, en una expresión de su «vigoroso cristianismo», clamaron sangrienta venganza. Incluso el *Times,* impulsado por la furia del momento, exigió que «cada árbol y cada alero del lugar comparta la carga, en la forma del cadáver de un amotinado». Lord Palmerston afirmó que los rebeldes indios habían actuado como «demonios brotados de las más hondas profundidades del infierno».

En tal momento, la presentación de un delincuente ante el tribunal del Antiguo Bailey, por un delito cometido dos años antes, tenía un interés secundario. De todos modos, se publicaron algunas informaciones en las páginas interiores de los diarios, que son fascinantes por lo que revelan acerca de Edward Pierce.

Fue llevado por primera vez ante el juez el 29 de julio, «apuesto, seductor, mesurado, elegante y atrevido». Atestiguó con voz regular, absolutamente serena, pero sus afirmaciones fueron por demás explosivas. Dijo del señor Fowler que era «un estúpido sifilítico», y del señor Trent que se trataba de «un viejo majadero». Estos comentarios llevaron al fiscal a inquirir la opinión de Pierce acerca del señor Harranby, el hombre que le había capturado. «Un petimetre hinchado con el cerebro de un escolar» anunció Pierce, provocando una exclamación en el tribunal, pues el señor Harranby estaba en la galería, en calidad de observador. Se vio enrojecer intensamente al señor Harranby, y se le hincharon las venas de la frente.

Más asombrosa aún que las palabras del señor Pierce fue su actitud general, pues «se le veía muy compuesto, y orgulloso, y no mostraba indicios de arrepentimiento, ni rastros de remordimiento moral por sus negras fechorías». Todo lo contrario, parecía entusiasmado con su propia astucia a medida que explicaba los diferentes pasos del plan.

«Se diría», observó el *Evening Standard,* «que hasta cierto punto se complace en sus propios actos, lo cual parece del todo inexplicable».

Esta complacencia se extendió al relato detallado de las manías de los restantes testigos, quienes se mostraron muy renuentes cuando les tocó el turno de atestiguar. El señor Trent se mostró torpe y nervioso, y muy molesto («con sobrada razón», protestó un indignado observador) en vista de lo que tenía que decir, y por su parte el señor Fowler declaró sus propias experiencias en voz tan baja que el fiscal se vio forzado a pedirle constantemente que elevara la voz.

Hubo algunos momentos dramáticos durante el testimonio de Pierce. Uno fue el siguiente diálogo, al tercer día de su presentación en el tribunal.

—Señor Pierce, ¿conoce al cochero llamado Barlow?

—En efecto.

—¿Puede indicarnos su paradero?

—No.

—¿Puede decirnos cuándo le vio por última vez?

—Sí, puedo.

—Por favor, dígalo.

—Le vi hace seis días, cuando me visitó en Coldbath Fields.

(Un murmullo de voces en el tribunal, y el juez reclama orden.)

—Señor Pierce, ¿por qué no comunicó antes esta información?

—Porque no me la pidieron.

—¿Cuál fue el sentido de su conversación con este hombre Barlow?

—Hablamos de mi fuga.

—Entonces, ¿usted se propone fugarse con la ayuda de este hombre?

—Preferiría que fuese eso una sorpresa —dijo Pierce con voz serena.

La consternación del tribunal fue considerable, y los diarios se mostraron profundamente ofendidos: «Un delincuente brutal, desaprensivo y maligno», dijo el *Evening Standard*. Se alzaron voces en el sentido de que se le aplicara la sentencia más severa posible.

La actitud serena de Pierce nunca se alteró. Continuó mostrándose desdeñosamente insultante. El 1 de agosto Pierce dijo de pasada del señor Henry Fowler que «es un estúpido tan grande como el señor Brudenell».

El fiscal ignoró el comentario. Replicó al punto:

—¿Se refiere a lord Cardigan?

—Me refiero al señor James Brudenell.

—En realidad, se trata de lord Cardigan, ¿verdad?

—Usted puede llamarle como le plazca, pero para mí no es más que el señor Brudenell.

—¿Usted denigra a un par e Inspector General de la Caballería?

—Es imposible denigrar a un idiota —dijo Pierce con su habitual serenidad.

—Señor, le recuerdo que usted está acusado de un perverso delito.

—No he matado a nadie —replicó Pierce—, pero si por mi propia estupidez hubieran muerto quinientos ingleses, deberían ahorcarme sin demora.

Este diálogo no tuvo amplia difusión en los periódicos, temerosos de que lord Cardigan les demandara por difamación. Pero había otro factor: con su testimonio,

Pierce estaba atacando los cimientos de una estructura social que ya se sentía asaltada desde muchos frentes distintos. En resumen, el delincuente magistral había dejado de ser fascinante para nadie.

Y en todo caso, el juicio de Pierce no podía competir con los relatos sobre los «negros» (como se les denominaba) de ojos febriles, entrando a cuchillo en un salón colmado de mujeres y niños, violando y matando a las mujeres, ensartando a los pequeñuelos que lloraban, y «ofreciendo un espectáculo escalofriante de atavismo pagano».

CAPITULO 52

El fin

Pierce finalizó su testimonio el 2 de agosto. Ese día el fiscal, advertido de que el público estaba perplejo ante la frialdad y la falta de sentimientos de culpabilidad del delincuente, abordó una última cuestión.

—Señor Pierce —dijo el fiscal, irguiéndose en actitud de severidad—. Señor Pierce, se lo pregunto directamente: ¿En momento alguno experimentó un sentimiento de impropiedad, nunca advirtió que procedía mal, o comprendió que sus actos eran ilegales, no tuvo cierta aprensión moral, mientras ejecutaba estos hechos delictivos?

—No comprendo la pregunta —dijo Pierce.

Se dice que el fiscal rió por lo bajo.

—Sí, sospecho que no la comprende; está escrito en toda su actitud.

Aquí, Su Señoría se aclaró la garganta y pronunció el siguiente discurso:

—Señor —dijo el juez—, es una verdad admitida en jurisprudencia que las leyes son creación de los hombres, y que los hombres civilizados, en el desarrollo de una tradición de más de dos milenios, aceptan ajustarse a tales leyes por el bien común de la sociedad. Pues únicamente gracias al imperio del derecho existe una civilización de un nivel superior a la promiscua sordidez de la barbarie. Es lo que se desprende de toda la historia del género humano, y lo que transmitimos a todos nuestros ciudadanos en la actividad de nuestros procesos educativos.

—Ahora bien; con respecto a la motivación, señor, yo le pregunto: ¿Por qué concibió, planeó, y ejecutó este perverso y asombroso delito?

Pierce se encogió de hombros.

—Quería el dinero —dijo.

Después de prestar testimonio, Pierce fue esposado y sacado del tribunal por dos robustos guardias, ambos armados. Cuando Pierce salía del tribunal, se cruzó con el señor Harranby.

—Buenos días, señor Pierce —dijo el señor Harranby.

—Adiós —replicó Pierce.

Pierce salió por el fondo del Antiguo Bailey, y subió al carruaje de la policía que debía llevarle a Coldbath Fields. En la escalinata del tribunal se había reunido una multitud considerable. Los guardias empujaban a la gente, que lanzaba gritos de salutación y formulaba deseos de buena suerte a Pierce. Una horrenda prostituta vieja consiguió acercarse y besar al bandido en plena boca. Fue sólo un instante, porque la policía la apartó inmediatamente.

Se supone que esta prostituta era en realidad la actriz, —es decir, la señorita Miriam— y que al besar a Pierce le pasó la llave de las esposas; pero no hay certeza acerca de este punto. Se sabe, en cambio, que cuando poco después se descubrió a los dos guardias, desmayados en una zanja próxima a la calle Bow, no pudieron reconstruir los detalles exactos de la fuga de Pierce. Solamente coincidieron en que había aparecido un cochero —un hombre bestial, según afirmaron, con una horrible cicatriz blanca en la frente.

El carruaje de la policía fue recuperado después en un campo de Hampstead. Ni Pierce ni el coche fueron capturados jamás. Las versiones periodísticas de la fuga son imprecisas, y todas mencionan el hecho de que las autoridades mostraron cierta renuncia a comentar ampliamente el asunto.

En septiembre los británicos capturaron nuevamente a Cawnpore. No cogieron prisioneros, y quemaron, ahorcaron y degollaron a sus víctimas. Cuando descubrieron la casa ensangrentada donde habían pasado a cuchillo a mujeres y niños, obligaron a los nativos a lamer el suelo enrojecido antes de ahorcarlos. Siguieron su marcha en territorio indio, en lo que se denominó «el Viento infernal» haciendo hasta sesenta millas diarias, quemando aldeas enteras y asesinando a todos los habitantes, atando a los amotinados a las bocas de los cañones para volarlos en pedazos. El Motín Indio fue aplastado antes de fines de año.

En agosto de 1857 Burgess, el guarda ferroviario, alegó la preocupación causada por la enfermedad de su hijo, y afirmó que había deformado de tal modo sus inclinaciones morales que había acabado por unirse a delincuentes. Fue condenado a sólo dos años en la cárcel de Marshalsea, donde murió de cólera ese invierno.

El cerrajero Robert Agar fue sentenciado a destierro en Australia por su participación en el *Gran Robo del Tren.* Agar murió en Sydney, Nueva Gales del Sur, Australia, el año 1902; y era un hombre acaudalado. Su nieto, Henry L. Agar fue intendente de Sydney de 1938 a 1941.

El señor Harranby falleció en 1879, mientras castigaba a un caballo que le asestó una coz en el cráneo. Su ayudante, Sharp, llegó a jefe del Yard y cuando falleció, en 1919, ya tenía bisnietos. Se dice que en cierta ocasión dijo que le enorgullecía que ninguno de sus hijos fuera policía.

El señor Trent murió de una afección del pecho en 1857; su hija Elizabeth casó con sir Parcival Harlow en 1859, y tuvo con él cuatro hijos. Después del fallecimiento de su esposo la viuda del señor Trent tuvo una conducta escandalosa; murió de neumonía en 1884, después de haber tenido, según propia confesión, «más amantes que la Bernhardt».

Henry Fowler murió por «causas desconocidas» en 1858.

El Ferrocarril Sureste, cansado de la incomodidad de la Estación del Puente de Londres, construyó dos nuevas terminales, el famoso arco abovedado de la calle Cannon en 1862, y la estación Blackfriars poco después.

Pierce, Barlow y la misteriosa señorita Miriam no fueron hallados nunca. En 1862 se afirmó que vivían en París. En 1868 se dijo que vivían «espléndidamente» en la ciudad de Nueva York. Ninguna de las dos versiones pudo confirmarse nunca.

El dinero del *Gran Robo del Tren* no se recuperó jamás.

EL AUTOR Y SU OBRA

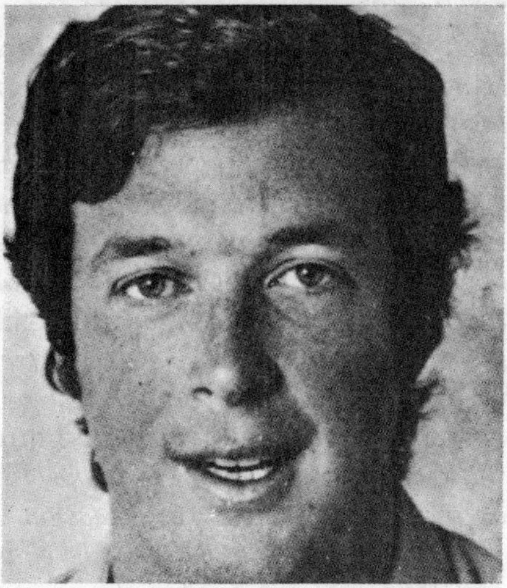

Michael Crichton nació en los Estados Unidos en 1943. Se matriculó en la universidad de Harvard para cursar la carrera de medicina, pero pronto se dedicó exclusivamente a la literatura. El autor había escrito relatos cortos desde su adolescencia, y pronto se convenció de que «cualquier retrasado mental puede escribir un relato de suspense*». No hay duda de que para él resulta un juego fácil y divertido. Y rentable, porque desde muy joven ha viajado por todo el mundo, a cuenta de lo que ganaba con su producción literaria, publicada en las revistas y periódicos de los lugares por donde pasaba.*

Michael Crichton mide más de dos metros de estatura, y por esa razón no hizo el servicio militar. Su personalidad, como su estatura, tampoco encaja dentro de los márgenes de lo que llamamos normalidad. Es uno de los autores vivos más fecundos entre los escritores famosos de los Estados Unidos. Y también uno de los más ricos. Firma sus obras con diferentes pseudónimos, por lo que resulta difícil seguir la pista de todas las obras publicadas por él en los diversos géneros, desde la poesía hasta la novela policíaca. En este género ha recibido uno de los premios más importantes de su país.

Pero, a pesar de éxitos como el citado, nadie conocía a Crichton antes de la publicación de La amenaza de Andrómeda, *que pronto se convirtió en una de las novelas más leídas, y en una famosa película que ha recorrido todo el mundo. Publicó luego* El hombre terminal, *novela espeluznante por lo que deja entrever del futuro que las modernas técnicas preparan al hombre; y entre ambas, un libro de ensayos titulado* Entre la vida y la muerte. *Parecía que el autor se había especializado, por así decirlo, con los temas de «situación límite», tanto en el plano físico como ético, en que el hombre se enfrenta con decisiones que pueden afectar a millares de sus conciudadanos, o como en el caso de la segunda de sus novelas, en que el hombre está a punto de pasar el límite de lo moralmente permitido en nombre de pretendidas necesidades científicas. Sin embargo, con esta última obra que el lector tiene en sus manos,* El Gran Robo del tren, *Crichton nos demuestra que además del novelista hábil y experimentado que había demostrado ser en sus obras anteriores, es además un sociólogo digno, y un investigador serio de la historia. Esta obra es un fabuloso reportaje que, además de desnudarnos a la Inglaterra victoriana, relata de modo magistral el desarrollo y ejecución de uno de los robos más famosos de todos los tiempos. Sin que falte la amarga e irónica consideración táctica de si en aquel mundo donde, como en éste, el triunfador es la medida de todas las cosas, no será lícito todo aquello que, mediante la inteligencia, nos asegura el éxito final.*

C.A.

INDICE

Introducción 9
Primera parte

PREPARATIVOS 19

Capítulo 1
La provocación 21
Capítulo 2
El organizador 23
Capítulo 3
El cerrajero 27
Capítulo 4
El cómplice involuntario 32
Capítulo 5
La oficina del ferrocarril 39
Capítulo 6
El problema y la solución 48
Capítulo 7
El descuidero 56
Capítulo 8
Tierra Santa 61
Capítulo 9
La rutina del señor Edgar Trent 68
Capítulo 10
Un perro entrenado 77
Capítulo 11
La destrucción de alimañas 83
Capítulo 12
El problema de la señorita Elizabeth Trent . . 94

Capítulo 13
Un ahorcamiento 104
Capítulo 14
Una deshonra georgiana 115
Capítulo 15
El hogar de Pince 117
Capítulo 16
Rotten Row 121

Segunda parte

LAS LLAVES 129

Capítulo 17
La necesidad de una virgen 131
Capítulo 18
El truco del carruaje 135
Capítulo 19
La cita 141
Capítulo 20
Asunto arreglado 144
Capítulo 21
Un actor audaz 155
Capítulo 22
Chalaneos 158
Capítulo 23
La escena 163
Capítulo 24
Caminatas 168
Capítulo 25
Otra violación de domicilio 173
Capítulo 26
Encuentro con un guarda de furgón . . . 184

Capítulo 27
La perplejidad del salchichero 189
Capítulo 28
El toque final 192

Tercera parte

DILACIONES Y DIFICULTADES 197

Capítulo 29
Inconvenientes menores 199
Capítulo 30
Una visita al señor Chubb 203
Capítulo 31
El culebra delata 209
Capítulo 32
Incidentes secundarios 215
Capítulo 33
Los miltonianos sobre la pista 219
Capítulo 34
Eliminación del delator 224
Capítulo 35
Preparando la trampa 226
Capítulo 36
Scotland Yard deduce 236
Capítulo 37
Más felicitaciones 245
Capítulo 38
Una práctica comercial desaprensiva . . . 247
Capítulo 39
Algunas dificultades de última hora . . . 253
Capítulo 40
Falsa alarma 264

Capítulo 41
El obstáculo final 277

Cuarta parte

EL GRAN ROBO DEL TREN 287

Capítulo 42
Una notable resurrección 289
Capítulo 43
El origen de la audacia 291
Capítulo 44
Un problema de atuendo 299
Capítulo 45
El final de la línea 305
Capítulo 46
Breve historia de la investigación 310

Quinta parte

ARRESTO Y PROCESO 319

Capítulo 47
Revelaciones de una ratera 321
Capítulo 48
La caza del canguro 330
Capítulo 49
El combate de box 336
Capítulo 50
Hábiles interrogatorios 339
Capítulo 51
El proceso de un imperio 345
Capítulo 52
El fin 354